精读 辛弃疾词

聂安福 ／ 编著

上海教育出版社

图书在版编目（CIP）数据

辛弃疾词精读 / 聂安福编著 ；查清华主编.
上海：上海教育出版社，2025. 7. -- （中华文史经典精
读丛书）. -- ISBN 978-7-5720-3623-1

Ⅰ. I207.23

中国国家版本馆CIP数据核字第20252J6C31号

责任编辑　付　寓
封面设计　东合社

XINQIJI CI JINGDU
辛弃疾词精读
聂安福　编著

出版发行　上海教育出版社有限公司
官　　网　www.seph.com.cn
地　　址　上海市闵行区号景路159弄C座
邮　　编　201101
印　　刷　上海展强印刷有限公司
开　　本　700×1000　1/16　印张 21
字　　数　261 千字
版　　次　2025年7月第1版
印　　次　2025年7月第1次印刷
书　　号　ISBN 978-7-5720-3623-1/I·0205
定　　价　59.80 元

如发现质量问题，读者可向本社调换　　电话：021-64373213

编　委　会

主　编　查清华

编　委（按姓氏笔画排序）

朱易安　李定广　李　贵　吴夏平

陈　飞　赵维国　查清华　钟书林

曹　旭　詹　丹

教育部新文科研究与改革实践项目

　　中文学科拔尖创新人才培养与实践

上海高校本科重点教改项目

　　中文专业师范生优秀传统文化教育实践与创新

上海市高水平学科学术创新团队

　　中华典籍与国家文明

国家级专家服务基地

　　上海师范大学教育援疆喀什专家服务基地

中华优秀传统文化是中华民族的精神命脉。2017年，中共中央办公厅、国务院办公厅《关于实施中华优秀传统文化传承发展工程的意见》（下文简称《意见》）提出："实施中华优秀传统文化传承发展工程，是建设社会主义文化强国的重大战略任务，对于传承中华文脉、全面提升人民群众文化素养、维护国家文化安全、增强国家文化软实力、推进国家治理体系和治理能力现代化，具有重要意义。"《意见》围绕立德树人根本任务，遵循学生认知规律和教育教学规律，按照一体化、分学段、有序推进的原则，对中华优秀传统文化"进课本、进课堂、进校园"提出明确要求。

经典是文化的重要载体。当下中华传统经典读物较多，各有优长。但我们经过调研后发现，针对大、中学生而言，在传统文化教育方面尚存在以下几大问题：一是对传

总 序

中华文史经典精读

统文化优秀与糟粕因子的认识比较模糊,未能通过阅读经典充分汲取富有生命力的文化养分;二是对传统文学经典的历史语境缺乏应有的了解,相关历史知识与方法的匮乏常导致对文学作品的解读出现偏差;三是对传统经典与现代文化的联系和区别关注不够,传统文化和现代意义的文化发展逻辑没有得到充分厘清;四是往往止步于对传统经典知识本身的接收与理解,对优秀原典熏染学生道德和审美的终极作用落实不力,对学生发现与探究问题的意识培养力度偏弱。

针对以上问题,我们尝试从人才培养模式、课程设置、教材建设和教学方法等方面加以改革,同时通过加强大中小一体化建设,牵头和上海数十家中学共建"中华优秀文化推广联盟",和上海援疆教育集团签署"中华优秀经典进校园"项目,组织相关优秀教师参与。编撰出版"中华文史经典精读"丛书,是我们改革项目的重要成果之一。

该丛书在导读方向、内容选择、注释范围、评析重点等方面,均致力于尝试解决上述问题。以上海市高水平学科"中华典籍与国家文明"创新团队为主体的多位专家,在总的原则下,广泛借鉴吸收前人成果,依据各自的学术特长和教研心得,充分展现学术个性,既为反思传统文化的复杂内涵提供历史唯物主义的立场和方法,也努力寻求传统文化在当代实践中的内驱力,以及理想人格的感召力,让经典润泽心灵,砥砺人生。

每本书由导言、正文、注释和评析组成。"导言"总体介绍某部经典的成书、性质、基本内容、艺术价值及社会影响,或某作家的生平、思想、艺术及文学史地位等;"正文"均依据权威版本选录名家名作,兼顾传统性典范和现代性意义;"注释"重在注解不易读懂的字词、名物及典故,力求简明准确;"评析"则在细读文本的基础上,提点作品的情思蕴含及艺术表现,注重引导读者参与情思体验,追求文字洗练,行文晓畅。

本丛书属于中华优秀传统文化经典普及性读本,可作为大学"原典精读"通识课教材及中学语文拓展读本,也适合热爱传统文化的普通读者。

限于水平,书中或有不尽如人意处,祈请读者批评指正,以便再版时改进。

查清华

于上海师范大学文苑楼

辛弃疾词精读

目录

辛弃疾(1140—1207)，字坦夫，后改字幼安，号稼轩，谥忠敏。济南历城(今山东济南市历城区)人。

稼轩以词名世，现存词作六百余首，堪称其人生境遇及情怀的写照。稼轩门人范开《稼轩词序》所论颇为精当：

> 器大者声必闳，志高者意必远。知夫声与意之本原，则知歌词之所自出。是盖不容有意于作为，而其发越著见于声音言意之表者，则亦随其所蓄之浅深，有不能不尔者存焉耳。……公一世之豪，以气节自负，以功业自许，方将敛藏其用，以事清旷，果何意于歌词哉，直陶写之具耳。故其词之为体，如张乐洞庭之野，无首无尾，不主故常。又如春云浮空，卷舒起灭，随所变态，无非可观。无他，意不在于作词，而其气之所充，蓄之所发，词自不能不尔也。

此序作于淳熙十五年（1188）正月。稼轩时年四十九，自二十三岁从金朝统治区南归投宋后，宦海迁转，虽曾官居地方大员，但壮志难酬而身遭弹劾，罢职闲居带湖已八年之久，其人生已历经坎坷，其词风亦臻于成熟。范开师从稼轩八年，可谓深知其师人品词风，为之编成《稼轩词》（即今存四卷本甲集）并作序，所言切实中肯：其一，稼轩为一世豪杰，才识博大，襟怀弘阔，志向高远，崇尚民族气节，矢志抗金复国，即所谓"器大者""志高者"，"以气节自负，以功业自许"。其二，稼轩怀抱雄才远略却不得施展，被迫闲居林泉之间，即所谓"敛藏其用以事清旷"。其三，稼轩以写词陶冶情怀，"意不在于作词"，即所谓"气之所充，蓄之所发"，自成乐章。其四，稼轩词作以恢宏豪迈之气象为主体特色，同时呈现出多姿多态，即所谓"如张乐洞庭之野，无首无尾，不主故常；又如春云浮空，卷舒起灭，随所变态，无非可观"。前二者，言襟怀及境遇；后二者，言作词及词风。了解稼轩人生际遇及性情怀抱，是准确解读其词作的基本前提。

一

绍兴三十二年（1162），二十三岁的稼轩南渡归宋。在此之前的青少年生活中，有两点值得重视：一是在其祖父辛赞的教诲影响下，稼轩早年即立定恢复大志，并有聚众抗金之举。其《美芹十论》称祖父辛赞在靖康之难中，因家族人口众多而未能脱身南渡，屈身担任房官，然而公事之余，率儿孙辈"登高望远，指画山河，思投衅而起，以纾君父所不共戴天之愤"。"投衅而起"，即伺机起义抗金。辛赞此愿未遂而离世，稼轩承其祖父遗志，于绍兴三十一年（1161）金兵大举南侵之时，聚众两千，联合耿京所领导的农民义军共图恢复，任掌书记，力劝耿京归宋，表现出非凡的军事才干和战略眼光，而其杀叛僧义端、擒叛将张安国，则展现出超人的勇武气概。范开所谓"一世之豪,以气节自负,以功业自许",在二十出头的稼轩身上即已显露端倪。其功业即恢复大业,其气节即民族大节,这是稼轩一生的追求和操守。另一方面,稼轩称雄词坛,这方面的才华在青少年时期也已展露。陈模《怀古录》载:"蔡光工于词,靖康中陷金。辛幼安尝以诗词谒之。蔡曰:'子之诗则未也,他日当以词名家。'"现存稼轩词中是否有南归之前所作,难以考定,然而陈模所记当有所据。《宋史•辛弃疾传》称其"少师蔡伯坚",伯坚名松年,号萧闲老人。元好问《中州集》记载:"百年以来,乐府推伯坚与吴彦高,号'吴蔡体'。"蔡光、蔡松年同在靖康中陷金,同以词著称,或即同一人,原名光,陷金后改名松年亦未可知。稼轩曾于金海陵王贞元二年(1154)、正隆二年(1157)两次入中都(今北京市)应试,此间或有以诗词请谒蔡松年之举。蔡氏谓其"诗则未也,他日当以词名家",可见稼轩年未二十,其词作即已获词坛名家称赏。

稼轩青少年时期所展现出的抗金复国志向及其词学才华,也预示了终其一生的功业追求和文学成就。

二

绍兴三十二年(1162)南渡归宋之后,二十三岁的稼轩以右承务郎出任江阴签判,直至淳熙八年(1181)四十二岁罢职闲居上饶带湖,为其平生最长的一段仕宦生涯。客观说来,稼轩以一归正军人,又非进士出身,二十年间官至地方大员,其仕宦不可谓不顺,然而其情怀并不舒畅。这主要有两重原因:一是其志图恢复而难以实现;二是其为官敢作敢为却屡遭弹劾非议。

稼轩南归后的前十年,即隆兴、乾道年间,曾多次进奏恢复大略,但均不为所用。隆兴元年(1163),张浚北伐溃败于符离(今安徽宿州)之后,朝中主和派得势。稼轩于隆兴二年上奏煌煌万余言的《美芹十论》,从"虏人之弊"和"朝廷之所当行"两端,分"审势""察情""观衅""自治""守淮""屯田""致勇""防微""久任""详战"十个方面阐述恢复大计。然而所论未能阻止宋金于当年十二月达成和议。几年后,孝宗"深悟前日和议之失,思欲亟致富强,以为恢复之渐",加强边备。乾道五年(1169),一向主战的虞允文入相执政,稼轩也于次年被召入对延和殿,进奏《论阻江为险须借两淮疏》和《议练民兵守淮疏》,一年后又向虞允文进献《九议》,从用人强兵到战略战术等方面均提出具体方案,且抱定必胜信心立誓:"苟从其说而不胜,与不从其说而胜,其请就诛殛,以谢天下之妄言者。"然而稼轩在陈述己见的同时,对虞氏执政三年来的恢复方略有所批评,即《宋史》本传所称"持论劲直,不为迎合",其结果是建言未获采纳,自身则奉命出知滁州,恢复之事亦终无所成。

乾道八年(1172)春,稼轩出任滁州知州,开始了江、淮、两湖间的十年宦旅生涯,政绩非凡,如治理战后残破荒陋的滁州,江西提刑任上平定茶商军起义,知潭州时创建飞虎军,知隆兴府时治理旱荒等,展现出杰出的地方理政才干,故朱熹称其"轺车每出,必著能名;制阃一临,便收显绩"。然而与显著政绩相伴随的,是其敢作敢为的行事作风不时遭受指责,如平定茶商军,宋孝宗说:"辛弃疾捕寇有方,虽不无过当,然可谓有劳,宜优加旌赏。"从"不无过当"话语中不难推想到朝臣的非议,周必大就曾奏论"辛弃疾所起民兵数目太多,不惟拣择难精,兼亦倍费粮食",还说:"但观其为人,颇似轻锐,亦须戒以持重。"又有人弹劾"辛弃疾平江西茶寇,上功太滥。……辛弃疾有功,而人多言其难驾御"。其所创飞虎军对维持地方治安发挥着重要作用,然而在创建期间因耗资巨大而引来不少非议,孝宗曾降金牌叫停,稼轩隐而不宣,军营得以建成。对此,朱熹的观点颇为典型,他一方面肯定稼轩创建飞虎军,"选募既精,器械亦备,经营葺理,用力至多。数年以来，盗贼不起，蛮徭帖息，一路赖之以安"，另一方面又反对稼轩耗巨资新创一军，"以某观之，当时何不整理亲军？自是可用，却别创一军，又增其费"。周必大甚至称稼轩此举乃邀功自利："长沙将兵元不少，……若精加训练，自可不胜用。而辛卿又竭一路民力为此举，欲自为功，且有利心焉。"

对于自身官场境遇及其缘由，稼轩在淳熙六年（1179）湖南转运副使任上所进《论盗贼札子》中曾向孝宗表白："臣孤危一身久矣。荷陛下保全，事有可为，杀身不顾。……但臣生平，刚拙自信，年来不为众人所容，顾恐言未脱口，而祸不旋踵。""刚拙自信""事有可为，杀身不顾"之刚毅不屈，致使其身陷"孤危一身"之境。稼轩虽有自知之明，却难改其刚直不阿秉性，其后罢居带湖时所作《千年调》有言："卮酒向人时，和气先倾倒。最要然然可可，万事称好。……此个和合道理，近日方晓。"遭受弹劾罢职令稼轩深切体验到官场"和合道理"之重要。然而当年身在官场，志在有为而不为众人所容，身陷"孤危"，却不愿逢迎附和，依然坚持"事有可为，杀身不顾"。在上面引及的《论盗贼札子》中，稼轩直言地方官吏之贪浊，逼民为盗："故田野之民，郡以聚敛害之，县以科率害之，吏以取乞害之，豪民大姓以兼并害之，而又盗贼以剽杀攘夺害之。臣以谓'不去为盗，将安之乎'，正谓是耳。……民者，国之根本，而贪浊之吏迫使为盗。"随后在湖南安抚使任上，弹劾贪官污吏，整编乡社，创建飞虎军，帅江西时以治理饥荒有功，转浙西提刑，但尚未赴任即遭弹劾，罢归带湖，结束了二十年的仕宦生涯，时在淳熙八年（1181）冬。

稼轩南归后的二十年，正值青壮年，辗转官场，勤于政务，积极为国事建言，留下不少著名政论，但作词不多，现存约九十首，为其官场生活情怀的展现，如较多僚友间的酬赠祝寿之词，也显示出其二十年来的宦情变化。

宋孝宗即位前十年间，由于孝宗心存备战恢复之意，朝堂主战之声尚未沉寂。稼轩对恢复大业之成功抱有期待，如乾道四年（1168）建康通判任上赠江东转运副使赵彦端的寿词《水调歌头》："闻道清都帝所，要挽银河仙浪，西北洗胡沙。回首日边去，云里认飞车。"表达出对朝廷起意北伐抗金的兴奋和期待，也流露出内心激切的报国热情。其后为曾在绍兴末年进奏《恢复要览》、时任建康府帅的史正志所作的几首词，也表露出类似的情怀："袖里珍奇光五色，他年要补天西北。"（《满江红》）"从容帷幄去，整顿乾坤了。"（《千秋岁》）也就在这几年间，稼轩积极建言，奏论恢复之事，但均不为所用，心生忧愤，乾道八年（1172）知滁州任上赋词送别僚友范昂云："老来情味减，对别酒，怯流年。……长安故人问我，道愁肠殢酒只依然。目断秋霄落雁，醉来时响空弦。"（《木兰花慢》）稼轩时年三十三，却自叹"老来情味减""愁肠殢酒只依然"，其失志情怀溢于言表，而目断秋雁，醉响空弦，又于沉郁中激荡出雄武气魄。其忧愤沉雄情怀在两年后"登建康赏心亭"所作的《水龙吟》中展现更为鲜明："遥岑远目，献愁供恨，玉簪螺髻。落日楼头，断鸿声里，江南游子。把吴钩看了，栏干拍遍，无人会，登临意。"壮志难酬，知音无觅，然退归而又不甘："求田问舍，怕应羞见，刘郎才气。"面对风雨流年，唯有挥洒一腔英雄悲慨之泪："可惜流年，忧愁风雨，树犹如此。倩何人、唤取红巾翠袖，揾英雄泪？"随后数年间，稼轩因事因人因地仍不时触发出时世悲慨和抗金豪情，如登赣州郁孤台而感慨靖康乱离、故都沦陷之悲："郁孤台下清江水，中间多少行人泪！西北望长安，可怜无数山。"（《菩萨蛮》）过扬州则追忆近二十年前金兵南侵攻占扬州时的烽火尘烟以及早年亲历的抗金生涯："落日塞尘起，胡骑猎清秋。汉家组练十万，列舰耸层楼。谁道投鞭飞渡，忆昔鸣髇血污，风雨佛狸愁。季子正年少，匹马黑貂裘。"（《水调歌头》）送僚友张仲固帅兴元府则想到当年汉高祖刘邦开创帝业、张良辅佐之功："汉中开汉业，问此地，是耶非？想剑指三秦，君王得意，一战东归。追亡事，今不见，但山川满目泪沾衣。落日胡尘未断，西风塞马空肥。一编书是帝王师。小试去征西。"（《木兰花慢》）这些词作均寄寓抗金复国之壮志以及报国无门之激愤。

虽说壮志未酬，退身而又不甘，然而抗金谋略不为所用，且朝廷主战之声渐趋沉寂，稼轩深感恢复大业前景渺茫，加之外任迁转频频，又时遭非议，心中伴随英雄失路之悲而滋生的是倦怠归退之念。这在其淳熙间罢归前的词作中不时见出：

> 但觉平生湖海，除了醉吟风月，此外百无功。毫发皆帝力，更乞鉴湖东。（《水调歌头》）
> 宦游吾倦矣。玉人留我醉：明日落花寒食，得且住，为佳耳。（《霜天晓角·旅兴》）
> 二年鱼鸟江上，笑我往来忙。富贵何时休问，离别中年堪恨，憔悴鬓成霜。……在家贫亦好，此语试平章。（《水调歌头》）

品读此类词句，不难感受到稼轩的失意和无奈情怀，人生年华在官场风雨中消磨，平生志业一无所成且又不为众人所容。如此境遇遂令稼轩萌生归退之念，同年在湖南任上便开始经营带湖新居，作《新居上梁文》："久矣倦游，兹焉卜筑。……虽云富贵逼人，自觉林泉邀我。望物外逍遥之趣，吾亦爱吾庐；语人间奔竞之流，卿自用卿法。"两年后的江西安抚使任上，带湖新居落成，洪迈为作《稼轩记》，谓稼轩之忠义才略得逢其时，足可收复中原，为其壮志未酬而退居林泉深表不解和叹惋。稼轩自赋词作虽对"君恩"有所系念，"沉吟久，怕君恩未许，此意徘徊"，但已感到恢复大业难成，宦海风波险恶："意倦须还，身闲贵早，岂为莼羹鲈鲙哉。秋江上，看惊弦雁避,骇浪船回。"(《沁园春》)心中归意已定,随后被弹劾,罢归带湖,欣然赋词"盟鸥":"带湖吾甚爱,千丈翠奁开。先生杖屦无事,一日走千回。凡我同盟鸥鹭,今日既盟之后,来往莫相猜。白鹤在何处,尝试与偕来。"(《水调歌头》)笔端呈现出脱离仕宦险境、置身山水之间的放旷自由心态。

三

淳熙八年(1181)冬至绍熙三年(1192)春赴任福建提刑,稼轩闲居上饶带湖十年。上饶其地,有这样两个特点:一则山奇水秀,可供寄情遣怀。北宋释觉范《信州天宁寺记》:"江南山水冠天下,而上饶又冠江南。自昔多为得道者所庐。鹅湖、龟峰、怀玉号称形胜,而灵山尤秀绝。"二则地近临安,便于关注朝政时局,所谓"地近日边,幸政声之易达"(祝穆《方舆胜览》)。为此,山水田园遣赏以及与士大夫的交游酬唱,便成为稼轩退居带湖期间读书以外的主要活动,其词作即是这些日常生活的写照。

带湖新居即将落成时,稼轩作《沁园春》称"云山自许,平生意气",如今闲居带湖,正可尽情游赏云山林泉,不负"平生意气"。其游历之地,词中提及者有云洞、博山、雨岩、鹅湖、西岩、南岩、瓢泉、黄沙岭等。稼轩这类词作展现出不同格调的自然境界,显示出非凡的绘景妙笔。如写云洞:"千古老蟾口,云洞插天开。"(《水调歌头》)贴切入神的比喻夸张透着奇幻色彩。访得周氏泉(稼轩改名瓢泉)作《洞仙歌》:"飞流万壑,共千岩争秀。"泼墨挥洒,气象恢宏壮丽。描绘山水园林小景、村舍田园风情则笔致细腻活泼,如脍炙人口的《清平乐·村居》以清新灵动的笔触勾画出一幅温情恬适、自然纯朴的农家生活和劳动图景。此类词境颇有宋代小品画

之意趣,如:

> 一枝风露湿,花重入疏棂。(《临江仙》)
>
> 一川松竹任横斜。有人家,被云遮。雪后疏梅、时见两三花。(《江神子·博山道中书王氏壁》)
>
> 一川淡月疏星,浣纱人影娉婷。笑背行人归去,门前稚子啼声。(《清平乐·博山道中即事》)
>
> 春入平原荠菜花。新耕雨后落群鸦。(《鹧鸪天·游鹅湖醉书酒家壁》)
>
> 陌上柔桑破嫩芽,东邻蚕种已生些。平冈细草鸣黄犊,斜日寒林点暮鸦。(《鹧鸪天·代人赋》)

这些词句令人感到词人在景外闲静观赏,如稼轩所谓"老夫静处闲看",寄情山水田园,心境暂归恬淡。

稼轩面对清雅的山水风光、恬适的乡村风情而"静处闲看",但当其置身奇山异水之中便呼石唤水,与物为戏,如《山鬼谣》题咏雨岩怪石:"问何年、此山来此? 西风落日无语。看君似是羲皇上,直作太初名汝。溪上路。算只有、红尘不到今犹古。一杯谁举? 笑我醉呼君,崔嵬未起,山鸟覆杯去。……依约处,还问我、清游杖屦公良苦。神交心许。待万里携君,鞭笞鸾凤,诵我《远游》赋。"

与鸥鹭盟约,携怪石远游,见出稼轩摆落官场束缚后的遣赏超举意兴。然而,无论是"静处闲看"山野风光、乡村风情,还是盟鸥友鹤、醉呼怪石相约远游,恐怕都不是"以功业自许"的稼轩内心深处的意愿,当其在风雨交加的秋夜"独宿博山王氏庵",郁积的失意之悲便喷发而出:"平生塞北江南。归来华发苍颜。布被秋宵梦觉,眼前万里江山。"壮志未酬而无奈归退的人生忧愤激荡于笔端。

　　游赏山水风光、乡村风情之外,亲友间的交游酬赠是稼轩带湖闲居生活的另一大内容,其酬赠唱和词作有一百二三十首之多,涉及五六十人。这些词作因酬赠对象不同、情事境遇不同而呈现出不同的格调情韵,其中固然有不少意义不大的应酬之作,但值得重视的是那些与知己亲友间的酬赠词作,其中透露出稼轩内心深处的忧愤和对时局及抗金大业的系念。

　　辛祐之为稼轩族弟,大概是求仕或科举失意,途经上饶返归浮梁。稼轩有数阕词作为之送别,有宽慰:"钟鼎山林都是梦,人间宠辱休惊。"有劝勉:"诗书事业,青毡犹在,头上貂蝉会见。莫贪风月卧江湖,道日近、长安路远。"更有沉郁的悲怨之情:"尘土西风,便无限、凄凉行色。还记取、明朝应恨,今宵轻别。珠泪争垂华烛暗,雁行欲断哀筝切。"对性情豪爽且识略高远的稼轩而言,忧伤不只来自离别情事,更多是别有其恨:"不是离愁难整顿,被他引惹其他恨。"此所谓"其他恨",当为难以言尽而又不难体会的家国身世之恨,前引词句中的"日近长安路远",其寓意与其词中屡见的"西北望长安""长安正在天西北"等相类,透露出稼轩内心对收复失土的忧虑和系念。

　　送别辛祐之的这些词作也可见出稼轩带湖闲居期间的复杂心境。一方面是对待人生失意的超然洒脱心态,所谓"钟鼎山林都是梦,人间宠辱休惊。只消闲处过平生",但值得注意的是,对待自身的名利富贵、得失荣辱,稼轩或可置之度外,而对其平生立定的抗金恢复志向却无法超然处之。这便是其带湖闲居心境的另一面:因壮志难酬而忧愤,同时又不失信心。稼轩送别仕宦失意的辛祐之所表露的幽恨及对祐之的劝勉,就透露出此番心境,其酣醉浩歌或触事而赋的某些词作中有鲜明的表露:

　　醉里重揩西望眼,惟有孤鸿明灭。万事从教,浮云来去,枉

了冲冠发。(《念奴娇·瓢泉酒酣和东坡韵》)

起望衣冠神州路,白日消残战骨。叹夷甫诸人清绝。夜半狂歌悲风起,听铮铮阵马檐间铁。南共北,正分裂。(《贺新郎·用前韵送杜叔高》)

了却君王天下事,赢得生前身后名。可怜白发生。(《破阵子·为陈同父赋壮词以寄之》)

长剑倚天谁问,夷甫诸人堪笑,西北有神州。此事君自了,千古一扁舟。(《水调歌头·送杨民瞻》)

长剑倚天,放眼神州陆沉,以"了却君王天下事"与知友共勉的稼轩,自难甘于久居山林,待机出山以成就抗金恢复大业,自在情理之中。

四

绍熙二年(1191)冬,稼轩奉命提点福建刑狱,次年春离开瓢泉赴闽,开始了其人生又一个出仕复退归的循环期。

稼轩此次出山提点福建刑狱,当与福建盗乱有关。《宋史·光宗本纪》载,绍熙二年二月,"福建安抚使赵汝愚等以盗发所部,与守臣、监司各降秩一等,县令追停"。而治盗平乱为稼轩所长,如朱熹《答辛幼安启》即以善治盗乱的汉代张敞为喻:"当季康患盗之时,岂张敞处闲之日?"在福建提刑任上,稼轩恪尽职守,但受制于福建安抚使林枅。后林氏病卒,稼轩兼摄安抚使,上疏论经界、钞盐二事,为朝论所阻,不久即被召入京,于友人别宴上赋词曰:"长恨复长恨,裁作《短歌行》。何人为我楚舞,听我楚狂声。……富贵非吾事,归与白鸥盟。"(《水调歌头》)奉诏入朝却忧愤欲归,可见闽中为官一年来并不如意。功名富贵非所愿,稼轩系怀的依然是抗金大业，绍熙四年(1193)初入朝便奏进《论荆襄上流为东南重地疏》，提出加强荆、襄战备防御的具体措施，希望光宗"安居虑危，任贤使能，修车马，备器械，使国家屹然有金汤万里之固，天下幸甚，社稷幸甚"。以稼轩资历才能而论，所言"任贤使能"实有毛遂自荐之意，但不为朝议所重。稼轩随后转任太府卿，同年秋出知福州兼任福建安抚使。稼轩离京再任福建帅职，非情所愿，但在任上依然敢作敢为，针对"福州前枕大海，为贼之渊，上四郡民顽犷易乱"，积蓄财力，置"备安库"，以待缓急。这些施政举措却招来非议。绍熙五年(1194)秋，稼轩遭弹劾，被指为"残酷贪饕，奸赃狼藉"，落职退归带湖。

出山再入仕途，三年后又被弹劾罢归，稼轩两首堪称前后呼应的词作颇有意味：

> 细听春山杜宇啼，一声声是送行诗。朝来白鸟背人飞。
>
> 对郑子真岩石卧，趁陶元亮菊花期。而今堪诵《北山移》。
>
> （《浣溪沙·壬子春赴闽宪别瓢泉》）

> 白鸟相迎，相怜相笑，满面尘埃。华发苍颜，去时曾劝，闻早归来。　　而今岂是高怀？为千里、莼羹计哉？好把《移文》，从今日日，读取千回。
>
> （《柳梢青·三山归途代白鸥见嘲》）

托白鸟以自嘲，去时当有所期待，白鸟则劝"闻早归来"，背人飞去；如今归来，"满面尘埃。华发苍颜"，"白鸟相迎，相怜相笑"。若说稼轩去时谓"而今堪诵《北山移》"，为自我调笑，笔调轻松；归来后说"好把《移文》，从今日日，读取千回"，则深自怨悔，笔致沉郁，见出其三年来的失意失望

情怀。与此相应,稼轩这三年间的词作中,一种屡见于笔端的情调就是归退之意以及欲归而不得之愁,如:

> 鸡豚旧日渔樵社。问先生、带湖春涨,几时归也。(《贺新郎》)
>
> 问人生得意几何时,吾归矣。(《满江红》)
>
> 抛却山中诗酒窠,却来官府听笙歌。闲愁做弄天来大,白发栽埋日许多。(《鹧鸪天·三山道中》)
>
> 叹息。山林钟鼎,意倦情迁,本无欣戚。转头陈迹。飞鸟外,晚烟碧。问谁怜旧日,南楼老子,最爱月明吹笛。到而今、扑面黄尘,欲归未得。(《瑞鹤仙·南剑双溪楼》)

抒写寥落宦情之外,稼轩仕闽词作中值得提及的是对当地风光物色的题咏,有三山西湖雨中奇景:"翠浪吞平野。挽天河谁来照影,卧龙山下。烟雨偏宜晴更好,约略西施未嫁。待细把江山图画。千顷光中堆滟滪,似扁舟欲下瞿塘马。中有句,浩难写。"(《贺新郎》)有武夷秋色:"露染武夷秋,千峦耸翠。练色泓澄玉清水。十分冰鉴,未吐玉壶天地。"(《感皇恩》)还有"倚东风一笑嫣然,转盼万花羞落"的梅花(《瑞鹤仙·赋梅》)……尤其是"过南剑双溪楼"所赋《水龙吟》一词,融山水之奇景、传说之异事、现实之感慨为一体,虚实相发,笔力雄奇,境界壮丽而情调沉雄。

稼轩此次仕而复归,正可谓"欲飞还敛",抗金报国之雄心未能展飞,复又敛退而归。仕闽前,稼轩曾访得铅山奇师村周氏泉,更名"期思瓢泉",且有"此地结吾庐"之愿。自闽罢归,即再往期思卜筑,经营新居。庆元二年(1196),带湖雪楼被焚,稼轩迁居瓢泉,开始了近十年的瓢泉闲居生活。

与此前淳熙间的带湖闲居相似,稼轩日常生活仍以游历山水、读书交游为主,其词中屡有述及:"一生不负溪山债,百药难治书史淫。""几个相知可喜,才厮见说山说水。颠倒烂熟只这是,怎奈何一回说,一回美。""乃翁依旧管些儿,管竹管山管水。""小窗高卧,风展残书。看《北山移》《盘谷序》《辋川图》。"题咏山水亭阁、友朋酬唱赠别,便成了稼轩瓢泉闲居词作的主要题材。这与其带湖闲居词作相类,且写景笔调的或轻或重以及与物相戏之谐趣,也可谓一脉相承。重笔挥舞者如:"叠嶂西驰,万马回旋,众山欲东。正惊湍直下,跳珠倒溅;小桥横截,缺月初弓。""一水西来,千丈晴虹,十里翠屏。"闲笔点染者如:"几个轻鸥,来点破、一泓澄绿。更何处、一双鸂鶒,故来争浴。""春雨满,秧新谷。闲日永,眠黄犊。""一条垂柳,两个啼鸦。""疏疏翠竹,阴阴绿树,浅浅寒沙。"与物相戏者如:"青山意气峥嵘,似为我归来妩媚生。解频教花鸟,前歌后舞,更催云水,暮送朝迎。""野花啼鸟,不肯入诗来,还一似,笑翁诗,自没安排处。"然而更值得细究的,是稼轩瓢泉闲居与带湖闲居时不尽相同的心态及其相应的词作风貌。

稼轩带湖闲居十年,冒"背叛"林泉猿鹤之名而再仕,仅三年又被罢职而归,其功业之心当受重创,且年逾五旬,其心境由自嘲自省而渐归超然自适,词中所谓"清溪上,被山灵却笑,白发归耕""寻思前事错,恼杀晨猿夜鹤""万事纷纷一笑中,渊明把菊对秋风"等即可见出。如果说稼轩所自许的功业之志在带湖闲居时尚存心底,闲居瓢泉期间则几近消沉,如其词中屡言:"功名妙手,壮也不如人,今老矣,尚何堪?堪钓前溪月。""名利奔驰,宠辱惊疑,旧家时都有些儿。而今老矣,识破关机,算不如闲,不如醉,不如痴。"虽偶尔会因"客慨然谈功名"而追往叹今,发出"春风不染白髭须。却将万字平戎策,换得东家种树书"之无奈感慨,但带湖词作中如"醉里重揩西望眼""枉了冲冠发""夜半狂歌悲风起,听铮铮阵马檐间铁""平生塞北江南,归来华发苍颜。布被秋宵梦觉,眼前万里江山"一类壮志难酬之悲愤,稼轩在瓢泉闲居期间已近消融,而是更倾向于摆落功名得失之念,洞达纷纭世事,感悟人生世情,体味山水自然真趣。其词作更多地呈现出某种理趣情韵,这是稼轩瓢泉词作在情调上有别于带湖词作的一大特色。

瓢泉词作之理趣情韵,首先表现为对人生世事的洞达,对贵贱荣辱、是非得失的超脱。稼轩有秋水堂,取自《庄子·秋水》篇名,并赋词明其寓意,即万物齐同在各适其性而自乐,人也当任天自适,超然于穷通贵贱之外,所谓"小大相形,鸠鹏自乐""贵贱随时""谁与齐万物?庄周吾梦见之","富贵非吾愿,皇皇乎欲何之""看一时鱼鸟忘情喜,会我已忘机更忘己""但教河伯,休惭海若,大小均为水耳"。

只有超然于纷纭世事、名利得失之外,才能深切体味自然山水真趣。稼轩瓢泉词作之理趣情韵的又一层面也就在此。这可从其词作对陶渊明及其诗文的解读见出。渊明及其诗文在稼轩笔下常被提及,大都在闲居词作中,在带湖二百二十余首词作中尚不及十首,而瓢泉二百二十余首词作中则有近三十首。带湖词作中如"千古黄花,自有渊明比""爱酒陶元亮,无酒正徘徊""试寻残菊处,中路候渊明",都是饮酒、赏菊一类外在举止,当涉及情怀心境,稼轩则自知不及:"待学渊明,酒兴诗情不相似。""我愧渊明久矣,犹借此翁湔洗,素壁写《归来》。"

瓢泉闲居期间的稼轩自谓"读渊明诗不能去手""老来曾识渊明,梦中一见参差是"。其词笔亦颇能体味渊明真趣,即与山水相融相适的悠然意趣。友人傅岩叟有阁名"悠然",稼轩屡为赋词,笔涉理趣:"岁岁有黄菊,千载一东篱。悠然政须两字,长笑退之诗。自古此山元有,何事当时才见,此意有谁知?"(《水调歌头》)黄菊不待渊明而开,南山亦不待渊明而有,悟得个中真趣关键在渊明之悠然心会:"风流划地,向樽前采菊题诗,悠然忽见,此山正绕东篱。千载襟期,高情想象当时,小阁横空,朝来翠扑人衣。是中真趣,问骋怀游目谁知。无心出岫,白云一片孤飞。"(《新荷叶》)

上述词作见出稼轩对渊明真趣的体悟,其应"客以泉声喧静为问"而作的《祝英台近》(水纵横)则堪为其瓢泉闲居的心境自述:拄杖步入瓢泉山水之境,静观水中山影、水动山摇之趣,超然闲适心态映现其中。结末以天女散花典故回答"泉声喧静"之问,则寓诸禅趣,即天女所言:"结习未尽,故花著身。"(《维摩诘所说经·观众生品第七》)结习已尽则花不著身。静,不在外境,而在心境,有似陶渊明所言:"结庐在人境,而无车马喧。问君何能尔,心远地自偏。"

洞达世事、超脱功名、体味山水真趣之外,对友情的题咏感悟也是稼轩瓢泉词作中值得论及的。稼轩二百二十余首瓢泉词作中有百余首交游酬赠之作,涉及三十余人,展现出其日常交游生活中的友朋情谊:

自笑好山如好色,只今怀树更怀人。闲愁闲恨一翻新。(《浣溪沙·偕杜叔高吴子似宿山寺戏作》)

绿荫啼鸟,《阳关》未彻早催归。歌珠凄断累累。回首海山何处,千里共襟期。叹高山流水,弦断堪悲。(《婆罗门引·用韵别郭逢道》)

记取岐亭买酒,云洞题诗。争如不见,才相见、便有别离时。千里月、两地相思。(《婆罗门引·别杜叔高,叔高长于楚词》)

稼轩瓢泉所作此类词,较带湖所作更添几许忧伤,这当与其自身年岁渐老、故友零落境况有关,如其词中所叹:"甚矣吾衰矣。怅平生交游零落,只今余几!""白发多时故人少。"此外,所谓"今代故交新贵后,浑不寄,数行书",也令稼轩"怅平生肝胆,都成楚越",感悟真挚友情之难得而可贵:"交情莫作碎沙团。死生贫富际,试向此中看。"

山中闲居,心念知友,稼轩遂对陶渊明"思亲友"之作《停云》诗颇有同感,在瓢泉建堂名"停云",并赋词櫽括陶诗,寄寓对知友的思念和期盼:"搔首良朋,门前平陆成江。春醪湛湛独抚,恨弥襟、闲饮东窗。……日月于征,安得促席从容。"(《声声慢·櫽括渊明〈停云〉诗》)思友之愁亦屡见于笔端。此番忧愁的消解,依然有待于山水情、酒中趣。这便有了稼轩"一日,独坐停云,水声山色竞来相娱",触兴而作的那首"仿佛渊明思亲友之意"的《贺新郎》(甚矣吾衰矣)。叹老思友之悲,在妩媚青山、"浊醪妙理"中消融。岳珂《桯史》载稼轩甚爱此词,每自诵"我见青山多妩媚,料青山见我应如是""不恨古人吾不见,恨古人不见吾狂耳",则"拊髀自笑,顾问坐客何如。皆叹誉如出一口"。此数句在全词跌宕起伏的情调变化中有如双峰对峙,展现出稼轩超脱嗟老伤世、念故思友之情的洒落狂放情怀。

五

稼轩退居瓢泉的近十年间,外戚韩侂胄把持政坛,斥伪学,兴党禁。嘉泰二年(1202),党禁学禁解除,史称"侂胄以势利盅士大夫之心,薛叔似、辛弃疾、陈谦皆起废显用。……或劝侂胄立盖世功名以自固者,于是恢复之议兴"(《宋史·韩侂胄传》)。韩侂胄有笼络人心、立功自固之私。稼轩之所以应召出山,大概出于两方面的考虑:一在自身方面,年逾花甲,时不我待,遂争取一切可能的机遇,为实现平生抗金复国大志作最后的努力;二在时局方面,金朝正遭遇内外危机,这为南宋主战派提供了兴兵北伐之机。然而能否成就恢复大业,黄榦《与辛稼轩侍郎书》所提出的"内之所以用我与外之所以为我用者",是极为关键的两大因素,尤其是

"内之所以用我"者,而稼轩此次出山再仕数年间的遭际,则坐实了黄榦的规讽:"今之所以主明公者何如哉?黑白杂揉,贤不肖混淆。佞谀满前,横恩四出。国且自伐,何以伐人?此仆所以深虑夫用明公者,尤不可以不审夫自治之策也。"简言之,即谓朝中奸佞当道,北伐难成。

嘉泰三年(1203)六月,稼轩奉诏知绍兴府兼浙东安抚使。值得一提的是,平生力主恢复、时年八旬的陆游当时退居山阴镜湖,两人多有来往,共谋北伐大略。半年后,稼轩奉诏入朝,陆游赋诗《送辛幼安殿撰造朝》送别:"大材小用古所叹,管仲萧何实流亚。天山挂旆或少须,先挽银河洗嵩华。中原麟凤争自奋,残虏犬羊何足吓。但令小试出绪余,青史英豪可雄跨。"称赏稼轩才比管仲、萧何,对北伐收复中原进而深入漠北击退蒙古北犯充满信心。

稼轩想必同样怀抱期待入朝献策,嘉泰四年(1204)晋谒宁宗,言金必乱必亡之势。就年岁资历、能力声望而言,稼轩当入枢密院参与军事决策指挥,然而却于当年三月出知镇江府。镇江为南宋边防十大军事重镇之一,但其兵权则归属镇江都统司。可见,稼轩出知镇江,实则被排挤出了北伐军事筹划决策圈,但他仍在为北伐尽力,如招募土丁,私遣间谍侦察敌情,而其抗金谋略只能与友人交流。一年后,稼轩被降官两级,不久改知隆兴府,未及赴任即遭弹劾而落职,于开禧元年(1205)秋归铅山。此后虽有几次诏命,均辞免未就。开禧三年(1207)九月,稼轩病卒于铅山,临终前数日曾悲愤慨叹:"侂胄岂能用稼轩以立功名者乎?稼轩岂肯依侂胄以求富贵者乎?"

稼轩人生中的最后一段仕宦生涯,诚如谢枋得《辛稼轩先生墓记》所评:"手不掌兵权,耳不闻边议。"数年间为恢复大业而作的最后努力终归无成,其情怀历程在词作中也有相应的展露。

稼轩此期先后任职的绍兴、镇江均为历史名城,前者为春秋五霸之一的越国都城;后者为三国时称霸东南的孙吴重镇,又是南朝曾挥师征南燕、平西蜀、灭后秦，创下赫赫战功的宋武帝刘裕的故里。特定的历史文化意蕴，在平生大业未了而又年逾花甲的稼轩心中，极易触发身世感慨，登临怀古、感时伤世也便成了稼轩绍兴、镇江任职期间词作的重要情调。

历史沧桑之感是词人登临怀古的常有情绪，稼轩也不例外，其绍兴、镇江任职期间所作怀古词中均流露出此类情怀。然而更值得注意的是，此类词作透露出稼轩在绍兴、镇江时不尽相同的心境。绍兴任职时的稼轩对恢复大业尚心存希冀，其精神状态正如刘过《呈稼轩》所言："精神此老健于虎，红颊白须双眼青。未可瓢泉便归去，要将九鼎重朝廷。"其词作则流露出对功成身退的叹慕，如《汉宫春》(秦望山头)对西施助越王灭吴之后随范蠡泛舟五湖的题咏："谁向若耶溪上，倩美人西去，麋鹿姑苏？至今故国人望，一舸归欤？"《汉宫春·会稽秋风亭怀古》因秋风而言及夏季功成身退："功成者去，觉团扇、便与人疏。"功未成之秋风则吹拂不息："吹不断，斜阳依旧。"笔调中不难品味出词人的情怀寄托。

从绍兴奉诏入京，继而出知镇江府，稼轩对韩侂胄北伐用兵之策失去信心，加之身体转衰，其词作中显露出失望退归之情，如《瑞鹧鸪·京口有怀山中故人》《瑞鹧鸪·京口病中起登连沧观偶成》等，而镇江曾经的孙吴、刘宋史事则令稼轩抚今追昔，感慨幽愤。其代表词作就是《永遇乐·京口北固亭怀古》。此词作于开禧元年(1205)春，当时韩侂胄等未能准备充分而以北伐易成，授意守边宋军先行对金挑衅，张扬用兵之势。前一年夏天，稼轩与程珌谈及私遣间谍侦察所获敌情时说："虏之士马尚若是，其可易乎！"如今韩侂胄草率用兵，稼轩深为忧虑，却又无力阻止，遂借古讽今，借南朝宋文帝刘义隆元嘉年间草率北伐而终归大败的典故，对当今北伐主持者予以劝谏："元嘉草草，封狼居胥，赢得仓皇北顾。"词中对孙权、刘裕的追慕是慨叹当今没有堪当北伐重任的英雄豪杰，对老廉颇的叹惋则是自叹报国无门。全词在怀古中抒发对时局的深切忧虑以及对自身遭际的悲愤无奈。

　　前文曾述及稼轩年逾花甲而毅然奉诏出山,友人曾劝阻,稼轩绍兴时所作词中也提及"故人书报:莫因循忘却莼鲈",归去恐怕是他不时会想到的念头,在其绍兴、镇江两地词作中均有表现。绍兴任职时,稼轩于秋风亭上观雪而想到蓑笠翁垂钓江雪,流露出退归自守清寒之念:"要图画还我渔蓑。冻吟应笑,羔儿无分谩煎茶。起来极目,向弥茫数尽归鸦。"酬答友人词中又以嵇康与山涛绝交典故戏谑:"归去也绝交何必,更修山巨源书。"大概因尚存功成身退之期盼,同时又感到前景堪忧,稼轩言及退归时显沉郁之笔,待到差知镇江,词作则显露出失望退归之情,同时也在反思中趋于豁达:"随缘道理应须会,过分功名莫强求。先自一身愁不了,那堪愁上更添愁。"一旦脱身归去,"直须抖擞尽尘埃,却趁新凉秋水去"。回到瓢泉,停云堂上赋词云:"偶向停云堂上坐,晓猿夜鹤惊猜。主人何事太尘埃? 低头还说向,被召又重来。多谢北山山下老,殷勤一语佳哉。借君竹杖与芒鞋,径须从此去,深入白云堆。"被召而又罢归的悔怨幽愤之情,只求消融于林泉畅游、诗酒清赏之间:"试向浮瓜沉李处,清风散发披襟。莫嫌浅后更频斟。要他诗句好,须是酒杯深。""期思溪上日千回,樟木桥边酒数杯。人影不随流水去,醉颜重带少年来。"

　　然而以六十六岁带病之身落职归来,稼轩已感到平生仕宦就此告终,成就恢复大业此生无望,回首平生,仕途坎坷,屡遭弹劾,罢居二十年,壮志未酬,怨愤无奈之情又难以全然消融于山水之间:"不是长卿终慢世,只缘多病又非才。""老去浑身无著处,天教只住山林。百年光景百年心。更欢须叹息,无病亦呻吟。"叹息、呻吟声中传达出稼轩的终生遗憾。

六

　　稼轩词作所展现的人生历程、情怀境遇略如上述,确如范开《稼轩词序》所说："世言稼轩居士辛公之词似东坡,非有意于学坡也。自其发于所蓄者言之,则不能不坡若也。"二人都以词作为性情志趣的"陶写之具",在创作观念上一脉相承。此外,稼轩用东坡词韵之作有《念奴娇》(倘来轩冕)、《水调歌头》(我志在寥阔),且其词袭用或化用东坡诗词语句也不乏其例,粗略统计有六十余处。可见,稼轩并非刻意学东坡,但受东坡影响是毋庸置疑的。然而在创作风格及表现手法上,二人又不尽相同。东坡以其自然洒落词笔抒写达观超旷情怀,词作主调可谓气象高妙。稼轩则为一世豪杰,崇尚民族正气和勇武之气,认为"以气为智勇,是真足办天下之事,而不肯以身就人者"。其所谓"天下之事"即抗金复国,然而平生壮志雄才难以施展,且屡遭弹劾落职,"谗摈销沮,白发横生,亦如刘越石,陷绝失望",故陈廷焯评:"稼轩有吞吐八荒之概,而机会不来","故词极雄豪,而意极悲郁"。稼轩词风之主调堪称雄深雅健,气魄沉雄。这可从字法、句法及章法诸端来作具体解读。

　　说及稼轩字法句法,可谓"无言不可入",有如韩愈论文所云:"气盛,则言之短长与声之高下者皆宜。"其字法有两大特色值得提出:一是博取古籍语典。稼轩平生失意闲居二十年,读书广博,自言"百药难医书史淫",陆游称其"千篇昌谷诗满囊,万卷邺侯书插架"。古句成语,不时流诸笔端。历来论者对此多有共识,如宋人刘辰翁称其"用经用史,牵《雅》《颂》入《郑》《卫》","横竖烂漫,乃如禅宗棒喝,头头皆是",清人吴衡照谓其"别开天地,横绝古今。《论》、《孟》、《诗》小序、《左氏春秋》、《南华》、《离骚》、《史》、《汉》、《世说》、《选》学、李杜诗,拉杂运用,弥见其笔力之峭",清人刘熙载誉其"龙腾虎掷,任古书中理语、廋语,一经运用,便得风流"。论评均属精当,但稼轩词作用语更重要的第二个特色,也是其雄深雅健笔风的决定性因素,是善于驱遣阳刚品位的字眼,不作"雌声学语","绝不作妮子态"。此类例句不胜枚举,写景状物如"点火樱桃,照一架、荼蘼如雪。春正好,见龙孙穿破,紫苔苍壁","晚风吹雨,战新荷声乱,明珠苍壁","东风夜放花千树。更吹落,星如雨","山上飞泉万斛珠。悬崖千丈落鼯鼪","叠嶂西驰,万马回旋,众山欲东";自抒情怀如"我志在寥阔,畴昔梦登天","鸿鹄一再高举,天地睹方圆","敲碎离愁,纱窗外、风摇翠竹","旧日重城愁万里,风月而今坚壁";感时怀古如"吴楚地,东南坼。英雄事,曹刘敌。被西风吹尽,了无尘迹","想剑指三秦,君王得意,一战东归","想当年、金戈铁马,气吞万里如虎";写人如"千丈擎天手。万卷悬河口。黄金腰下印、大如斗。更千骑弓刀,挥霍遮前后","坐中豪气,看君一饮千石","千里渥洼种,名动帝王家。金銮当日奏章,落笔万龙蛇",等等。

与多用阳刚品位的字眼相应,稼轩句法的一大特色是充满动感和力度,上述例句亦可为证。此外,问诘句的运用也是其句法一大特点,如《念奴娇·登建康赏心亭呈史留守致道》一词,三处问诘句——"虎踞龙蟠何处是?""一声谁喷霜竹?""谁劝杯中绿?"使全词笔势一波三折,顿挫有力。此类词句在稼轩笔下不乏其例,如:"弹短铗,青蛇三尺,浩歌谁续?""且约湖边风月,功名事、欲使谁知?""算平戎万里,功名本是、真儒事,公知否?""清愁不断,问何人会解连环?""倩何人、唤取红巾翠袖,揾英雄泪?""凭谁问,廉颇老矣,尚能饭否?"

问诘句的提顿承转,也体现出稼轩词的章法特点。清代周济谓"稼轩则沉着痛快,有辙可寻"(《宋四家词选序论》),即言其章法笔致。稼轩词作题材大略可归为酬唱赠别、咏物纪游和登临怀古三类。不同题材的词作虽呈现出不尽相同的面貌,但其章法笔致均趋向于抑扬顿挫。

稼轩的赠别词作,既非如婉约词人那般为离情别绪所缚而陷入缠绵悱恻之境,也不同于苏轼洞达离愁别恨而归于清旷淡泊之境,而是将离别之情融入身世时局感慨之中,跌宕顿挫。早期所作的《摸鱼儿》(更能消几番风雨)如此,晚年所作《贺新郎》(绿树听鹈鴂)亦然。如后者《贺新郎》为送别茂嘉十二弟之作,此词切合词情择取典事,上片所用昭君出塞、陈皇后失宠退居长门宫、卫庄姜送归妾均为后妃之别,下片所用李陵别苏武、荆轲别燕太子丹皆为名将义士之别,寄寓对家国身世的深切悲慨。周济《宋四家词选》谓"上阕北都旧恨,下阕南渡新恨",可备一说。词作章法则颇见琢炼之工,起、结数句相互照应,暗用杜鹃啼血及《离骚》诗句"恐鹈鴂之先鸣兮,使夫百草为之不芳",伤春伤别,情景交融,笔致跌宕有力。中间转合分明:"算未抵人间离别"为一承转;"啼鸟还知如许恨"再承转,同时遥应起笔。末二句荡开一笔,言别后之情而出以问句,气韵沉雄。

纪游咏物是"一生不负溪山债"的稼轩创作较多的题材。其纪游词作虽有静处闲看之境,但最鲜明的特点是置身于勃发律动的自然境界,心物互动,写景抒怀,收放转合,跌宕回互之笔调间见出难以平静的情怀,如名作《沁园春·灵山齐庵赋》《水龙吟·过南剑双溪楼》《沁园春·再到期思卜筑》等,笔调驱遣收束,以情驭景,身世感慨寓于其中。

稼轩纪游词倾向于揭示自然景象之动态气势,其咏物词以静态物象为题咏对象,驱遣调度与物象相关的典故以寄托情怀,如题咏水仙、海棠、琵琶的三首《贺新郎》即是,举其"赋琵琶"一词为例:词作起句"凤尾龙香拨",切题而入,亮出琵琶;上下片结句"弦解语,恨难说""弹到此,为呜咽",笔调滞重,情调悲怨,意脉均与起句呼应;中间融贯数则与琵琶相关的典故,有时代盛衰之变、天涯沦落之悲、出塞和番之恨、征夫思妇之愁、世事沧桑之叹。全词犹如演奏一部寄托人生世事悲慨的琵琶曲。

咏物词借典故寄寓情怀,也是一种借古感时,怀古词作则是更为直接的感慨古今。稼轩此类词作多涉悲慨愤激情事,笔调起伏跌宕,章法收放有节,如《八声甘州》(故将军饮罢夜归来)《念奴娇》(我来吊古)《永遇乐》(千古江山)等,均无直率昂扬之态。此以稼轩早年所作《水龙吟》(楚天千里清秋)为例,上片"楚天千里清秋,水随天去秋无际。遥岑远目,献愁供恨,玉簪螺髻。落日楼头，断鸿声里，江南游子。把吴钩看了，栏干拍遍"，可谓一气流走，下接"无人会、登临意"，则顿笔收束。下片"休说鲈鱼堪脍。尽西风、季鹰归未。求田问舍，怕应羞见，刘郎才气。可惜流年，忧愁风雨，树犹如此。倩何人、唤取红巾翠袖，揾英雄泪?"意脉承上"登临意"，用张翰因秋风而思归、许汜见刘备、桓温对树感慨三则典故，寄寓壮志难酬、欲退而不甘之悲郁以及年华易逝之慨叹，笔笔沉婉压抑，至结末振笔反诘，激荡而沉雄。

稼轩词的字法、句法及章法主要特点大略如此，至于以口语入词如"骤雨一霎儿价""待葺个、园儿名佚老。更作个、亭儿名亦好"，与物相谑如《沁园春》"杯汝来前"、《六州歌头》"晨来问疾"，则属偶尔为之，涉笔成趣，此不多论。

以上所论即稼轩其人其词，此录近代学者刘咸炘先生《文学述林》中的一段概述作结：

　　辛稼轩秉北人之刚质，染南人之柔风，所作长短句，慷慨豪宕，幽约怨断，兼擅其长，盖其平生志节瑰奇，性情笃厚，而英雄气、儿女情备于一身，境遇又多变迁，因境而生感，因感而发情志，故迥出千古，独为大家，莫能并立。

最后就本书选词所据版本及编次体例略作说明。书中所选稼轩词一百六十五首，按词牌名编排，以词牌名首字笔画为序(《添字浣溪沙》除外，列于《浣溪沙》之后)。词作文本以王鹏运四印斋所刻元大德己亥广信书院十二卷本《稼轩长短句》为底本，参校吴讷《唐宋名贤百家词》四卷本《稼轩词》、邓广铭《稼轩词编年笺注》，择善而从，校改于注释中标明。才学所限，书中错误，敬请读者指教。

一 枝 花

醉中戏作

千丈擎①天手。万卷悬河口。②黄金腰下印、大如斗。③更千骑弓刀,挥霍遮前后。④百计千方久。似斗草⑤儿童,赢个他家偏有。　　算枉了、双眉长恁皱。白发空回首。那时间、说向山中友。看丘陇牛羊,更辨贤愚否。⑥且自栽花柳。怕有人来,但只道、今朝中酒⑦。

$$\boxed{\text{注释}}$$

① 擎:托举。
② "万卷"句:形容才学渊博,滔滔不绝。《晋书·郭象传》载王衍语:"听象言,如悬河泻水,注而不竭。"
③ "黄金腰下印、大如斗"句:指官高位尊,功勋卓著。《世说新语·尤悔》:"今年杀诸贼奴,当取金印如斗大系肘。"
④ "更千骑"二句:指高官声势煊赫。
⑤ 斗草:亦称斗百草,古时在五月五日举行的一种竞采花草的游戏。
⑥ "看丘陇"二句:意谓人死后入土成丘,贤愚莫辨。丘陇,指坟地。
⑦ 中酒:醉酒。

$$\boxed{\text{评析}}$$

词题称"醉中戏作",实则以戏谑之笔抒发深刻的世事感慨之情。上片前五句以夸饰的笔调渲染出一位仕宦得意、文武超群、胸怀大略者的煊赫声势,加之长年精心筹谋,此人必将大有作为。然而"似斗草儿童"两句,笔锋骤然跌落，官场上的名利竞逐，犹如孩童游戏，且赢家又偏偏归属他人。

下片承"斗草儿童"之喻，抒写对人世间名利逐鹿的超然感悟。既然追逐功名如小孩游戏，输赢便不必介意，为之"双眉长皱"诚属枉费，"白发回首"亦为徒然。携手山中好友，世间得失荣辱，尽付笑谈中。贤愚终归于牛羊蹄下的坟丘，后世有谁能辨！值得留恋的是山间的花草，杯中的美酒。

词作无疑寄托着稼轩的仕宦感慨，下片"那时间"云云，似为追述山中退居时情形，邓广铭《稼轩词编年笺注》推测为退居上饶带湖十年之后福建任职期间所作，可备一说。

八声甘州

夜读《李广传》①，不能寐，因念晁楚老、杨民瞻约同居山间②，戏用李广事，赋以寄之。

故将军饮罢夜归来，长亭解雕鞍。恨灞陵醉尉，匆匆未识，桃李无言。③射虎山横一骑，裂石响惊弦。④落魄封侯事，岁晚田园。⑤　　谁向桑麻杜曲，要短衣匹马，移住南山。看风流慷慨，谈笑过残年。⑥汉开边、功名万里，甚当时、健者也曾闲。⑦纱窗外、斜风细雨，一阵轻寒。

> ## 注释

①《李广传》：指《史记·李将军列传》。李广，西汉陇西成纪（今甘肃秦安）人。平生以抗击匈奴闻名，有"飞将军"之称。

②"因念"句：晁楚老、杨民瞻，均名籍无考，寓居带湖。

③ "故将军"五句：用李广典故。故将军，前任将军，此指李广。长亭，指灞陵
亭。灞陵，本为汉文帝陵墓，亦作霸陵，后置县，在今陕西西安市长安区。
《史记·李将军列传》载骁骑将军李广罢职，出猎归城时天已黑，至灞陵亭
遭醉酒的灞陵尉阻拦，广骑曰："故李将军。"尉曰："今将军尚不得夜行，何
乃故也!"桃李无言，为《史记·李将军列传》中太史公对李广的评价："桃
李不言，下自成蹊。"比喻李广虽不善言辞但名显于世。

④ "射虎"二句：用李广射虎穿石之事。《史记·李将军列传》载李广曾出外
射猎，将草中巨石误为猛虎，张弓射之，箭入石中。

⑤ "落魄"二句：言李广失意困顿，无封侯之赏，终年闲居田园。岁晚，岁暮。
《史记·李将军列传》载李广曾对王朔说："自汉击匈奴而广未尝不在其
中，而诸部校尉以下，才能不及中人，然以击胡军功取侯者数十人，而广不
为后人，然无尺寸之功以得封邑者，何也?"

⑥ "谁向"五句：何人退隐杜曲田园，移居终南山，短衣跨马，慷慨豪迈，畅
怀谈笑中度过晚年。此化用杜甫《曲江》诗句："自断此生休问天，杜曲幸
有桑麻田，故将移住南山边。短衣匹马随李广，看射猛虎终残年。"杜曲，
在今陕西西安市长安区东南。南山，即终南山，在今陕西西安市蓝田县
西南。

⑦ "汉开边"二句：言汉代开边拓疆，英雄志士当立功万里沙场，何以闲居无
事? 开边，扩展疆土。健者，勇武之士，此指李广。

> [评析]

这首词作年不详。词序云"因念晁楚老、杨民瞻约同居山间"，似为尚未
罢职闲居时语调。又《昭君怨·送晁楚老游荆门》中"试看如今白发，却为中
年离别"，与淳熙己亥(1179)自湖北移官湖南时所作《水调歌头》(折尽武昌

柳)"离别中年堪恨,憔悴鬓成霜"语意相同,当为大略同时之作。据此,稼轩官两湖、江西期间与晁氏有交游,且时有退隐之念,开始营建带湖新居,本词或亦为此期所作。

词作为读史感怀。上片用史事。夜宿灞陵亭为李广罢职闲居蓝田南山时所历之事,稼轩以此事起笔,照应词序的"晁楚老、杨民瞻约同居山间"。李广平生身经百战、威震疆场,但运命不济,即词中所谓"落魄封侯事,岁晚田园",罢居南山或可视为其平生境遇的先兆或缩影。稼轩之"恨",一则怨恨灞陵醉尉没能认出李广,二则恐怕也为灞陵尉因此事招致杀身之祸而叹恨(李广复职后斩灞陵尉)。司马迁以"桃李不言,下自成蹊"譬喻李广一生不善言辞而享誉天下,稼轩截取"桃李无言",上承"匆匆未识","未识"或因"无言",言语间含有对灞陵尉的些许同情。同时,"桃李无言"所喻示的威名盛誉引出下文射虎裂石典故。此为李广任右北平太守时经历,《史记》本传载"匈奴闻之,号曰'汉之飞将军',避之,数岁不敢入右北平"。词中"射虎"二句的生动描述,再现出李广当年威震匈奴之势。如此威武神勇之名将,却落得困顿失意,闲居田园,令后人感慨不尽!稼轩"夜读《李广传》,不能寐",缘由主要在此。下片以问语"谁向"提顿,转言友人相约退居山间。笔法上化用杜甫诗句,"桑麻杜曲"与上片结句"田园"相应,"短衣匹马""南山""风流慷慨"等语词映现出李广闲居南山之情形,其中也寄寓着稼轩设想中的山中闲居生活。上、下片意趣相融,脉络贯通。然而稼轩对这种报国无门处境下的闲居,内心深处存有难以言表的无奈和落寞,"汉开边"以下数句即透出此种情怀。前两句因李广"岁晚田园"而发问,而稼轩的真正寓意在借汉言宋,为其抗金复国壮志难酬而感慨怨愤。夜深人静,窗外斜风细雨,那袭上心头的"一阵轻寒",何尝没有英雄失路的悲凉之感。

卜 算 子

齿 落

刚者不坚牢,柔底难摧挫。不信张开口角看,舌在牙先堕。①　　已阙两边厢②,又豁中间个③。说与儿曹④莫笑翁,狗窦从君过⑤。

① "刚者"四句:刘向《说苑》卷十《敬慎》:"常枞(chuāng)有疾,老子往问焉。……(常枞)张其口而示老子曰:'吾舌存乎?'老子曰:'然。''吾齿存乎?'老子曰:'亡。'常枞曰:'子知之乎?'老子曰:'夫舌之存也,岂非以其柔耶? 齿之亡也,岂非以其刚耶?'"

② 两边厢:指两边的牙齿,如房屋中的厢房,故称。

③ 中间个:指门牙。

④ 儿曹:儿辈。

⑤ "狗窦"句:《世说新语·排调》:"张吴兴年八岁,亏齿。先达知其不常,故戏之曰:'君口中何为开狗窦?'张应声答曰:'正使君辈从此中出入。'"狗窦,狗洞。

评析

这首词作年不详,参照《水调歌头》(头白齿牙缺)有"四十九年前事",疑作于稼轩五十岁,即淳熙十六年(1189)前后。

牙齿脱落为衰老的迹象,稼轩并未因此生发人生迟暮、人生短暂之类感慨,而是想起了老子的舌存齿亡之喻理,体现出豁达风趣之情怀。词作起笔突兀,撇开齿落事体而直摄其中理趣。刚者,指牙齿,又非仅指牙齿;柔底,指舌头,又非仅指舌头。起二句所言为通理,"不信"二句则由通理言及事体,以事证理,关合词题"齿落"。

上片论理说事,理为通理,事亦为人人之事。下片具体言及稼轩自身的落齿,末以谐趣作结。整首词脉络井然,笔调轻松诙谐。细品词中理趣、谐趣,又不难感受到词人深隐其中的人生感慨,其生平刚正不阿却屡遭弹劾罢职之仕宦经历,即印证了"刚者不坚牢"之理,可与其《千年调》所言"厄酒向人时,和气先倾倒。最要然然可可,万事称好""此个和合道理,近日方晓"参读参证。

卜 算 子^①

　　欲行且起行,欲坐重来坐。坐坐行行有倦时,更枕闲书卧。　　病是近来身,懒是从前我。静扫瓢泉^②竹树阴,且恁随缘过。

注释

① 原有题"闻李正之茶马讣音",与词意不合,兹从四卷本。

② 瓢泉:在铅山县(今属江西上饶市)东,原名周氏泉,辛弃疾改名"瓢泉"。《江西通志》卷十一:"(铅山县)县东二十五里,瓢泉,形如瓢,宋辛弃疾得而名之。"据稼轩《水龙吟·题瓢泉》云"一瓢自乐,贤哉回也","瓢泉"之名或寓有《论语》"一瓢饮"之意。

评析

这首词作于瓢泉闲居期间(1197—1202)。稼轩时年约六十。

绍熙五年(1194),稼轩于福建安抚使任上遭弹劾,罢职归上饶带湖。庆元二年(1196)居宅失火,迁居铅山瓢泉。词作展现出词人瓢泉闲居期间的一段生活场景和心境。上片叙写日常行事,或行或坐或卧,几卷闲书相伴。过片(词的第二段的开头)点明近来多病,精神慵懒,可谓对上片所述情形的归结。结末二句直抒任运随缘情怀。

词作用语浅白。句式调配上,上、下片前两句结构相同,后两句长短错落之间以虚字"更""且恁"调度,上片前三句"行""坐"二字循环相叠,这一切形成笔脉节奏上的缓急自如,轻快流转,其情韵则不无自嘲自叹之味,一位矢志抗金复国的文武雄才,年近花甲,志业无成,罢职闲居,终日"行行坐坐"、"更枕闲书卧"、"竹树阴"下"随缘过",其幽愤之情不难想见。

千 年 调

蔗庵小阁名曰巵言①,作此词以嘲之

巵酒向人时,和气先倾倒。最要然然可可②,万事称好③。滑稽坐上,更对鸱夷笑。④寒与热,总随人,甘国老。⑤ 少年使酒,出口人嫌拗。⑥此个和合⑦道理,近日方晓。学人言语,未会十分巧。看他们,得人怜,秦吉了⑧。

注释

① "蔗庵"句：蔗庵，指郑汝谐，字舜举，号东谷居士。处州（今浙江丽水）人。知信州时居上饶，宅名"蔗庵"，亦以自号。卮（zhī），一种酒器，满酒时前倾，酒空时后仰。卮言，指随声附和、没有主见之言。《庄子·寓言》："卮言日出，和以天倪。"郭象注："卮，满则倾，空则仰，非持故也。况之于言，因物随变，唯彼之从，故曰'日出'。'日出'，谓日新也。日新则尽其自然之分。自然之分尽则和也。"

② 然然可可：指迎合附和声。此语化用《庄子·寓言》："恶乎然？然于然。恶乎不然？不然于不然。恶乎可？可于可。恶乎不可？不可于不可。物固有所然，物固有所可。无物不然，无物不可。"

③ 万事称好：用汉末隐士司马徽典故。《世说新语·言语》"南郡庞士元闻司马德操在颍川"条，刘孝标注引《司马徽别传》载徽善品鉴人物，居荆州为全身远害，口不议时人，"有以人物问徽者，初不辨其高下，每辄言佳"。

④ "滑稽"二句：言滑稽、鸱夷笑脸相对，圆转灵活。滑（gǔ）稽、鸱（chī）夷，均为注酒器。

⑤ "寒与热"三句：言甘草总能顺应人的寒症热病，调和治疗。甘，指甘草。国老，甘草别名。

⑥ "少年"二句：谓年少时豪饮使性，人嫌其说话执拗。《史记·魏其武安侯列传》："灌夫为人刚直使酒，不好面谀。"

⑦ 和合：调和融洽。

⑧ 秦吉了：鸟名，又名鹩哥，善学人语。白居易《秦吉了》："秦吉了，出南中。彩毛青黑花颈红。耳聪心慧舌端巧，鸟语人言无不通。"

评析

　　这首词与《水调歌头·和信守郑舜举蔗庵韵》(万事到白发)大略作于同时,即淳熙十二年(1185)前后。稼轩时年约四十六,闲居带湖。

　　这是一首嘲谑词作,因郑舜举题名蔗庵小阁曰"卮言"而触发。其主要特点在于取意摄理,别出新解,精妙有趣。"卮言"出自《庄子·寓言》:"卮言日出,和以天倪。"其本义乃谓言语顺应人事物情之自然本性而变化无穷,不主故常,不执己见。郑舜举取"卮言"以名阁,盖寄寓其寄情山水、顺任自然、无我无欲之心境。稼轩则借以拟比人事,喻意生新,借卮言讥讽那些阿谀奉承、随声附和、世故圆滑之徒,"向人""先倾倒","然然可可,万事称好"数语,堪称惟妙惟肖,神态活现。上片结末的"甘国老"与酒器之喻寓理相通,因其"寒与热,总随人",故而仕宦腾达,位至国老。这自然是对官场世风的暗讽,同时寄托着词人对自身遭际的感慨怨愤之情。

　　词作上片紧扣题意,以拟人手法寓庄于谐,谐趣之中寄寓辛辣的讽刺意味。下片自述身世遭际,少年时豪爽任性,直言招怨。近来方知和合之理,然本性难移,学而未能巧,遂不能如鹦哥鸟那般得人爱怜。这种略带自嘲意味的自我剖析中,也不难见出落职归退后的稼轩内心对官场逢迎风气的针砭和讥刺。

山 鬼 谣

　　雨岩①有石,状怪甚,取《离骚·九歌》②,名曰山鬼,因赋《摸鱼儿》,改今名。

　　问何年、此山来此? 西风落日无语。看君似是羲皇上③,直作太初④

名汝。溪上路。算只有、红尘⑤不到今犹古。一杯谁举？笑我醉呼君，崔嵬⑥未起，山鸟覆杯去。　　须记取，昨夜龙湫⑦风雨。门前石浪⑧掀舞。四更山鬼吹灯啸⑨，惊倒世间儿女。依约处，还问我、清游杖屦公良苦⑩。神交心许。待万里携君，鞭笞鸾凤⑪，诵我《远游》⑫赋。

注释

① 雨岩：在信州永丰县（今江西上饶市广丰区）博山。

② 《离骚·九歌》：指《楚辞·九歌》，屈原所作，凡十一篇，第九篇为《山鬼》，有"石磊磊兮葛蔓蔓""饮石泉兮荫松柏"等诗句。

③ 羲皇上：即羲皇上人，指传说中三皇之一伏羲氏以前的人。

④ 太初：指远古时期。

⑤ 红尘：指人迹。

⑥ 崔嵬：本指石土山。这里指怪石。

⑦ 龙湫：龙潭。

⑧ 石浪：原注："石浪，庵外巨石也，长三十余丈。"

⑨ "四更"句：言山鬼深夜呼啸而来，吹灭灯光。杜甫《移居公安山馆》："山鬼吹灯灭，厨人语夜阑。"

⑩ 良苦：很辛苦。

⑪ 鞭笞鸾凤：指乘鸾驾凤仙游。

⑫ 《远游》：本为《楚辞》篇名，或谓屈原所作。这里借以自喻超然远举之志。

评析

据蔡义江、蔡国黄《辛弃疾年谱》，这首词作于淳熙十三年（1186）前后。

稼轩时年约四十七，闲居带湖。

这首题赋雨岩怪石的《摸鱼儿》词作易名《山鬼谣》，因石之状怪异如山鬼。鬼乃怪而无定形，无法言状，稼轩对石之怪状未作正面描绘，而是通过环境铺垫、氛围渲染，呈现山、石之神态气势，通过人与山、人与石对语交流的拟人手法表现相互间的"神交心许"。

词作起笔以设问追溯雨岩来历，接以"西风落日无语"，似对西风落日发问。问而"无语"，词人只能自作揣度，故有"看君似是"之语。"羲皇""太初"语，令人思接远古，"溪上路"又贯通古今，"红尘不到"，有超尘脱俗境界。从俗世官场退出的稼轩置身此境，不禁兴发邀雨岩举杯共醉之念，透露出对雨岩神秘古朴、崔嵬安闲之态的心理依归。

上片写雨岩静态，下片展现雨岩动态，笔调上仅"昨夜"二句写实，其余皆为虚幻想象之境。"山鬼吹灯啸"，写出雨岩风雨之夜的恐怖气氛。世间儿女被惊倒，但稼轩却能处之不惊，且与其主宰者依约问答，"神交心许"，期待与之驱鸾驾凤同游万里长空。如果说静处的雨岩映衬出稼轩脱离官场之后的安适心态，那么雨岩风雨浪舞则激发起稼轩的壮志雄心，又因壮志难酬，转而生发出乘鸾远举之心。而《远游》及此前"山鬼"之名，均与屈原相关，令读者隐约感触到遭弹劾罢官的稼轩对屈原忠而被谤的深切体悟。

本词构思上腾飞想象，以拟人笔调，与雨岩怪石尔汝相称，名之为"太初"，邀其把杯同醉，相携万里仙游，既展现出词人的超然豪放秉性，也暗寓其仕宦失意、英雄失路之无奈情怀。

太 常 引

建康中秋夜为吕叔潜①赋

一轮秋影转金波。②飞镜又重磨。③把酒问姮娥④：被白发、欺人⑤奈何。　　乘风好去，长空万里，直下看山河。斫去桂婆娑，人道是、清光更多。⑥

① 吕叔潜：邓广铭《稼轩词编年笺注》考定其名大虬，为吕祖谦的叔父。

② "一轮"句：一轮秋月洒下金色的光辉。秋影，秋月。

③ "飞镜"句：中秋圆月如重新磨光的铜镜飞上天空。

④ 姮娥：即嫦娥，神话传说中的月宫仙女。《淮南子·览冥训》："羿请不死之药于西王母，姮娥窃以奔月。"高诱注："姮娥，羿妻。羿请不死之药于西王母，未及服之。姮娥盗食之，得仙，奔入月中，为月精也。"嫦娥，本作"恒娥"，俗作"姮娥"，后因避汉文帝刘恒讳，改称"常娥"，俗作"嫦娥"。

⑤ 白发、欺人：薛能《春日使府寓怀》："青春背我堂堂去，白发欺人故故生。""白发欺人"，宋人诗词中屡见。

⑥ "斫去"二句：化用杜甫《一百五日夜对月》诗句："斫却月中桂，清光应更多。"神话传说月宫有桂树，仙人吴刚被天帝罚砍月宫桂树，树随砍随合。斫，砍伐。婆娑，摇曳飘舞的样子。

这首词疑作于淳熙元年（1174）。稼轩时年三十五，任江东安抚司参议官。

词中"飞镜"句、"把酒"句、"乘风"句、"斫去"二句等，令人想到李白、杜甫、苏轼等名家的咏月诗词。稼轩在构思及字句上或许受到诸家名作的影响，但所寄寓的情怀有所不同。李白的《把酒问月》，一番充满诗意的宇宙探询之后归结于美好的人生祝愿,苏轼的《水调歌头》(明月几时有)与此异曲同工;杜甫的《一百五日夜对月》则是离乱现实中的对月怀人之作。而辛弃疾此词抒发的是年华虚度、壮志难酬情怀。中秋之夜,仰望天空一轮明月,稼轩或许不自觉地想起"诗仙"李白的咏月名句"皎如飞镜临丹阙",却在"飞镜"后吟出"又重磨"三字,透露出其内心对岁月流逝的感叹。因而他把酒问月,问的不是"青天有月来几时""明月几时有"之类充溢着超妙理趣的宇宙之谜,而是要请教长生不老的月宫仙女嫦娥:怎样面对头上越来越多的白发?"问姮娥"自然不可能获得解答,却激荡着词人压抑愤懑而怅落无奈的心绪衷曲。

过片从沉郁的情绪中跳出,展开想象,乘风遨游长空,俯瞰破碎的山河。这一番皓月长风下的激情翱翔,正映现出稼轩抗金复国的凌云壮志,而"直下看山河"又将飞翔的心志拉回到现实,感慨恢复之事前路黯淡,希望清除恢复大业的障碍,给抗金复国铺展出光明之路。这就是词作结末"斫去桂婆娑,人道是、清光更多"两句的寓意。

整首词可谓句句咏月而又笔笔言情,且又非前人诗词中常见的明月相思之情,而是蕴含沉雄之势的壮志难酬之慨。这一方面体现为词情脉络上的转折跌宕,如"又重磨"及过片"乘风好去"三句,明显为情调的转折;一方面则体现为词境上的比兴寄托,如下片所描写的乘风遨游长空之境,实为稼轩从压抑中腾飞的心境之外化,其中"直下看山河""斫去桂婆娑""清光更多"等词句的现实寓意不难体味,但词句上并无刻意寄托之迹。"斫去"二句承"看山河"而来,因在月夜,置身万里长空,难以看清山河,所以想到"斫去桂婆娑",使"清光更多",合情合理。细品其情其境,联想到稼轩的恢复之志,其言外之意深切可感。

木 兰 花 慢

滁州送范倅①

老来情味减,对别酒,怯流年②。况屈指中秋,十分好月,不照人圆。无情水都不管,共西风只管送归船。秋晚莼鲈江上,夜深儿女灯前。③　　征衫便好去朝天。玉殿正思贤。④想夜半承明⑤,留教视草⑥,却遣筹边⑦。长安故人⑧问我,道愁肠殢酒⑨只依然。目断秋霄落雁,醉来时响空弦。⑩

注释

① 范倅(cuì),指滁州(今属安徽)通判范昂。倅,为通判的简称。当时范昂任满返京。

② "对别酒"二句:面对送别的酒筵,害怕时光流逝。怯,黄升《花庵词选》作"惜"。

③ "秋晚"二句:用西晋张翰因思乡而弃官南归典故,写范昂返乡后的天伦之乐。《世说新语·识鉴》载张翰在洛阳为官,"见秋风起,因思吴中菰菜羹、鲈鱼脍,曰:'人生贵得适意尔,何能羁宦数千里以要名爵?'遂命驾便归"。

④ "征衫"二句:言朝廷正在渴求贤才,望范昂抵达京城尽快朝见皇上。征衫,征途上所穿衣衫。朝天,朝见皇帝。玉殿,指朝廷。

⑤ 承明:指朝堂。北宋初朝廷有承明殿,为皇帝诏见朝臣之所,后改名端明殿。

⑥ 视草:讨论草拟诏书。

⑦ 筹边:筹划边境事务。

⑧ 长安故人:京城老友。长安,借指京城临安。

⑨ 愁肠殢(tì)酒：四卷本作"寻常泥酒"。殢酒，沉溺于酒。

⑩ "目断"二句：仰望秋空大雁坠地，醉里不时听见弓弦空响。目断，望极，目
尽。此二句用战国时更赢的空弦落雁典故，见《战国策·楚策四》。

评析

这首词作于乾道八年(1172)秋。稼轩时年三十三，知滁州。

词为送别滁州通判范昂任满返京而作，起笔却自叹"老来情味减"，而稼轩当时年仅三十出头，自觉"老"，指心境而言，即"情味减"。如此心境承受离别的愁情，感受时光的流逝，内心阵阵惶恐。三十三岁之豪迈英杰面对仕宦中一次普通的离别，似不当如此伤感，再说稼轩治理滁州，政绩显著，数月间通过宽征薄赋等措施，使凋敝破败的滁州呈现出"人情愉愉，上下绥泰，乐生兴事，民用富庶"气象，乃建奠枕楼，"使民登临而歌舞之"(崔敦礼《代严子文滁州奠枕楼记》)。然而稼轩的志向并不止于一州之治，其深切关注的是恢复大业。自隆兴元年(1163)宋军符离惨败、宋金和议以来，稼轩先后向君相上呈《美芹十论》《九议》等，详陈恢复大略；知滁州，仍实施教民兵、议屯田，并有奏议论宋金事，乾道九年又上疏乞将滁州作极边推赏。(参见邓广铭《辛稼轩年谱》)滁州的边防地位、范昂离任返朝，令稼轩想到抗金复国之事，而数年来的和议时局又令其忧虑忡忡，因而有壮年叹老之情。

上片"况屈指"以下数句均为"送别"题中之意：时近佳节，月将圆，人相别，美景衬愁情；流水无情，西风劲吹，景中寓情。"归船"二字过渡到下文所描写的友人归家之乐，为想象之词，也是对友人离愁的慰藉。下片言友人返朝，对友人的劝勉期望之中也寄托着稼轩自己的壮志未酬之情，故"长安故人问我"一笔转入自表情怀，与词作起首相照应，但情调则于沉郁之中激荡着雄武气魄。

全词将送别、感怀、抚时融为一体,情调则由上片的沉郁低婉转为下片的激扬沉雄,稼轩的心绪变化即展露于字里行间。

木 兰 花 慢

中秋饮酒将旦,客谓前人诗词有赋待月,无送月者,因用《天问》①体赋。

可怜今夕月,向何处、去悠悠? 是别有人间,那边才见,光影东头? 是天外空汗漫②,但长风浩浩送中秋③? 飞镜④无根谁系? 嫦娥⑤不嫁谁留? 谓经海底问无由,恍惚使人愁。怕万里长鲸,纵横触破,玉殿琼楼⑥。虾蟆⑦故堪浴水,问云何玉兔⑧解沉浮? 若道都齐无恙,云何渐渐如钩?

注释

① 《天问》:指《楚辞·天问》,屈原所作,对天地自然以及相关的神话传说、历史故事等提出疑问。

② 汗漫:漫无边际。

③ "但长风"句:李白《宣州谢朓楼饯别校书叔云》:"长风万里送秋雁。"

④ 飞镜:喻月。李白《把酒问月》:"皎如飞镜临丹阙。"

⑤ 嫦娥:见《太常引》(一轮秋影转金波)注释④。

⑥ "玉殿"句:指月宫。

⑦ 虾蟆:又称蟾蜍,传说嫦娥奔月成为蟾蜍。《淮南子·精神训》:"日中有踆乌,而月中有蟾蜍。"

⑧ 玉兔：即月兔。《楚辞·天问》："厥利维何，而顾菟在腹。"王逸章句："言月中有菟。"菟，同"兔"。

[评析]

    这首词作年不详。词作以问询兼戏谑之笔，抒写中秋送月之意趣，在众多的中秋咏月诗词中别具一格。上片全为问句，首问月将去向何方，次问月是否要去照亮天那边的人间。此二问，意脉相承，"别有人间"云云，想象之中，充满人情生趣，且与后世天文学理暗合，王国维《人间词话》评曰："词人想象，直悟月轮绕地之理，与科学家密合，可谓神悟。""是天外"以下三问，转就月何以离去而发问，其笔调思路又有不同：长风送中秋，乃揣度探询月离去之由；飞镜无根、嫦娥不嫁，乃揣度探询月何以不停留。

    下片笔调落到月之别后旅途，抒写送月之情。"海上生明月"（张九龄《望月怀远》）、"明月出海底"（李白《古风》），"谓经海底"，即循此世间常言，而"问无由"三字及"恍惚"句，显露出对月入海中情形的关切，引发下文种种担忧：担忧巨鲸撞破月宫的琼楼玉宇，担忧月兔不善潜浮。末二句以缺月如钩，坐实上述担忧的缘由，也令读者意会到稼轩构思词作下片，即立足于月出海底和圆月渐缺。

    词作上片问月，下片送月，想象中不乏谐趣，乃为游戏之作，其问询笔调以及章法脉络分明，颇能体现出以文为词的特点。

水 调 歌 头

和马叔度①游月波楼②

客子③久不到，好景为君留。西楼着意吟赏，何必问更筹④。唤起一天明月,照我满怀冰雪,浩荡百川流。鲸饮未吞海⑤,剑气已横秋⑥。　　野光浮。天宇迥,物华幽。中州遗恨⑦,不知今夜几人愁。谁念英雄老矣,不道功名蕞尔⑧,决策尚悠悠。此事费分说,来日且扶头⑨。

注释

① 马叔度:具体生平不详。

② 月波楼:在湖北黄州(今属湖北黄冈市)。王禹偁《黄州新建小竹楼记》:"子城西北隅,雉堞圮毁,榛莽荒秽,因作小楼二间,与月波楼通。远吞山光,平挹江濑,幽阒辽夐,不可具状。"《方舆胜览》卷五十"黄州":"月波楼,在郡厅后。"

③ 客子:客居他乡之人。此为稼轩自称。

④ 更筹:古时夜间报更所用计时竹签,借指时间。

⑤ "鲸饮"句:谓饮酒未酣。此反用杜甫《饮中八仙歌》诗句:"饮如长鲸吸百川。"

⑥ "剑气"句:谓豪气横溢。

⑦ "中州"句:指中原沦陷之恨。

⑧ "不道"句:意谓不堪功名无成。不道,不堪。蕞(zuì)尔,微小。

⑨ 扶头:指饮酒。姚合《答友人招游》:"赌棋招敌手,沽酒自扶头。"

评析

这首词作于淳熙四年(1177)。稼轩时年三十八,知江陵府兼湖北安抚使。

北宋王禹偁《月波楼咏怀》有云:"好景不遇人,安得名存留。"好景尚待妙才佳句吟咏方能扬名世间。稼轩本词亦从此意摄题而入。其《鹧鸪天》(聚散匆匆不偶然)有云:"二年历遍楚山川。"宦游楚地,何以久而不登此楼?"好景为君留",即留待与君同游吟赏,切题"和马叔度游月波楼"。"好景"二字则下贯"一天明月""浩荡百川流"以及"野光浮"三句等景语。"唤起"五句承"西楼着意吟赏",以情驭景,皎皎明月,浩荡川流,入我襟怀。酒未酣,豪气已冲霄。此情此境乃超然于时事烦忧之外,展现出稼轩之英雄豪情,与下片时事忧愁致使"英雄老"对比鲜明,蕴含无尽感慨。

过片"野光浮"三句为远望之景,浮光迷蒙,物色幽邈。"浮""迥""幽"三字写景,也暗示出词人遥望情状。黄州靠近宋金边境,稼轩志在抗金、收复中原,置身此地此景,遥望中不禁生发故国沦陷之恨。"中州"句以下遂转入感时伤世。"不知"句,感叹当世忧心恢复大业者寥寥。"谁念"三句,慨叹时光流逝,功名无成,恢复之决策悠悠无期。"英雄老矣"为自叹,其翌年所作《满江红》(过眼溪山)有云:"旌旗未卷头先白。"稼轩时年未及四十而叹老,实则流露出恢复大业成功无期的急切幽愤之情。稼轩南归十五年来,隆兴元年(1163)张浚北伐失败,宋金议和,乾道间虞允文数年筹备恢复无果而终,淳熙间又频频爆发民众起义,朝政转向内治,抗金恢复之事搁置无问。词中"中州遗恨,不知今夜几人愁""决策尚悠悠",即为时局之感慨。恢复之事,如今难以倡言申说,尔后只有沉醉虚度。结末二句,怅然无奈之情溢于言外。

全词意趣归属登楼感怀,吟赏好景与感慨时局融为一体,上片因皓月朗照、川流浩荡触发壮怀豪兴,下片于遥望天宇物华中抒发"中州遗恨",慨叹英雄落寞,功业无成,前景幽渺,醉饮度日,情调转为忧愤怅然。词情之起伏变化中,寄寓深深的壮志难酬之悲。

水 调 歌 头

　　淳熙丁酉①，自江陵移帅隆兴②，到官之三月③，被召。司马监、赵卿、王漕饯别④。司马赋《水调歌头》。席间次韵⑤。时王公明枢密薨⑥，坐客终夕为兴门户之叹⑦，故前章⑧及之。

　　我饮不须劝，正怕酒尊空。别离亦复何恨，此别恨匆匆。头上貂蝉⑨贵客，苑外麒麟高冢⑩，人世竟谁雄！一笑出门去，千里落花风。　　孙刘辈，能使我，不为公。⑪余发种种如是⑫，此事付渠侬⑬。但觉平生湖海，除了醉吟风月，此外百无功⑭。毫发皆帝力⑮，更乞鉴湖东⑯。

注释

① 淳熙丁酉：淳熙四年，即 1177 年。

② "自江陵"句：从江陵知府调任隆兴知府兼江西安抚使。江陵，府名，在今湖北荆州市江陵县。移，改调。帅，担任帅守（兼任本路安抚使的知府、知州）。隆兴，府名，今江西南昌市。

③ 三月：四卷本作"二月"。

④ "司马监"句：司马监，指司马倬，字汉章，时任江西、京西、湖北总领。监，总领之别称。赵卿，未详。王漕，指王希吕，字仲行，一作仲衡，时任江西转运副使。

⑤ 次韵：依原词韵脚及其次序和作。

⑥ "时王公明"句：王公明枢密，即王炎，字公明。曾任枢密使，与虞允文不合。淳熙二年知潭州任上，被虞允文同党汤邦彦弹劾，落职，袁州（在今江西宜春）居住。薨，周代诸侯之死、唐代以后三品以上官员之死称"薨"。

⑦ 门户之叹：感叹政坛门户争斗。此指王炎生前遭虞允文同党排挤。《宋宰
辅编年录》卷十七载淳熙三年七月，宋孝宗即感到汤邦彦弹劾王炎不实，
谓"王炎似无大过"，礼部侍郎龚茂良等则直谓"邦彦所论王炎事，多非其
实，人皆能言之"。

⑧ 前章：指本词上片。

⑨ 貂蝉：指貂蝉冠，以附蝉、貂尾为饰的冠冕。

⑩ "苑外"句：化用杜甫《曲江》诗句："苑边高冢卧麒麟。"麒麟高冢，立有石麒
麟的高大坟墓。麒麟，传说中的一种仁兽。《西京杂记》卷三载，秦始皇骊
山墓上有石麒麟。

⑪ "孙刘"三句：用三国时魏国辛毗典故，意谓不愿攀附权贵以求高官。《三
国志·魏志·辛毗传》载，中书监刘放、中书令孙资掌权时，大臣多附之，
唯辛毗不与往来，自谓："吾之立身，自有本末。就与刘、孙不平，不过令吾
不作三公而已。"

⑫ "余发"句：《左传·昭公三年》：卢蒲嫳对齐侯说："余发如此种种，余奚能
为？"杜预注："种种，短也。自言衰老，不能复为害。"陈师道《送孝忠落解
南归》："短发我今能种种，晓妆他日看娟娟。"

⑬ 渠侬：他们。此指"孙刘辈"。

⑭ "除了"二句：化用苏轼《秀州报本禅院乡僧文长老方丈》诗句："我除搜句
百无功。"百无功，百事无成。

⑮ "毫发"句：意谓一切都是皇上的功劳。《汉书·张耳陈余传》载张耳之子
张敖嗣立为赵王，汉高祖过赵，轻慢赵王。赵相贯高欲杀高祖。赵王不
允，谓赵之得以复国，"秋毫皆帝力也"。

⑯ "更乞"句：意谓只求皇上许我退隐。鉴湖，又名镜湖，在今浙江绍兴市。
此代指退隐之地。《新唐书·隐逸传》载贺知章晚年请归隐乡里，"有诏赐
镜湖剡川一曲"。

评析

　　这首词作于淳熙五年（1178）春。稼轩时年三十九，自隆兴知府被召入朝。

　　淳熙四年冬，稼轩由知江陵府兼湖北安抚使调移江西安抚使，到任仅三月即奉诏入京，故有"此别恨匆匆"之叹。同时，僚友因前枢密使王炎之死而兴发的"门户之叹"，令稼轩对自身的仕宦经历颇有感慨，因而词作虽亦言及别恨，但笔调间更多的是因宦海凶险、功业无成而生发的退隐之情。

　　词作起四句言别恨，开怀痛饮之中寄托仕宦匆匆的别情。"头上"三句转到官场争斗，而出以超然洞达之怀：世间达官贵戚，终归于"麒麟高冢"，功名争雄岂不可叹可笑！"一笑"二句，人世名利争斗，付诸一笑，"千里落花风"中潇洒前行，展现出稼轩的超然洒脱情怀，既是对政坛门户之争的超脱，也是对此次别恨的超脱。

　　上片言及政坛门户争斗，是一种超然而宽泛的人生审视，下片则落笔到自身。"孙刘辈"五句，虽然"余发"句借用春秋时齐人卢蒲嫳之语，但意脉上五句连贯，化用三国时辛毗典事，表明决不趋炎附势的傲岸气节和对富贵名位的不屑。稼轩时年不及四十，而叹言"余发种种如是"，可见出对仕宦的倦怠心境。宦海漂泊，百事无功，便是此种心境的来由。末二句自然归结到退隐之念。字面上意谓一切都靠帝王之力，我一无所能，只愿归隐山水。然而笔调间除了对宋孝宗的颂赞和期盼之外，又隐含不便明言的情绪，即怀才不遇、壮志难酬之忧怨。

　　本词应该是稼轩较早显露退隐意愿的作品。这与其南渡十余年来的仕宦经历及政坛局势有关。乾道年间，宋孝宗尚有志恢复，起用主战派，稼轩积极献计献策，先后进呈《美芹十论》《九议》，详述恢复大计，甚至向当政者宣称:"苟从其说而不胜,与不从其说而胜,其请就诛殛,以谢天下之妄言者。"(《九议》)从中可见其对所陈恢复大计的自信,但并未得到重视,恢复之业也未见成效。稼轩本人则辗转外任,虽卓有政绩,亦时遭非议,如淳熙初奉命进击平定曾重创官军、惊动朝堂的湖北茶商军,孝宗有评:"辛弃疾捕寇有方,虽不无过当,然可谓有劳,宜优加旌赏。"(《宋会要辑稿·兵》)其"不无过当"语透露出朝臣中有非议者。又如本词序中所言"自江陵移帅隆兴"之事,周必大《龙图阁学士宣奉大夫赠特进程公大昌神道碑》中有记载:"(淳熙)四年八月,兼给事中。江陵统制官率逢原纵部曲殴百姓,守帅辛弃疾谓曲在军人,坐徙豫章。公极论不可。"给事中程大昌"极论不可"却未能避免稼轩"坐徙豫章",原因在于率逢原朝中有重臣相助,楼钥《宝谟阁待制赠通议大夫陈公神道碑》称其"恃有奥援,所至凶横"。这些经历令稼轩亲身感受到官场势力争斗凶险,而恢复之业更难以实现,遂萌生辞官退隐之念。

水 调 歌 头

盟 鸥

带湖①吾甚爱,千丈翠奁②开。先生杖屦③无事,一日走千回。凡我同盟鸥鹭,今日既盟之后,来往莫相猜。④白鹤在何处,尝试⑤与偕来。　　破青萍,排翠藻,立苍苔。窥鱼笑汝痴计,不解⑥举吾杯。废沼荒丘畴昔⑦,明月清风此夜,人世几欢哀⑧。东岸绿阴少,杨柳更须栽。⑨

注释

① 带湖:在信州(今江西上饶)城北灵山下。洪迈《稼轩记》:"郡治之北可里

所，故有旷土存，三面傅城，前枕澄湖如宝带。"

② 翠奁(lián)：绿色的镜匣。

③ 杖屦：手杖、麻鞋。这里用作动词，指拄着手杖，穿着麻鞋。

④ "凡我"三句：意谓所有和我盟约的鸥鹭，今日结成盟约之后，来往自便，不要猜疑。鸥鹭，四卷本作"鸥鸟"。按，此三句戏用古代外交结盟辞令，《左传·僖公九年》："齐侯盟诸侯于葵丘，曰：'凡我同盟之人，既盟之后，言归于好。'"

⑤ 尝试：争取；尽力。

⑥ 不解：不知道；不懂。

⑦ 畴昔：往昔。

⑧ "人世"句：意谓人生有限，能经历多少悲欢。

⑨ "东岸"二句：化用杜甫《舍弟占归草堂检校聊示此诗》诗句："东林竹影薄，腊月更须栽。"

评析

这首词作于淳熙九年(1182)春。稼轩时年四十三，初居带湖。

淳熙八年十二月，稼轩遭台臣王蔺弹劾而罢任，崔敦诗起草的《辛弃疾落职罢新任制》指责其罪名为："肆厥贪求，指公财为囊橐；敢于诛艾，视赤子犹草菅。凭陵上司，缔结同类。愤形中外之士，怨积江湖之民。"(《西垣类稿》)不难想见稼轩退居带湖之初那种脱离仕宦险境、置身山水之间的放旷自由心态。词题曰"盟鸥"，词云"来往莫相猜"，词中呈现的就是这种毫无官场险诈猜忌的自然清境以及置身其境的天然雅趣。

上片言喜爱带湖美景，流连不已，又盟鸥鹭、约白鹤，盖欲与鸥鹭白鹤以诚相待，共享山水佳境。这当是稼轩历经仕宦险诈之后的心灵寄托，拟人化的言语中见出真诚坦荡的人生情怀。

　　下片"破""排""立""窥"四个动词,极其生动简练地勾画出鸥鹭觅食的情景。稼轩静观其状,暗笑其忙于生计而不知杯酒清赏之妙趣。"废沼"三句进而由清赏之景引发人生感慨,昔日之荒丘废沼,令人哀叹;今夜之清风明月,令人欢悦。然而,人生一世又能历经几次悲欢递变,稼轩脱身险恶官场而置身山水清境,正是由悲而转欢,怎能不珍惜?结尾二句跳出略显沉重的感慨情境,叙写眼前景致,随意涉笔,情趣悠然。陈廷焯《白雨斋词话》评曰:"信手拈来,便成绝唱,后人亦不能学步。"

　　最后值得一提的是,词中直接叙写"盟鸥"的"凡我同盟鸥鹭"五句,笔法如同散文,情致洒落,颇有"以文为词"之味。

水 调 歌 头

再用韵呈南涧

　　千古老蟾口①,云洞插天开。涨痕当日何事,汹涌到崔嵬。攫土抟沙儿戏,翠谷苍崖几变②,风雨化人来③。万里须臾④耳,野马骤空埃⑤。　　笑年来,蕉鹿梦⑥,画蛇杯⑦。黄花憔悴⑧风露,野碧涨荒菜⑨。此会明年谁健⑩,后日犹今视昔⑪,歌舞只空台⑫。爱酒陶元亮⑬,无酒正徘徊⑭。

注释

① 老蟾口:喻云洞。

② "攫土"二句:谓天地造化如同儿戏般玩弄沙土便使峻崖、峡谷不断迁变。

此化用苏轼《同正辅表兄游白水山》诗句："伟哉造物真豪纵，攫土抟沙为此弄。"攫，抓。抟，捏成团。《诗经·小雅·十月之交》："高岸为谷，深谷为陵。"

③ "风雨"句：化人，指神人。《列子·周穆王》："周穆王时，西极之国有化人来，入水火，贯金石，反山川，移城邑，乘虚不坠，触实不硋(ài，同'碍')。千变万化，不可穷极。……化人之宫，构以金银，络以珠玉，出云雨之上，而不知下之据，望之若屯云焉。……穷数达变，因形移易者，谓之化，谓之幻。"苏轼《同正辅表兄游白水山》："因随化人履巨迹。"

④ 万里须臾：谓片刻间即行越万里。

⑤ "野马"句：形容空中云气飘浮。《庄子·逍遥游》："野马也，尘埃也，生物之以息相吹也。"焦竑《庄子翼》："野马，天地间气如野马驰也。尘埃，气翁郁似尘埃。"

⑥ 蕉鹿梦：喻梦觉难辨，真假杂陈。蕉，柴草。《列子·周穆王》载郑国一樵夫打死一鹿，怕被人发现，藏入山沟并盖上蕉叶。后忘了所藏之处，便以为是做梦，不断念叨此事。有傍人听到并寻得鹿，回家对妻子说："向薪者梦得鹿而不知其处，吾今得之，彼直真梦者矣。"其妻说："若将是梦见薪者之得鹿邪？讵有薪者邪？今真得鹿，是若之梦真邪？"樵夫当晚梦到藏鹿之处和得鹿之人，找到得鹿者，争执不下，讼于士师(执法官)。士师和后来听说此事的国君与国相也都分不清梦境与真实。

⑦ 画蛇杯：用杯弓蛇影典，喻虚幻、现实难辨。应劭《风俗通义·怪神第九》载汲县主簿杜宣在县令应郴家饮酒，壁上弓弩倒映于杯中，宣误以为蛇，饮后腹痛，医治无效。后知为壁上弓影，遂愈。

⑧ 黄花憔悴：李清照《声声慢》："满地黄花堆积。憔悴损、如今有谁堪摘!"

⑨ "野碧"句：指草地翠绿弥漫。涨，弥漫；充满。

⑩ "此会"句：用杜甫《九日蓝田崔氏庄》诗句："明年此会知谁健？醉把茱萸

仔细看。"

⑪ "后日"句：用王羲之《兰亭集序》语："后之视今，亦犹今之视昔，悲夫！"

⑫ "歌舞"句：薛琼《赋荆门》："渚宫歌舞地，轻雾锁楼台。"

⑬ "爱酒"句：苏轼《乘舟过贾收水阁收不在见其子》其一、黄庭坚《次韵德孺五丈感兴》其二诗作均有此句。陶元亮，即陶渊明，字元亮（一说名潜，字渊明）。

⑭ "无酒"句：即陶渊明《九日闲居》诗意："尘爵耻虚罍，寒华徒自荣。敛襟独闲谣，缅焉起深情。"《宋书·陶潜传》载其"尝九月九日无酒，出宅边菊丛中坐久"。

评析

这首词大略作于淳熙九年（1182）。稼轩时年四十三，闲居带湖。

本词与稼轩另一首词作《水调歌头》（今日复何日）为同调同韵同题同时之作，而其意趣并不雷同。"今日复何日"一词借渊明说事，为南涧祝酒，末处落笔自身；本词则纯属登临感怀之作。

词作起笔形象生动地勾画出云洞的整体外貌，以"千古老蟾口"为喻，形似之外更传达出一种世事变幻的历史沧桑色彩，下文即承此发抒感慨。高峻苍崖上的涨痕，令人推想到曾经的波涛汹涌景象。沧海桑田之巨变，在自然造化手中如同儿戏。望着眼前的云雾缥缈，稼轩惊异慨叹之余，不禁想象出神人呼风唤雨、腾云驾雾、瞬息万里之情形。

因云洞自然景观而触发出对宇宙万物迁转变幻的惊叹和想象，以此心境反观人生及人世，稼轩感受到人生的虚实、真幻莫辨和人世兴衰之无奈，显露出超然洒脱而又不无感慨的复杂情怀。"笑年来"三句，以梦和影自喻人生，自嘲中寓有豁达；"黄花"二句，一枯一荣，见自然景物之盛衰；"此会"三句，言人世之兴衰。自我、自然、人世，便是人生在世的全部，在瞬息万变的宇宙中不可避免地归宿于变幻不居。末以因无酒而徘徊怅望的陶渊明形象作结,颇有意味:爱酒因"酒能祛百虑"(陶渊明《九日闲居》),无酒则难祛百虑,故徘徊怅望。然而若能放眼宇宙万物之迁转变幻,那么因人生得失荣辱而郁积的忧虑,无酒亦自消释。稼轩视人生如梦如影,便是对此种忧虑的超脱。人生因宇宙迁变、世事盛衰而触发感慨,有酒亦难释怀,词中"黄花憔悴"云云,即难掩无奈之叹。这也是稼轩《水调歌头》(今日复何日)所咏的:"酒亦关人何事?"对于人生的超然和感叹见于字里行间。

水 调 歌 头

再用韵答李子永提干①

君莫赋幽愤②,一语试相开③。长安车马道上,平地起崔嵬④。我愧渊明久矣⑤,犹借此翁湔洗⑥,素壁写《归来》⑦。斜日透虚隙,一线万飞埃。⑧　断⑨吾生,左持蟹,右持杯。买山自种云树,山下斸烟莱。⑩百炼都成绕指⑪,万事直须称好⑫,人世几舆台⑬。刘郎更堪笑,刚赋看花回。⑭

$$\boxed{\text{注释}}$$

① 李子永提干:指提举坑冶司干办公事李泳,字子永,扬州人。

② 幽愤:原指魏晋嵇康狱中所作《幽愤诗》,这里借指幽怨之作。

③ "一语"句:用苏轼《减字木兰花》词句:"一语相开,匹似当初本不来。"相开,开导。

④ "平地"句:喻仕途多风险。崔嵬,指高山。

⑤ "我愧"句：盖谓自己久居官场，终被弹劾，罢职退居，未能如陶渊明主动辞官归隐田园。

⑥ 湔(jiān)洗：洗涤。

⑦ 归来：指陶渊明《归去来兮辞》。《宋书·隐逸传》载渊明任彭泽令，自称"不能为五斗米折腰向乡里小儿"，解印辞官，赋《归去来》。

⑧ "斜日"二句：化用《景德传灯录》卷十三圭峰《禅源诸诠序》中语："虚隙日光，纤埃扰扰。"

⑨ 断：了，尽。

⑩ "买山"二句：意谓买山隐居，开荒种树。劚(zhú)烟莱，锄去杂草。这里暗用东晋名僧支道林买山隐居典故（见《世说新语·排调》）。

⑪ "百炼"句：喻刚直坚强的性格都变得柔顺婉曲。此句化用刘琨《重赠卢谌》诗句："何意百炼钢，化为绕指柔。"

⑫ "万事"句：凡事只该附和称好。按，汉末隐士司马徽，善品鉴人物，居荆州为全身远害，口不议时人。"有以人物问徽者，初不辨其高下，每辄言佳。"（见《世说新语·言语》"南郡庞士元闻司马德操在颍川"条刘孝标注引《司马徽别传》）。黄庭坚《次韵任道食荔支有感》："一钱不直程卫尉，万事称好司马公。"

⑬ "人世"句：人生一世能经受得了几次贬谪黜退。舆台，指地位低下者。古时分人为十等，舆、台分别为第六等、第十等。（见《左传·昭公七年》）

⑭ "刘郎"二句：《旧唐书·刘禹锡传》载其谪居朗州（今湖南常德）十年后返京，游玄都观，赋诗《戏赠看花诸君子》云："紫陌红尘拂面来，无人不道看花回。玄都观里桃千树，尽是刘郎去后栽。"被指为"语涉讥刺"，再贬连州（今广东连州市）。

评析

这首词大略作于淳熙九年(1182)。稼轩时年四十三，闲居带湖。

词题"答李子永提干",但李泳原唱不存,据本词"君莫赋幽愤"语,可知李氏词作颇多怨愤之情。韩元吉《送李子永赴调改秩》谓其"向来官况诚留滞",赵蕃《挽李子永》亦叹其"半世作官才六考"(此"六考"指县令,李泳官终溧水令。《宋史·职官志》:"自留守、府判官至县令,理六考")。又可知李氏幽愤源自仕宦失意,沉沦下僚。稼轩的酬答劝其"莫赋幽愤",且要"一语试相开",即从其幽愤之源切入,以形象而精当的比喻点明仕宦险恶之实。长安,代指京城,为仕宦之要津,其车水马龙之景象便是纷繁官场的缩影,风波凶险难以预料,如平地忽起高山。因而最好的避险途径,亦即消解仕宦幽愤的根本方法,就是退出官场。然而稼轩并未直劝李氏退隐,而是自述由仕宦而归隐的体验感受,笔调婉转而情感坦诚,给对方以真挚的宽慰。

稼轩宦海奔忙二十年,终遭弹劾而罢职,被迫归隐,固有"愧渊明"之感,愧而自励,便以渊明诗文陶冶情怀。"犹借此翁湔洗"四句,见出稼轩沉浸于渊明境界之中、静观纷纭世事的超然心态,与"左持蟹"四句所展现的洒落自适举止,一静一动,内外映衬,呈现出闲居中的稼轩风度,想必李氏亦能受其感染,化解心中的幽愤。

说完自身闲居,稼轩想到李氏仍在官场,便又建言一种官场避险之法,即"万事称好"。这也是稼轩的亲身体验,本为"以气节自负,以功业自许"的"一世之豪",终落得"敛藏其用,以事清旷"(范开《稼轩词序》),正所谓"百炼都成绕指"。否则的话,则如唐代刘禹锡,历经迁谪,傲骨未改,返京后赋诗讥嘲新贵,重遭贬谪。

整首词由"一语试相开"统摄,结构井然,笔调上情理兼容,显示出以文为词的特点。

水 调 歌 头

送杨民瞻①

日月如磨蚁②，万事且浮休③。君看檐外江水，滚滚自东流。风雨瓢泉④夜半，花草雪楼⑤春到，老子已菟裘⑥。岁晚问无恙⑦，归计橘千头⑧。　　梦连环⑨，歌《弹铗》⑩，赋《登楼》⑪。黄鸡白酒，君去村社一番秋⑫。长剑倚天谁问⑬，夷甫诸人堪笑⑭，西北有神州。此事君自了，千古一扁舟⑮。

> ### 注释

① 杨民瞻：名籍无考，寓居带湖。韩淲《和民瞻所寄》云："园居好在带湖水，冰雪春须积渐消。"

② "日月"句：言空中日月如磨盘上的蚂蚁随磨而转。《晋书·天文志》引《周髀》云："日月东行而天牵之以西没。譬之于蚁行磨石之上，磨左旋而蚁右去，磨急而蚁迟，故不得不随磨以左旋焉。"

③ "万事"句：言世间万物自然生灭。且，本；自。《庄子·刻意》："其生若浮，其死若休。"

④ 瓢泉：见《卜算子》（欲行且起行）注释②。

⑤ 雪楼：疑为稼轩对其居所的自称，借苏轼东坡雪堂之名。此指瓢泉居所。

⑥ "老子"句：言老夫已经隐退。菟裘，本春秋时鲁国邑名，故址在今山东泗水。鲁隐公曾在此营建宅第以便晚年退居（见《左传·隐公十一年》），后世遂借指告老退隐之所。

⑦ "岁晚"句：意谓若问我晚年是否安好。岁晚，年岁晚暮。恙，疾病。

⑧ "归计"句：用三国时丹阳太守李衡种橘典故，言退隐之心。《襄阳耆旧传》

载丹阳太守李衡派人在武陵龙阳泛洲（在今湖南汉寿县）建宅，种橘树千
株，以便身后留给儿子享用。

⑨ 梦连环：指梦还家。韩愈《送张道士》："昨宵梦倚门，手取连环持。"魏怀忠
《五百家注韩昌黎集》卷二十一引孙汝听曰："持连环以示还意。"连环、怜
还，谐音双关。

⑩ 歌《弹铗》：战国时齐国孟尝君门客冯谖，初不为用，屡次弹铗作歌曰"长铗
归来乎！"（见《战国策·齐策四》）。

⑪ 赋《登楼》：用汉末王粲《登楼赋》典故。《文选》五臣注曰：汉末时局动乱，
王粲"避难荆州，依刘表，遂登江陵城楼，因怀旧而有此作，述其进退危惧
之情也"。

⑫ "黄鸡"二句：言杨民瞻归去正逢山村秋社，酒熟鸡肥。李白《南陵别儿童
入京》："白酒新熟山中归，黄鸡啄黍秋正肥。"

⑬ "长剑"句：意谓无人关心抗金复国之事。宋玉《大言赋》："方地为车，圆天
为盖，长剑耿耿倚天外。"

⑭ "夷甫"句：用西晋王衍等人清谈误国典故。王衍，字夷甫，琅邪临沂（今属
山东省）人，官至宰辅，不务国事，崇尚清谈。《晋书·桓温传》载桓温北
伐，眺望中原，慨然曰："遂使神州陆沉，百年丘墟，王夷甫诸人不得不任
其责。"

⑮ "千古"句：用范蠡功成身退、泛舟五湖典故。史载范蠡辅佐越王勾践灭了
吴国之后，携带珠玉财宝，泛海离去。（见《史记·越王勾践世家》）

评析

　　这首词作于淳熙十六年或绍熙元年（1189或1190）。稼轩时年约六十，
闲居带湖。

　　稼轩闲居带湖期间有九首词作涉及杨民瞻，二人交游多年，情谊深厚。本词为送别杨民瞻返乡之作。二人此次分别盖后会难期，稼轩起笔语调遂颇为感慨。日月流转，世事兴衰，人间聚散自属必然。笔意间寓有对离愁别怨的宽解。"君看"二句意脉承前，滚滚江流荡尽别离愁绪，令人情怀激越，寄托对友人的期望和勉励。"风雨"数句自述闲居生活。瓢泉之潇潇夜雨，雪楼之花草春芳，寄身其间，自得其乐。年岁晚暮，退归山中，别无所求，只愿家小生活无忧。此番言语既是对友人的临别述怀，也是对友人惜别之情的宽慰，言外之意似谓"不必以我为念"。

　　上片所写虽与送别情事关涉，但并未明示。过片点出友人返乡，"弹铗""登楼"二典故于思归之情中蕴含怀才不遇之怨。"黄鸡"二句点明离别时节，似亦暗示出友人归家时亲友欢聚情形。然而稼轩对友人别后另有期待，即望其仗剑报国，收复神州。因而词笔转到时局，讥刺朝臣反战主和，不思恢复，勉励友人立志抗金复国，成就大业。结末用范蠡功成身退典故，又补足前文言及归家而未及尽言的家人天伦之乐。在稼轩看来，杨民瞻雄才远略，身当神州沦陷之时，自应志图恢复，待到功成身退，再尽享天伦。

　　词为送别而作，却不见离愁别怨，自述闲居情怀，自足自乐。别友赠言，多所勉励。或谓杨民瞻为稼轩闲居带湖时之得意门生（参见辛更儒《辛弃疾研究》），从本词笔调看，杨为晚生后辈当无可置疑。

水 调 歌 头

壬子三山被召，陈端仁给事饮饯席上作^①

　　长恨复长恨，裁作《短歌行》。^②何人为我楚舞，听我楚狂声。^③余既滋兰九畹，又树蕙之百亩，秋菊更餐英。^④门外沧浪水，可以濯吾缨。^⑤　　一杯酒，问何似，身后名。⑥人间万事，毫发常重泰山轻。⑦悲莫悲生离别，乐莫乐新相识，儿女古今情。⑧富贵非吾事，归与白鸥盟。⑨

注释

① 壬子：即绍熙三年（1192）。三山：指福州（今属福建省），因城中有九仙山、闽山、越王山三山，故称。陈端仁：名岘（xiàn），闽县（在今福建闽侯县）人。绍兴二十七年（1157）进士及第。给事：给事中之省称，宋建炎后为门下后省长官，掌审读诏旨制敕。陈岘淳熙年间曾任此职。

② "长恨"二句：言心中无尽的怅恨，吟作短歌一曲。鲍照《东门行》："长歌欲自慰，弥起长恨端。"《短歌行》，汉乐府相和曲名，此借指本词。

③ "何人"二句：意谓何人能听我放怀狂歌，为我翩然起舞。此借用汉高祖对戚夫人语："为我楚舞，吾为若楚歌。"（《史记·留侯世家》）楚狂声，《论语·微子》："楚狂接舆歌而过孔子，曰：'凤兮凤兮，何德之衰！往者不可谏，来者犹可追。已而已而，今之从政者殆而。'"

④ "余既"三句：意谓我已准备好退归林泉，独善其身。此用屈原《离骚》语："余既滋兰之九畹兮，又树蕙之百亩"，"朝饮木兰之坠露兮，夕餐秋菊之落英"。畹，十二亩。九畹，泛言其多。

⑤ "门外"二句：喻林泉隐居生涯。《孟子·离娄上》："有孺子歌曰：'沧浪之水清兮，可以濯我缨。沧浪之水浊兮，可以濯我足。'"沧浪，原指汉水，此指清澈的水流。缨，冠带。

⑥ "一杯"三句：意谓追求身后之美名佳誉，不如生前畅饮欢醉。此用西晋张翰语："使我有身后名，不如即时一杯酒。"（《世说新语·任诞》）

⑦ "人间"二句：意谓世俗处事，常常轻重颠倒。此用《庄子·齐物论》语意："天下莫大于秋毫之末，而太山为小。"

⑧ "悲莫"三句：借儿女深情喻知友情谊。《楚辞·九歌·少司命》："悲莫悲
兮生别离，乐莫乐兮新相知。"王逸章句："人居世间，悲哀莫痛于与妻子生
别离。……言天下之乐，莫大于男女始相知之时也。"

⑨ "富贵"二句：言富贵与我无关，我的愿望是归隐林泉，与白鸥交盟。陶渊
明《归去来兮辞》："富贵非吾愿。"黄庭坚《登快阁》："万里归船弄长笛，此
心吾与白鸥盟。"稼轩有《水调歌头·盟鸥》云："凡我同盟鸥鹭，今日既盟
之后，来往莫相猜。"

> 评析

　　这首词作于绍熙三年(1192)冬。稼轩时年五十三，在福建提刑任上奉诏
入朝。

　　是年春，稼轩离开闲居十年的带湖，出任福建提刑。在任判罪宽厚，驭吏
以严，颇有佳绩。但因安抚使林枅对提刑司多所干预，二人不睦。八月，林病
卒，稼轩兼任安抚使。以资历才能而论，稼轩可名正言顺接任此职，但兼任数
月后，被召入朝，第二年秋，再以集英殿修撰出知福州兼福建安抚使。此番曲
折，令人揣度稼轩此前福建任职行事或招致朝臣某些非议，令其重又感受到
官场之艰险，难有作为，遂再生归念。本词为留别友人，实可谓借友人饯别之
酒自浇块垒。

　　陈岘时罢职家居多年，与稼轩此前带湖闲居相类，词作落笔四句即在知
音相惜之情态中抒发内心郁积的怨愤，"楚狂声"三字总摄全词。然而"长恨"
之缘由却难以言表，其"楚狂声"所言不在此，而在以狂放洒落之举摆脱心中
"长恨"。回归带湖，滋兰树蕙，餐菊濯缨，寄情山水清境，即可摆脱"长恨"。

　　下片所言即谓身后名不如杯酒尽兴，人世真情为重而功名富贵为轻，但
俗世之念常轻重颠倒，"毫发常重泰山轻"。此番言论堪作上片所谓"滋兰九

畹"云云之注脚,"悲莫悲"三句关合留别友人之情。末二句归结全词旨趣,照应上片所述回归带湖之愿。

全词格调可以"楚狂声"为评,其笔法上尤堪称道的是,整首词几乎全由前人成句故实连缀熔铸而成,却全无拘泥之态,旨趣鲜明,意脉流贯,足见稼轩之词笔确如刘辰翁所言:"横竖烂漫,乃如禅宗棒喝,头头皆是。"(《辛稼轩词序》)

水 调 歌 头

将迁新居①不成,有感②,戏作。时以病止酒,且遣去歌者,末章③及之。

我亦卜居者,岁晚望三闾。④昂昂千里,泛泛不作水中凫。⑤好在书携一束⑥,莫问家徒四壁⑦,往日置锥无⑧?借车载家具,家具少于车。⑨　舞乌有,歌亡是,饮子虚。⑩二三子者⑪爱我,此外故人疏⑫。幽事⑬欲论谁共?白鹤飞来似可,忽去复何如?众鸟欣有托,吾亦爱吾庐。⑭

注释

① 新居:指瓢泉新居。《浣溪沙·瓢泉偶作》有云"新葺茅檐次第成""病怯杯盘甘止酒"。

② 有感:此二字原无,兹从四卷本。

③ 末章:指词作下片。

④ "我亦"二句:言我也是问卜处世之人,岁暮遥想楚国的三闾大夫。《楚辞·卜居》王逸章句:"《卜居》者,屈原之所作也。……卜己居世,何所宜

行,冀闻异策,以定嫌疑,故曰卜居也。"三闾,指楚国三闾大夫屈原。

⑤ "昂昂"二句:《楚辞·卜居》:"宁昂昂若千里之驹乎?将泛泛若水中之凫乎?与波上下,偷以全吾躯乎?"王逸章句:昂昂,"志行高也"。泛泛,"普爱众也",即从众随俗。凫(fú),野鸭。

⑥ "好在"句:意谓有书相伴,堪为幸事。韩愈《示儿》:"始我来京师,止携一束书。"一束,一包。

⑦ 家徒四壁:《史记·司马相如列传》:"文君夜亡奔相如。相如乃与驰归成都,家居徒四壁立。"

⑧ "往日"句:《史记·滑稽列传》载楚相孙叔敖死后,"其子无立锥之地,贫困负薪以自饮食"。

⑨ "借车"二句:用孟郊《借车》诗句:"借车载家具,家具少于车。"

⑩ "舞乌有"三句:意谓歌舞不再有,杯酒也成虚。乌有、亡是、子虚,原为司马相如《子虚赋》中虚构的人物,后借指虚无。

⑪ 二三子者:指二三亲友。《论语·述而》:"吾无行而不与二三子者,是丘也。"

⑫ 故人疏:孟浩然《岁暮归南山》:"不才明主弃,多病故人疏。"

⑬ 幽事:指山水清幽之趣。

⑭ "众鸟"二句:用陶渊明《读山海经》诗句:"众鸟欣有托,吾亦爱吾庐。"

评析

此词作于庆元二年(1196)。稼轩时年五十七,闲居带湖。

稼轩瓢泉新居,从卜筑到落成都有词作。其"再到瓢泉卜筑"所作《沁园春》云:"平章了,待十分佳处,著个茅亭。"《浣溪沙·瓢泉偶作》:"新葺茅檐次第成,青山恰对小窗横。"《兰陵王》:"一丘壑,老子风流占却。茅檐上,松月桂云，脉脉石泉逗山脚。"言语间见出稼轩对新居山水林泉之趣的喜爱。如今"将迁新居不成"，自不免心生遗憾，但既然早晚必将迁入新居，则此憾实无必要，故词序云"有感，戏作"。

稼轩感触从卜居、迁居生发，因卜居瓢泉而借《楚辞·卜居》自喻高远脱俗情志；因迁居而自嘲家贫。韩愈《示儿》云："始我来京师，止携一束书。辛勤三十年，以有此屋庐。……嗟我不修饰，事与庸人俱。安能坐如此？比肩于朝儒。诗以示儿曹，其无迷厥初。"意在教诲儿曹不要忘本，辛勤努力才能出人头地。稼轩反其意而谓"好在书携一束"，又以"莫问"引出家徒四壁、置锥无地、家具少于车之贫穷家境，笔调语气中充溢着安贫乐道的超然洒脱情怀。

遣去歌儿舞女，或许也因家贫。《浣溪沙·瓢泉偶作》云："夜来依旧管弦声。"如今则是"舞乌有，歌亡是"。贫病缠身，罢歌戒酒，故人疏远，白鹤飞来复去，林泉清幽之趣无与共用，心中或不免怅然若失，然而众鸟欣然栖身于林间，似乎令稼轩顿然感悟到陶渊明的田园闲居之乐，情调重又归结于安贫乐道。

词作章法上照应词序，上片言卜居、迁居，下片言"止酒""遣去歌者"，层次分明。旨趣融贯，起笔明志，以"昂昂千里"之高远情怀统摄全词，面对客观处境上的贫病、孤寂而呈现出洒脱欣然，更见出稼轩穷而弥坚的清雅高洁。

水 调 歌 头

赵昌父①七月望日②用东坡韵③叙太白、东坡事见寄，过相褒借④，且有秋水⑤之约。八月十四日，余卧病博山寺中⑥，因用韵为谢，兼寄吴子似⑦。

我志在寥阔，畴昔梦登天。⑧摩挲素月，人世俯仰已千年。⑨有客骖鸾并凤⑩，云遇青山赤壁⑪，相约上高寒⑫。酌酒援北斗⑬，我亦虱其间⑭。　　少歌⑮曰：神甚放，形则眠。鸿鹄一再高举，天地睹方圆。⑯欲重歌兮梦觉，推枕惘然独念⑰：人事底亏全？⑱有美人可语，秋水隔娟娟。⑲

注释

① 赵昌父：名蕃（1143—1229），字昌父，亦作昌甫，号章泉。郑州（今属河南）人，南渡后居信州玉山（今属江西上饶）章泉，因以为号。早年官太和主簿、辰州司理参军、衡州安仁赡军酒监。后家居三十余年，屡召不起。诗名显著，与韩淲（号涧泉）并称"上饶二泉"。刘宰《章泉赵先生墓表》称其"自少喜作诗，答书亦或以诗代，援笔立成，不经意而平淡有趣，读者以为有陶靖节之风。岁时宾友聚会，尊酒从容，浩歌长吟，心融意适，见者又以为有浴沂咏归气象"。

② 望日：旧历指每月十五日。

③ 东坡韵：指苏轼《水调歌头》（明月几时有）词韵。

④ 褒借：褒奖。

⑤ 秋水：指稼轩瓢泉居所之秋水堂。

⑥ "余卧病"句：原无"余"字，兹从四卷本。博山寺，故址在今江西上饶市广丰区西南，原名能仁寺，五代时由天台德韶国师开山，南宋绍兴年间悟本禅师奉诏开堂，稼轩为记。

⑦ 吴子似：名绍古。子似又作子嗣。鄱阳（今江西上饶市鄱阳县）人。庆元四年（1198）始任铅山县尉。

⑧ "我志"二句：寥阔，指高远的天空。畴昔，往昔。《楚辞·九章·惜诵》："昔余梦登天兮，魂中道而无杭。"

⑨ "摩挲"二句：言抚摸明月，俯仰之间，人世已历千年。

⑩ 骖鸾并凤：乘鸾驾凤。并，依傍。李白《梦游天姥吟留别》："虎鼓瑟兮鸾回车，仙之人兮列如麻。"

⑪ 青山赤壁：指李白、苏轼。李白墓在当涂（今属安徽省）青山。苏轼谪居黄州（在今湖北黄冈市）时，曾于七月既望（十六日），与客夜游赤壁，作《赤壁赋》。

⑫ 高寒：指月宫。苏轼《水调歌头》："又恐琼楼玉宇，高处不胜寒。"

⑬ "酌酒"句：拿北斗星斟酒。《楚辞·九歌·东君》："援北斗兮酌桂浆。"李白《短歌行》："北斗酌美酒，劝龙各一觞。"

⑭ 虱其间：言附随其间。韩愈《泷吏》："得无虱其间，不武亦不文。"

⑮ 少歌：小唱低吟。《楚辞·九歌·抽思》有"少歌曰"，王逸章句："小吟讴谣，以乐志也。"

⑯ "鸿鹄"二句：言鸿鹄再次高飞，视野笼罩天地。贾谊《惜誓》："黄鹄之一举兮，知山川之纡曲；再举兮，睹天地之圜方。"

⑰ "欲重歌"二句：苏轼《水龙吟》："推枕惘然不见，但空江、月明千里。"

⑱ "人事"句：言人间事何以圆满残缺。苏轼《水调歌头》："人有悲欢离合，月有阴晴圆缺，此事古难全。"

⑲ "有美人"二句：美人，喻赵昌父。娟娟，姿态柔美的样子。原作"婵娟"，兹从四卷本。杜甫《寄韩谏议》："美人娟娟隔秋水，濯足洞庭望八荒。"

评析

这首词大略作于庆元五年（1199）。稼轩时年六十，闲居瓢泉。

据词序所述，赵昌父赠词盖以太白、东坡相称誉，稼轩遂谓其"过相褒借"，但这首和答词作显然有太白、东坡之风调，令人想到李白梦游"势拔五岳掩赤城"的天姥山而遇"虎鼓瑟兮鸾回车,仙之人兮列如麻"(《梦游天姥吟留别》),"西上莲花山,迢迢见明星。素手把芙蓉,虚步蹑太清。霓裳曳广带,飘拂升天行。邀我登云台,高揖卫叔卿。恍恍与之去,驾鸿凌紫冥"(《古风》之十九),以及苏轼中秋之夜神飞月宫:"不知天上宫阙,今夕是何年?我欲乘风归去,又恐琼楼玉宇,高处不胜寒。"稼轩此类词笔并不多见,应是迎合昌父赠词而有意为之。

词作主体为记梦,即描述"畴昔梦登天"之情形。起笔"我志在寥阔"一句,豪情超迈,或因昌父之词勾起对当年"壮岁旌旗拥万夫"(《鹧鸪天》)的回忆,进而重温往昔登天之梦:抚明月,遇仙客,随太白、东坡同入月宫,北斗为觞,欢醉低唱。所歌"神甚放"四句,堪称对此登天之梦的总括,亦标示梦之结束。

梦中醒来,推枕怅然,亦如李白梦游天姥,"忽魂悸以魄动,恍惊起而长嗟。惟觉时之枕席,失向来之烟霞"。李白嗟叹之后感悟到"古来万事东流水";稼轩则对人生圆缺之由感到疑惑不解,不及东坡"人有悲欢离合,月有阴晴圆缺,此事古难全"之豁达。这依然透露出其壮志未酬白发生的怨愤之情。如此情怀,正应知友相聚倾谈,可惜自身卧病博山寺,未能践赴秋水堂之约。结末"有美人"二句即言此意,而其妙用杜甫诗句,虽不无雅谑之趣,却亦表现出对"秋水之约"的神往以及因病不能践约的遗憾之情,其笔调情韵又与前述梦境相协调,堪称精当而妙趣益然。

水 调 歌 头

醉 吟

四座且勿语,听我醉中吟。① 池塘春草未歇,高树变鸣禽。② 鸿雁初飞江上③,蟋蟀还来床下④,时序百年心⑤。谁要卿料理,山水有清音。⑥ 　　欢多少,歌长短,酒浅深。而今已不如昔,后定不如今。⑦闲处直须行乐,良夜更教秉烛,高会惜分阴。⑧白发短如许,黄菊倩谁簪?⑨

注释

① "四座"二句:《玉台新咏》卷一《古诗八首》其六:"四坐且莫喧,愿听歌一言。"李白《将进酒》:"岑夫子,丹丘生。将进酒,杯莫停。与君歌一曲,请君为我侧耳听。"

② "池塘"二句:谢灵运《登池上楼》:"池塘生春草,园柳变鸣禽。"

③ "鸿雁"句:杜牧《九日齐山登高》:"江涵秋影雁初飞,与客携壶上翠微。"

④ "蟋蟀"句:《诗经·豳风·七月》:"十月蟋蟀,入我床下。"

⑤ "时序"句:言时序触发人生感慨。杜甫《春日江村五首》其一:"乾坤万里眼,时序百年心。"

⑥ "谁要"二句:意谓不用蟋蟀多事,山水间自有清音可听。料理,管理;办理。《世说新语·简傲》:"王子猷作桓车骑参军。桓谓王曰:'卿在府久,比当相料理。'"左思《招隐》:"非必丝与竹,山水有清音。"

⑦ "而今"二句:白居易《东城寻春》:"今既不如昔,后当不如今。"

⑧ "闲处"三句:高会,高朋聚会。分阴,时光。《古诗十九首·生年不满百》:"昼短苦夜长,何不秉烛游。"苏轼《和陶饮酒二十首》其十九:"行乐当及时,绿发不可恃。"

⑨ "白发"二句:杜甫《春望》:"白头搔更短,浑欲不胜簪。"杜牧《九日齐山登高》:"尘世难逢开口笑,菊花须插满头归。"

评析

这首词作年不详,据"山水有清音""白发短如许"等词句,大概为庆元中瓢泉闲居期间所作。

　　词为友朋酒筵上醉吟之作,起笔二句总贯全词。上片描述初秋景象,着笔于节物风光之变,"变鸣禽""鸿雁初飞""蟋蟀还来床下"等,均为入秋之物候。"时序"句,用杜诗成句,点明节序迁移令人多伤嗟,然后接"谁要"二句即跳出感物伤世,与蟋蟀相戏谑,寄情于山水清音。此一情感跌宕,则透露出稼轩内心实难超脱。

　　下片笔调转到眼前友朋欢宴,畅言及时行乐。然仔细品味,字里行间实则蕴含深切的身世感慨。如"而今"二句意谓时光令人老,今不如昔,后不如今。据此而谓"闲处直须行乐"云云,则绝非"以气节自负,以功业自许"者(范开《稼轩词序》)之心声,其"闲处"二字透出个中幽愤。抗金复国之志未酬而被迫退居闲处,其所言"直须行乐"、秉烛夜游,该有多少难以言表的怨愤之情蕴于其中!结末二句反用杜牧"菊花须插满头归"诗意,同时化用杜甫诗句:"白头搔更短,浑欲不胜簪。"笔调似轻松戏谑,其情韵实与杜诗相通,寓托感时伤世之怀。

水　龙　吟

登建康赏心亭①

　　楚天千里清秋,水随天去秋无际。遥岑远目,献愁供恨,玉簪螺髻。②落日楼头,断鸿③声里,江南游子。把吴钩④看了,栏干拍遍,无人会、登临意⑤。　　休说鲈鱼堪脍。尽西风、季鹰归未。⑥求田问舍,怕应羞见,刘郎才气。⑦可惜流年,忧愁风雨,树犹如此⑧。倩⑨何人、唤取红巾翠袖⑩,揾⑪英雄泪?

注释

① 建康赏心亭：在建康（今江苏南京）城下水门城楼上，下临秦淮河。北宋丁谓所建。

② "遥岑"三句：遥望远山似玉簪螺髻，心中顿生许多愁怨。岑，山峰。远目，纵目远望。远目，四卷本作"远日"。

③ 断鸿：失伴的鸿雁。

④ 吴钩：春秋时吴国制造的一种兵器，似剑而曲。这里泛指宝刀利剑。

⑤ "无人会"二句：没有人明白我登高临远的情怀。会，领会。

⑥ "休说"二句：反用西晋张翰（字季鹰）辞官归乡典故。《世说新语·识鉴》载张翰在洛阳为官，"见秋风起，因思吴中菰菜羹、鲈鱼脍，曰：'人生贵得适意尔，何能羁宦数千里以要名爵？'遂命驾便归"。脍（kuài），细切的鱼片。尽，任由。

⑦ "求田"三句：购置田地房宅，恐怕定会羞于和雄才远志的刘备见面。刘郎，指刘备。《三国志·魏志·陈登传》载许汜见陈登（字元龙），陈登不理他，让他睡下面小床，自己睡上面大床。后来许汜将此事告诉刘备。刘备指责他说："君有国士之名，今天下大乱，帝王失所，望君忧国忘家，有救世之意。而君求田问舍，言无可采，是元龙所讳也，何缘当与君语？如小人，欲卧百尺楼上，卧君于地，何但上下床之间耶！"

⑧ 树犹如此：用晋朝桓温语，感叹年华易逝。《世说新语·言语》载东晋桓温北征途中见到自己往年种植的柳树长成大树，"慨然曰：'木犹如此，人何以堪！'攀枝执条，泫然流泪"。

⑨ 倩：请。

⑩ 红巾翠袖：代指美人。红巾，四卷本作"盈盈"。

⑪ 揾（wèn）：擦拭。

评析

这首词作于淳熙元年（1174）。稼轩时年三十五，任江东安抚司参议官。

南渡十年来，稼轩心怀抗金复国大志而难以施展。隆兴元年（1163）宋师符离（今属安徽宿州市）溃败，次年主战派领袖张浚罢官而卒，宋金议和。乾道六年（1170），虞允文执政，孝宗锐意恢复。稼轩应诏作《应问》三篇，畅论抗金之策，又撰《九议》上虞允文。"以讲和方定，议不行"（《宋史·辛弃疾传》）。随后，稼轩出知滁州，淳熙元年春迁江东安抚司参议官。二月，虞允文卒，恢复大业之前景更为黯淡。是年秋日，稼轩登上建康赏心亭，感慨万千。

词作起笔融情于景，"千里清秋""秋无际"，笔意重复，透露出稼轩内心萦绕层叠的无尽悲慨：祖国辽阔的大好河山已破碎！眺望中想到中原百姓、家乡父老正承受着沦陷之苦，离乡南渡十年来壮志难酬，其忧虑激愤之情在眼前无际的清秋里弥漫，"玉簪螺髻"般的远山在"献愁供恨"！加之日落楼头，断鸿哀鸣，情何以堪！这便逼出"把吴钩看了"数句：细看吴钩，抗金杀敌之激情暗涌心头！拍遍栏干，报国无门之激愤充溢于举止间！这一切都无人理会，英雄豪杰的孤独溢于言表，确有陈子昂"念天地之悠悠，独怆然而涕下"之感（《登幽州台歌》）。

上片真切展露出稼轩登临所见所感，似乎"登建康赏心亭"题中之意已经写足。然而细细品味，上片所写主要是触景直感，只有"无人会"二句透露出主观思虑之意，下片即转入议论性的抒情，手法上主要借典故寄托情志。过片反用张季鹰典故，一则稼轩家乡尚未收复，客观上无法效仿季鹰秋风起而思乡辞归；二则恢复大业未成，稼轩主观上未肯学季鹰，下文用许氾、刘备典故正补足此意。但这只是稼轩的主观意愿，客观情形令人感伤，"可惜"三句借桓温之语表达出世事悲慨,怅叹年华流逝,壮志难酬,忧愁度日,情调低沉悲咽。结尾"倩何人"三句曲终顿挫,出以沉雄之笔,悲壮而有韵致。

登临抒怀,感慨激荡而沉郁,笔法豪宕而压抑,诚如谭献《谭评词辨》所评:"裂竹之声,何尝不潜气内转。"

水 龙 吟

甲辰岁寿韩南涧尚书①

渡江天马南来②,几人真是经纶③手?长安父老,新亭风景,可怜依旧。④夷甫诸人,神州沉陆⑤,几曾回首⑥!算平戎万里,功名本是、真儒事⑦,公知否? 况有文章山斗。⑧对桐阴满庭清昼。⑨当年堕地,而今试看,风云奔走。⑩绿野风烟,平泉草木,东山歌酒。⑪待他年、整顿乾坤事了⑫,为先生寿。

注释

① 甲辰岁:指宋孝宗淳熙十一年(1184)。韩南涧尚书:即韩元吉(1118—1187),字无咎,开封雍丘(今河南杞县)人,移家信州(今江西上饶),居广信溪南,因号南涧。历官礼部尚书、吏部侍郎、吏部尚书。

② "渡江"句:借司马睿渡江建立东晋,喻指宋室南渡。《晋书·元帝纪》载,西晋末年有童谣云:"五马浮渡江,一马化为龙。"后西晋沦亡,司马睿与西阳、汝南、南顿、彭城四王渡江,建立东晋。

③ 经纶:筹划治理国家大事。

④ "长安"三句:借东晋喻南宋,意谓中原父老期盼官军北伐,江南士人触

景伤时。新亭，故址在今江苏南京市南。可怜，可叹。《晋书·桓温传》载桓温北伐，至霸上(今陕西西安市东)，居人"持牛酒迎温于路者十八九，耆老感泣曰：'不图今日复见官军！'"又，《世说新语·言语》载东晋初年，士大夫常聚会新亭，周颛感叹："风景不殊，正自有山河之异。"众人听后相对流泪。丞相王导愤然说道："当共勠力王室，克复神州，何至作楚囚相对！"

⑤ "夷甫"二句：言西晋王衍等人清谈导致中原沦陷。夷甫，即王衍，字夷甫，琅邪临沂(今属山东省)人，官至宰辅，不务国事，崇尚清谈。《晋书·桓温传》载桓温北伐，眺望中原，慨然曰："遂使神州陆沉，百年丘墟，王夷甫诸人不得不任其责。"

⑥ 几曾回首：意谓今人不曾从历史中吸取教训。几曾，何曾。

⑦ "算平戎"三句：意谓万里疆场平敌寇、建功勋，本就是真正儒者的责任。用唐柳浑事。《新唐书·柳浑传》载唐代宗与吐蕃和盟，柳浑谏曰："夫夷狄人面兽心，易以兵制，难以信结。"代宗曰："浑，儒生，未达边事。"夜半，邠宁节度使韩游环飞奏吐蕃劫盟。代宗大惊，次日对柳浑说："卿，儒士，乃知军戎万里情乎？"

⑧ "况有"句：称誉韩无咎文才如韩愈。况，正。山斗，指泰山、北斗。《新唐书·韩愈传》赞曰："自愈没，其言大行，学者仰之如泰山、北斗云。"《宋史翼·韩元吉传》引周必大《玉堂类稿》称其"词章典丽，议论通明，为故家翘楚"。黄升《中兴以来绝妙词选》称其"文献、政事、文学为一代冠冕"。

⑨ "对桐阴"句：言韩无咎家世昌盛。韩无咎属颍川韩氏，其京城府第门前多种桐木，世称"桐木韩家"。

⑩ "当年"三句：言韩无咎天生卓异，看如今风云际会，大展雄才。《后汉书·刘玄刘盆子列传》赞曰："圣公靡闻，假我风云。"李贤注："圣公初起无所闻知，借我中兴风云之便。"

⑪ "绿野"三句：言韩无咎以宰辅之才退隐闲居。绿野，指绿野堂，在洛阳，唐宰相裴度别墅，"沼石林丛，岑缭幽胜"（《新唐书·裴度传》）。平泉，指平泉庄，唐宰相李德裕别墅，在洛阳城外，"卉木台榭，若造仙府"（康骈《剧谈录》）。东山，在今浙江绍兴市上虞区西南。史载东晋名相谢安出仕前隐居东山，放情林壑，"然每游赏，必以妓女从"。性好音乐，官居相位，"又于土山营墅，楼馆林竹甚盛，每携中外子侄往来游集"（见《晋书·谢安传》）。

⑫ 整顿乾坤事了：指完成抗金复国大业之后。杜甫《洗兵马》："二三豪俊为时出，整顿乾坤济时了。"

评析

　　这首词作于淳熙十一年(1184)五月。稼轩时年四十五，闲居带湖。

　　题曰"寿韩南涧尚书"，是一首祝寿词，时韩元吉年六十七，生辰为五月十二日。二人均闲居信州，且志同道合，皆以抗金复国为怀，庆寿亦不忘共图恢复。词从感慨时局入笔，手法上则借古喻今。上片前七句字面上全说晋室，实则以史为鉴，期望南宋士人不要重蹈王衍等人清谈误国之覆辙，当共图抗金复国大业。然而朝廷久行和戎之策，无人回想历史引以为戒。词中"几曾回首"即谓此。《晋书·王衍传》载王衍临死前说："吾曹虽不如古人，向若不祖尚浮虚，勠力以匡天下，犹可不至今日。"此即回首而深自悔悟，"几曾回首"一语当非指王衍，而是对和戎时局的怨愤。稼轩虽罢职闲居，却心系国事，面临如此政局，抗金复国斗志涌上心头："平戎万里，功名本是、真儒事。"这也是与韩元吉的同心共勉之词，故有"公知否"一句，"公"指韩元吉。此句同时关合题中"韩南涧尚书"语，也在结构上自然过渡到下片对韩元吉的颂贺仰盼之词。

　　韩元吉为北宋宰相韩维四世孙，乃名门之后、文献世家，力主抗金，乾道九年(1173)以礼部尚书出使金国贺生辰，还归后上奏当养精蓄锐，待机图金。词作下片"况有文章山斗"五句即言其才华之高、家世之贵、政绩之著，既是敬贺之词，也有希冀之意。"绿野"三句即以裴度、李德裕、谢安拟比韩元吉，既切合元吉闲居南涧之情趣，也有盼其完成恢复大业之意，所以结尾云："待他年、整顿乾坤事了，为先生寿。"期许之意溢于言表，诚如沈际飞《草堂诗余正集》所评："寿今日，反曰寿他年，盖欲其竖功立名，与夫功成名遂身退，又寓规讽。"而气势有类岳飞语："直抵黄龙府，与诸君痛饮尔！"(《宋史·岳飞传》)

　　本词虽为寿词，但没有空虚俗套之语，确如黄苏《蓼园词选》所评："幼安忠义之气，由山东间道归来，见有同心者，即鼓其义勇。辞似颂美，实句句是规励，岂可以寻常寿词例之？"

水 龙 吟

　　　题雨岩①，岩类今所画观音补陀②。岩中有泉飞出，如风雨声。

　　补陀大士虚空，翠岩谁记飞来处？③蜂房万点，似穿如碍，玲珑窗户。石髓④千年，已垂未落，嶙峋⑤冰柱。有怒涛声远，落花香在，人疑是、桃源路⑥。　　又说春雷鼻息，是卧龙、弯环如许。⑦不然应是，洞庭张乐⑧，湘灵⑨来去。我意长松，倒生阴壑⑩，细吟风雨。竟茫茫未晓，只应白发，是开山祖⑪。

注释

① 雨岩：在信州永丰县（今江西上饶市广丰区）博山。

② 观音补陀：观世音菩萨说法的补陀落伽山。观音，即观世音菩萨，又称观自在菩萨。唐时避太宗李世民讳而简称观音。补陀，即补陀落伽山，也即普陀山，在今浙江舟山市，传说为观世音菩萨说法处。

③ "补陀"二句：意谓观世音凌空降临，有谁知道雨岩从何处飞来？补陀大士，指观世音菩萨。虚空，凌空。

④ 石髓：指石钟乳。

⑤ 嶙峋（línxún）：突兀耸立的样子。

⑥ 桃源路：通往桃花源的路。陶渊明《桃花源记》载武陵渔人"缘溪行，忘路之远近。忽逢桃花林，夹岸数百步，中无杂树，芳草鲜美，落英缤纷"。

⑦ "又说"二句：又说是盘卧泉底的巨龙发出春雷般的鼾声。弯环，盘踞。如许，如此。

⑧ "洞庭"句：指黄帝在天地间演奏乐曲。洞庭，广庭。张，演奏。《庄子·天运》载黄帝"张《咸池》之乐于洞庭之野"，"其声能短能长，能柔能刚，变化齐一，不主故常"，"行流散徙，不主常声"。

⑨ 湘灵：湘水女神。传说舜帝南巡，二妃娥皇、女英从征，溺于湘江，为湘水之神。

⑩ 阴壑：背阴的山沟。

⑪ "只应"二句：只有我这白发老翁，堪当此山游览之先导。开山祖，本指佛教寺观的始创僧人，后泛指创始人。

评析

据蔡义江、蔡国黄《辛弃疾年谱》，这首词作于淳熙十三年（1186）前后。

稼轩时年约四十七,闲居带湖。

词作上片以绘形为主。起笔因雨岩形似观世音所降临的普陀山而生发想象,呈现出观世音驾云降临、雨岩神奇般飞来的奇幻景象,为下文描写雨岩的奇异景象作渲染。"蜂房"三句状岩穴之玲珑密集,"石髓"三句摹石钟乳似冰柱垂挂,均为工笔细描其形。"有怒涛"四句转写飞泉,闻其声如远听怒涛,因泉声从幽深曲折的岩中传出;近观泉流,水漂落花之香,又令人作桃源之想。怒涛、桃源,情境迥异,见出雨岩带给游人的奇妙感受。

下片全在绘声,借神话传说及自然景象描写无形的泉声。春雷、盘龙鼻息,言泉声之沉雄震荡;洞庭张乐、湘灵曼舞,状泉声之悠扬飘忽;阴壑长松细吟风雨,拟泉声之幽咽凄怨。堪称博喻的一连串譬拟足以传达出雨岩泉声的神奇变幻,然而稼轩仍感到难以言状,故云"竟茫茫未晓",又给读者留下无尽的想象。末二句收束雨岩之游,自称"开山祖",即雨岩胜景的发现者。此结笔犹如游记之末署游者之名,别具一格,有"以文为词"之迹。

全词似一篇游记,以状形绘声为主笔,生动形象,令人如临其境。章法脉络分明,上、下片过渡自然。起笔想象雨岩自何处飞来,结笔自称为雨岩之"开山祖",笔意呼应成趣。

水 龙 吟

题瓢泉①

　　稼轩何必长贫,放泉檐外琼珠泻。乐天知命②,古来谁会,行藏用舍③? 人不堪忧,一瓢自乐,贤哉回也。④料当年曾问,饭蔬饮水⑤,何为是,栖栖者⑥? 　　且对浮云山上,莫匆匆,去流山下。苍颜照影,故应零落,轻裘肥马⑦。绕齿冰霜,满怀芳乳,先生饮罢。笑挂瓢风树,一鸣渠碎,问何如哑?⑧

注释

① 瓢泉:见《卜算子》(欲行且起行)注释②。

② 乐天知命:乐从天命。《易·系辞》:"旁行而不流,乐天知命,故不忧。"

③ 行藏用舍:指出仕与退隐。《论语·述而》:"子谓颜渊曰:用之则行,舍之则藏,唯我与尔有是夫。"

④ "人不堪忧"三句:常人处贫而忧愁不堪,颜回箪食瓢饮却自得其乐,真乃圣贤!《论语·雍也》:"子曰:贤哉,回也! 一箪食,一瓢饮,在陋巷,人不堪其忧,回也不改其乐。贤哉,回也!"

⑤ "饭蔬"句:意即粗茶淡饭。《论语·述而》:"子曰:饭疏食,饮水,曲肱而枕之,乐亦在其中矣。"饭,吃。

⑥ "何为"二句:何以如此奔忙不息?《论语·宪问》中微生亩语:"丘何为是栖栖者与? 无乃为佞乎?"孔子答曰:"非敢为佞也,疾固也。"栖栖,奔忙而不能安居。

⑦ 轻裘肥马:喻富贵钱财。《论语·雍也》:"子曰:赤之适齐也,乘肥马,衣轻裘。吾闻之也,君子周急不继富。"《论语·公冶长》:"颜渊、季路侍,子曰:盍各言尔志? 子路曰:愿车马衣轻裘,与朋友共,敝之而无憾。"

⑧ "笑挂瓢"三句:意谓鸣而招祸,何如哑而远害。王维《与魏居士书》:"古之高者曰许由,挂瓢于树,风吹瓢,恶而去之。"《韵府群玉》卷五"挂瓢"条引《逸士传》:"许由手捧水饮,人遗一瓢,饮讫挂木上,风吹沥沥有声。由以为烦,去之。"许由,传说为尧帝时隐士。

评析

这首词大概作于淳熙十三年(1186)。稼轩时年四十七,闲居带湖。

　　韩淲《瓢泉》云："凿石为瓢意若何，泉声流出又风波。"方志记载亦称"瓢泉，形如瓢"（《江西通志》卷十一）。稼轩本词则申发"瓢泉"之寓意，用《论语·雍也》"贤哉，回也。一箪食，一瓢饮，在陋巷，人不堪其忧，回也不改其乐"之典，其中"一瓢饮"切合"瓢泉"之名，而其旨趣在于圣贤处贫而自得其乐。词中用到的孔子另一段话亦然："饭疏食，饮水，曲肱而枕之，乐亦在其中矣。"（《论语·述而》）词作起笔质疑"长贫"，又以檐外飞泉如琼珠作字面上的驳证，"琼珠"自非贫贱之物，略带戏谑的笔调中流露出稼轩闲居山水林泉中的精神富足。下文的"乐天"数句又进而表明，精神乐趣的根源其实不在山水林泉，而在于襟怀心境上的"乐天知命"，能够自然豁达地面对仕宦和退隐。对于孔子为行道而奔走求仕之举，则假借颜回之口，表达内心的不解和疑惑。

　　上片扣住"瓢"字，引发瓢饮自乐之感触。下片言泉，以泉为乐：邀泉相伴，共赏山中浮云。临泉照影，华发苍颜，生命尚且衰歇，人间富贵又怎能不零落？甘泉饮罢，冰霜绕齿，芳乳满怀，有澡雪精神、情怀超然之感，世间功名富贵均不足系怀，故而稼轩想到屡避功名富贵的箕山高隐许由，且其挂瓢典故正与词题"瓢"字切合，用以归结全词，又就典故中瓢鸣而被弃生发理趣，鸣而不如哑，笑谑中寄寓世事感慨，透露出稼轩内心深处的幽怨，可谓言尽而意不尽。

　　词作题咏瓢泉，构思立意分"瓢""泉"二端申发意趣，章法上则贯通一体，上片咏"瓢"而起笔言"放泉"，下片咏"泉"而结末言"挂瓢"，分而不散，结构浑然。

水　龙　吟

　　用些语再韵瓢泉①，歌以饮客。声语甚谐，客皆为之醉②。

　　听兮清珮琼瑶些。③明兮镜秋毫些。④君无去此，流昏涨腻⑤，生蓬蒿些。虎豹甘人⑥,渴而饮汝,宁猿猱些?大而流江海,覆舟如芥⑦,君无助狂涛些。　　路险兮山高些。块予独处无聊些。⑧冬槽春盎⑨,归来为我,制松醪⑩些。其外芳芬,团龙片凤,煮云膏些⑪。古人兮既往,嗟余之乐,乐箪瓢些⑫。

注释

① "用些语"句:用"些"字句再赋瓢泉。些,句末语气词,古代楚地方言。《楚辞·招魂》句尾用"些"字。沈括《梦溪笔谈》卷三:"《楚词·招魂》尾句皆曰'些'(苏个反),今夔峡湖湘及南北江獠人,凡禁咒句尾皆称'些',此乃楚人旧俗。"

② 醥(jiào):饮尽杯中酒。

③ "听兮"句:言泉声如玉鸣。琼瑶,美玉。

④ "明兮"句:清澈透亮似明镜映照秋毫。《孟子·梁惠王上》:"明足以察秋毫之末。"秋毫,原指禽鸟秋季更生的细毛,借喻细微之物。

⑤ "流昏"句:意谓泉流浑浊污腻。杜牧《阿房宫赋》:"渭流涨腻,弃脂水也。"

⑥ "虎豹"句:虎豹以人为美味。《楚辞·招魂》:"虎豹九关……豺狼从目……土伯九约……此皆甘人。"王逸章句:"言此物食人以为甘美。"

⑦ "覆舟"句:意谓船如小草般被翻覆。《庄子·逍遥游》:"且夫水之积也不厚,则负大舟也无力。覆杯水于坳堂之上,则芥为之舟,置杯焉则胶,水浅而舟大也。"

⑧ "块予"句:我孑然独处甚感无聊。块予,四卷本作"愧余"。《庄子·大宗师》:"块然独以其形立。"《史记·滑稽列传》:"今世之处士,时虽不用,崛然独立,块然独处。"

⑨ "冬槽"句:槽、盎,皆酿酒器具。

⑩ 松醪(láo)：用松膏酿造的酒。此泛指酒。

⑪ "团龙"二句：谓煮茶。团龙、片凤、云膏，均指名茶。

⑫ 乐箪瓢些：乐于箪食瓢饮。参见《水龙吟》(稼轩何必长贫)注释④。

评析

　　词序称"再韵瓢泉"，作于《水龙吟·题瓢泉》(稼轩何必长贫)之后，但具体作年不详。

　　再题瓢泉，自当与前作有所区别。前者主旨在申发"瓢泉"一名寄托的乐天知命、安贫乐道之意趣，本词则以对话瓢泉的笔调，奉劝瓢泉留居山间相伴相助，"些"字句表现的即为劝阻、招邀语气。词作上片劝阻瓢泉离去，起笔亮出瓢泉声如玉鸣、清如明镜的美妙品性。然而"在山泉水清，出山泉水浊"(杜甫《佳人》)，"君无离此"三句劝阻之语即从此意引发。下文又进而从受害(虎豹猿猱渴而饮之)、为害(助江海狂涛颠覆舟楫)两端承应"君无去此"劝语。

　　上片劝阻，落笔于瓢泉；下片劝留，词笔转向自身。过片承上启下，山高路险，则出山艰难，宜于留居。"独处无聊"，故招邀瓢泉相伴。泉可酿酒，泉可煮茗，泉可瓢饮，林泉之乐寓于其中。此令稼轩想到古之林泉隐士，不禁神往，然而古人不可见，只能箪瓢自乐，则更不愿瓢泉离去。

　　全词意脉清晰。究其寓意，稼轩大体要表达其闲居林泉，自乐箪瓢，自守高洁之志，而不愿出山受污受害，陷入宦海倾轧之中。邓广铭《稼轩词编年笺注》谓"稼轩自闽中罢归，实出于当政者之排挤，至归后犹屡受讥弹。则此词当作于归自闽后不久"，即庆元初所作。此乃依据词作寓意及稼轩遭际所作的揣度之说，可备参考。

水 龙 吟

　　盘园任帅子严挂冠得请,取执政书中语,以"高风"名其堂,来索词,为赋《水龙吟》。芗林,侍郎向公告老所居,高宗皇帝御书所赐名也,与盘园相并云①。

　　断崖千丈孤松,挂冠更在松高处。平生袖手,故应休矣,功名良苦。笑指儿曹②,人间醉梦,莫嗔惊汝。问黄金余几,旁人欲说,田园计,君推去。③　　叹息芗林旧隐,对先生、竹窗松户。一花一草,一觞一咏④,风流杖屦⑤。野马尘埃,扶摇下视,苍然如许。⑥恨当年、九老图⑦中,忘却画、盘园路。

注释

① 原作"盘园任子严安抚挂冠得请,客以高风名其堂。书来索词,为赋",兹从四卷本。盘园:任诏(?—1193,字子严)宅园,在临江军(在今江西省樟树市)。挂冠得请:指辞官获准。《后汉纪·光武帝纪五》载逢萌在王莽摄政时,"解衣冠挂东都城门,将家属客于辽东"。后遂以"挂冠"指辞官、弃官。执政:即宰执,指周必大。芗林:与盘园邻近,向子諲(yīn,1085—1152,字伯恭,官户部侍郎)宅园。相并:相邻。

② 儿曹:儿辈。

③ "问黄金"四句:用汉代疏广典故,意谓盘算家中剩余钱财,旁人相劝置办田宅,则推辞不从。

④ 一觞一咏:指饮酒赋诗。王羲之《兰亭集序》:"一觞一咏,亦足以畅叙幽情。"

⑤ 杖屦(jù):手杖麻鞋。此指拄杖游览。

⑥ "野马"三句：谓自高空俯视，云气飘游，苍翠迷茫。野马，指野外云气。扶摇，直上的旋风。《庄子·逍遥游》："鹏之徙于南冥也，水击三千里，抟扶摇而上者九万里，去以六月息者也。野马也，尘埃也，生物之以息相吹也。天之苍苍，其正色耶？其远而无所至极耶？其视下也若是则已矣。"

⑦ 九老图：指白居易等九老宴集图。《新唐书·白居易传》载其晚居洛阳，"尝与胡杲、吉旼、郑据、刘真、卢真、张浑、狄兼谟、卢贞燕集，皆高年不事者，人慕之，绘为九老图"。

评析

这首词作于淳熙十六年(1189)。稼轩时年五十，闲居带湖。

任诏(字子严)致仕退居盘园，建高风堂，章颖(字茂献)作记，稼轩赋词。周必大《跋临江军任诏盘园高风堂记》云：任氏"数上书致仕。予顷在榻前明言其才，愿勿听所请。……后二年竟伸其志，是可贵也。郡人南安太守章君茂献尝作《高风堂记》"，末署"绍熙改元二月既望"，即1190年，则章记及辛词均为此前所作。考周必大淳熙十四年二月为右丞相，十月高宗病，孝宗侍疾，"自来日不视朝，宰执奏事内殿"(《宋史·孝宗本纪》)。周跋所谓"顷在榻前"指此。任诏致仕在"后二年"，即淳熙十六年，章记、辛词作于当年，周跋作于次年，故云章"尝作《高风堂记》"。

词作从"挂冠""高风"二语入笔，奇特的想象形成突兀之势，同时兼具戏谑之趣，轻松谐趣的笔调中透出任诏"挂冠得请"后的超然解脱情怀。周必大《跋临江军任诏盘园高风堂记》称任诏"才高志大，不肯少下人，以是屡起屡仆。在官之日少，闲居之日多。敛藏智略，尽力斯园"，"数上书致仕"。这可作为词中"平生袖手"三句的注脚，屡屡请求致仕，即因"功名良苦"。此三句为稼轩对任诏挂冠之前人生的概评，下文"笑指儿曹"云云及"问黄金余几"数句，则借任诏致仕后的言行，直笔展示其摒弃功名富贵的洒脱襟怀，而这也许正是其"高风堂"命名的寓意所在，照应词首，亦庄亦谐。

过片一声叹息引出盘园相邻的芗林。周必大《跋记》云："清江，江西一支郡耳，而士大夫未至者必问向氏芗林如何，任氏盘园如何。其至则未有不朝芗林而夕盘园也。"稼轩题盘园高风堂，自然要言及芗林。向子諲因忤秦桧而退隐芗林十五年，享誉士林。任诏始营盘园时，向氏尚健在，如今向氏辞世已三十余年，物是人非，令人感慨。把杯闲咏，杖屦游赏，花草怡情，是盘园主人，也是当年芗林主人闲适的退隐生活，芗林引发的感慨在盘园景象中得到慰藉。云气游走，尘埃浮动，苍翠辉映，是高空俯瞰盘园的图景。前者入其中，呈现出景中人的悠然自适情态；后者出其外，对盘园作空中远景式摄像，也透露出稼轩对人世间的超然眼光。结末以唐代白居易等九老宴集拟比任氏盘园闲居。周必大《跋记》称任诏"少年已负隽声，下笔辄数百言"，又在《任漕子严诏挽词》谓其"胜墅棋高无敌手，夺袍句好有新篇"，则稼轩此笔虽不无谐趣，却也蕴含对任氏诗才的赞誉。

全词上片言致仕，突出表现任氏的袖手平生、淡泊名利；下片题盘园，虚实结合（"野马"句以下均为虚笔），情境交融，充分展现盘园主人挂冠退居的闲雅情状。从情调品味上看，上、下片都与"高风"堂名相切合。

水 龙 吟

过南剑双溪楼①

举头西北浮云，倚天万里须长剑②。人言此地，夜深长见，斗牛光焰。③我觉山高，潭空水冷④，月明星淡。待燃犀下看，凭栏却怕，风雷怒，鱼龙惨。⑤　　　峡束苍江对起⑥,过危楼、欲飞还敛。元龙老矣,不妨高卧,冰壶凉簟。⑦千古兴亡,百年悲笑⑧,一时登览。问何人又卸,片帆沙岸,系斜阳缆。

注释

① 南剑:指南剑州,治所在剑浦(今福建南平市)。双溪楼:在剑浦。

② "举头"二句:遥望西北浮云,须以万里长剑倚天拂掠驱散。《庄子·说剑》:"此剑直之无前,举之无上,案之无下,运之无旁,上决浮云,下绝地纪。此剑一用,匡诸侯,天下服矣。此天子之剑也。"宋玉《大言赋》:"方地为车,圆天为盖,长剑耿耿倚天外。"曹丕《杂诗》:"西北有浮云,亭亭如车盖。"

③ "人言"三句:《晋书·张华传》载,斗、牛二星间常有紫气,张华邀雷焕登楼观天,雷焕谓此为宝剑之精上彻于天所致,并在豫章丰城掘得双剑,一曰龙泉,一曰太阿,"其夕,斗、牛间气不复见焉"。雷焕以一剑赠张华,一剑自佩。后张华被杀,其剑下落不明。雷焕死后,其子雷华持剑行经延平津。剑忽于腰间跃出堕水,化为二龙。斗、牛,二十八宿中的斗宿、牛宿。延平,西晋县名,在今福建南平市。

④ 潭:指龙潭。《太平寰宇记》卷一百《江南东道·南剑州》:"今理剑浦县。按《晋书》云延平津,昔宝剑化龙之地。"《舆地纪胜·南剑州》:剑溪、栖川"二水交流,汇为龙潭,是为宝剑化龙之津"。

⑤ "待燃犀"四句:意谓想点燃犀角察看,又怕风雷震怒,鱼龙残暴。

⑥ "峡束"句:杜甫《秋日夔府咏怀》:"峡束沧江起,岩排古树圆。"

⑦ "元龙"三句:此用三国时陈登典事,寄寓英雄迟暮之慨。《三国志·魏志》:"陈登者,字元龙,在广陵有威名。……后许汜与刘备并在荆州牧刘

表坐,表与备共论天下人。氾曰:'陈元龙湖海之士,豪气不除。……昔遭乱过下邳,见元龙。元龙无客主之意,久不相与语,自上大床卧,使客卧下床。'"

⑧ "百年"句:指人生悲欢。《古诗十九首》:"生年不满百,常怀千岁忧。"

评析

据蔡义江、蔡国黄《辛弃疾年谱》,这首词作于绍熙三年(1192)岁末。稼轩时年五十三,自福建提刑被召入京,途经南剑。词作起笔即用庄子"天子之剑"典故,与入朝见帝相应合。

稼轩登楼抒怀,其内心壮志难酬的怨愤之情,因"剑"字而激发,起笔暗用庄子所谓"上决浮云"的"天子之剑",一展抗金复国的豪迈胸襟,同时也表明恢复大业的完成须用"天子之剑",即期望当朝皇上决意抗战。然而这只是稼轩的主观愿望,朝政时局则令其感到冷寂忧惧,"人言此地"以下数句在敷衍当地"宝剑化龙"传说中即透露出这种情调。笔法上,"人言"三句及"待燃犀下看"四句均为虚笔,"我觉山高"三句为实笔,"斗牛光焰"与"月明星淡","潭空水冷"与"风雷怒,鱼龙惨",虚实相映,令读者感到稼轩身处沉寂无奈之中的内心激愤之情。

词作上片扣住题中"南剑"二字,下片则转就"双溪楼"而发。过片气势与上片结处相呼应,"苍江对起"即切合"双溪"。"过危楼"一句笔兼溪、楼,气势由飞腾转归收敛,为下文抒发感慨蓄势。"元龙老矣"三句,化用陈登典故,悠然洒脱的笔调中蕴含无奈的身世之悲,"千古"二句由自身境遇之慨,扩展到对千古世事、百年人生的浩叹。结末带着历史盛衰、人生悲欢的感慨余韵,回到眼前夕阳下卸帆系舟的现实画面之中,令读者感受到稼轩倚楼眺望中的忧愤和怅惘。

词作笔力雄奇,虚实相发,山水之奇景、传说之异事、现实之感慨融为一体,境界壮丽而情调沉雄。

水 龙 吟

老来曾识渊明,梦中一见参差是①。觉来幽恨,停觞不御②,欲歌还止。白发西风,折腰五斗,不应堪此③。问北窗高卧,东篱自醉④,应别有,归来意。　　须信此翁未死,到如今、凛然生气。⑤吾侪心事,古今长在,高山流水。⑥富贵他年,直饶未免,也应无味。⑦甚东山何事,当时也道,为苍生起。⑧

注释

① 参差是:大略是。参差,差不多;几乎。白居易《长恨歌》:"中有一人字太真,雪肤花貌参差是。"

② "停觞"句:停杯不饮。御,食饮。王维《春中田园作》:"临觞忽不御,惆怅远行客。"

③ "折腰"二句:言白发拂秋风,不堪为五斗米折腰屈己。《宋书·陶潜传》载陶潜为彭泽令,"郡遣督邮至,县吏白应束带见之,潜叹曰:'我不能为五斗米折腰向乡里小人。'即日解印绶去职。赋《归去来》"。

④ "问北窗"二句:陶渊明《与子俨等疏》:"常言五六月中,北窗下卧,遇凉风暂至,自谓是羲皇上人。"其《饮酒二十首》其五:"采菊东篱下,悠然见南山。"《艺文类聚》卷四引《续晋阳秋》:"陶渊明尝九月九日无酒,宅边菊丛中摘菊盈把,坐其侧,久望,见白衣至,乃王弘送酒。即便就酌,醉而

后归。"

⑤ "须信"二句：意谓渊明那令人敬畏的风度至今活现于诗文中，仿佛其人犹在。《世说新语·品藻》载庾道季语："廉颇、蔺相如虽千载上死人，懔懔恒如有生气。"

⑥ "吾侪"三句：意谓古今陶渊明及稼轩等人心志长在高山流水间。吾侪，我辈。此兼指陶渊明。《吕氏春秋·本味》："伯牙鼓琴，钟子期听之。方鼓琴，而志在太山，钟子期曰：'善哉乎鼓琴！巍巍乎若太山。'少选之间，而志在流水。钟子期又曰：'善哉乎鼓琴！汤汤乎若流水。'"

⑦ "富贵"三句：意谓即使他年富贵降临，也一定觉得没有意味。直饶，即使。《世说新语·排调》："谢安在东山居布衣时，兄弟已有富贵者，翕集家门，倾动人物。刘夫人戏谓安曰：'大丈夫不当如此乎？'谢乃捉鼻曰：'但恐不免耳。'"

⑧ "甚东山"三句：言谢安当年高卧东山，何故又称为天下百姓而出仕。《世说新语·排调》载谢安屡违朝旨，隐居不仕，后出任桓温司马。朝臣送行，高崧戏曰："卿屡违朝旨，高卧东山。诸人每相与言：'安石不肯出，将如苍生何？'今亦苍生将如卿何？"苍生，百姓。

评析

这首词具体作年无考，据词意，大略作于庆元末、嘉泰初（1200 年前后）。稼轩时年约六十，闲居瓢泉。

稼轩罢职闲居所作词中屡屡言及渊明，钦慕之情溢于笔端，如："我愧渊明久矣，犹借此翁湔洗，素壁写《归来》。""便此地，结吾庐，待学渊明，更手种门前五柳。""一尊遐想，剩有渊明趣。山上有停云，看山下蒙蒙细雨。"以渊明诗文涤荡仕宦幽愤，结庐建堂追慕渊明之趣，心中念念，故而梦见其人。梦醒时分,其难以言表的无限怅然之情,"停觞"二句足以见出。片刻静默之后,梦中渊明风度再现于稼轩脑际,"白发西风",不为五斗米折腰,"北窗高卧,东篱自醉"。这正是稼轩对渊明的倾慕之处:骨气傲然,清真脱俗,率性自适,即词中所谓"别有归来意"。

过片数句承上片之梦境,梦见如真,遂有"须信此翁未死"之语。"吾侪心事"三句,揽渊明为同道而直陈志在山水,其"高山流水"一语,既含"志在高山""志在流水"之意,又寓有同道相知之意。"富贵他年"三句为反衬笔调,即使富贵亦觉无味,更显山水志趣深入其性,不可移易。同时,此三句用谢安典故,意脉贯通末三句。"吾侪"志在"高山流水",自然对当年高卧东山的谢安起而入仕感到不解。谢安居东山时对富贵之事甚为不屑,其出山入仕亦令人不解。

词因梦见渊明而作,构思章法上,首二句中"参差是"三字引领上片,为梦醒后对梦境的依依重温;下片就梦境而生发感慨,逐次荡开。"须信"二句乃直从梦境而发;"吾侪"三句展开一笔,陈述古今渊明同调(包括稼轩本人)之心志;"富贵"六句用谢东山典故,笔调再次展开,而意脉连贯。疑问笔调作结,意蕴含蓄跌宕。

乌 夜 啼

山行,约范廓之①不至

江头醉倒山公。②月明中。记得昨宵归路笑儿童。　　溪欲转,山已断,两三松。一段可怜③风月欠诗翁。

注释

① 范廓之:原作"范先之",乃避宋宁宗赵扩名讳而改,兹从四卷本。范廓之,

名开,洛阳(今属河南)人,南渡后居上饶(今属江西)。淳熙八、九年间始从稼轩游,淳熙十五年正月编成《稼轩词甲集》。

② "江头"句:以西晋山简自喻。《世说新语·任诞》载西晋山简(字季伦)镇荆州时,常畅饮酣醉。襄阳儿童为之歌曰:"山公时一醉,径造高阳池。日莫倒载归,酩酊无所知。"

③ 可怜:可爱。

评析

这首词见于四卷本甲集,知作于淳熙十五年(1188)正月结集之前闲居带湖期间。

词作追述昨宵山中踏月醉归情景。西晋山简镇守襄阳时,常往岘山南坡的习家园池置酒游赏,必尽兴醉归。儿童为歌笑其醉态。稼轩借山简自喻,因池临汉江,故称"江头醉倒山公"。月下醉归,儿童戏笑,醉者洒然无拘,笑者童趣天真,浑然交融于皎洁无瑕的月色中。

下片描绘月夜山行风景。一弯小溪曲折流淌,路转山断,几树翠松傲然挺立,皓月当空,夜风习习。如此美妙的山中月夜,触发诗兴,遗憾的是无人相与唱和,故称"欠诗翁",此结语又关合词题"约范廓之不至"。

丑 奴 儿

书博山道中壁①

烟芜露麦②荒池柳,洗雨烘晴③。洗雨烘晴。一样春风几样青。 提壶脱袴催归去④,万恨千情。万恨千情。各自无聊⑤各自鸣。

注释

① 博山：在今江西上饶市广丰区，古名通元峰，以其形似庐山香炉峰，故改名博山（古代称表面雕刻重叠山形的香炉为博山炉）。

② 露麦：原作"露夌"，兹从四卷本。

③ "洗雨"句：即雨洗晴烘，谓春雨洒洗，春日晒干。

④ "提壶"句：言鹈鹕、布谷鸟声声啼鸣，催促春天归去。提壶，即鹈鹕。脱裤（kù），即布谷鸟。

⑤ 无聊：怅然无奈。

评析

这首词见于四卷本甲集，据词意，当作于淳熙十五年（1188）正月结集之前闲居带湖期间。

词题"书博山道中壁"，当为游博山兴发之作。上片描绘出春雨过后、春日照射下的乡村田野景象，春雨洒洗后的草地、麦田、池塘、垂柳，沐浴在春光下，荡漾在春风里，迷蒙中散发出滋润和清新的气息，呈现出绿野的丰富多姿。下片因鹈鹕、布谷鸟的声声啼鸣想到春将归去，抒写春归之恨。笔触不离啼鸟，于啼鸟声中传出听者的"万恨千情"和惆怅无奈情怀，笔致婉曲。

丑 奴 儿

书博山道中壁①

少年不识②愁滋味，爱上层楼。爱上层楼。为赋新词强说愁。　　而今识尽愁滋味,欲说还休③。欲说还休。却道天凉好个秋。

注释

① 原无题,兹从四卷本。博山,见前《丑奴儿》(烟芜露麦荒池柳)注释①。

② 不识:不懂。

③ 欲说还休:想诉说却又不愿说。李清照《凤凰台上忆吹箫》:"生怕闲愁暗恨,多少事、欲说还休。"

评析

这首词作年不详,或许与《丑奴儿近·博山道中效李易安体》大略为同时之作。

陈师道《次韵春怀》有云:"河岭尚堪供极目,少年为句未须哀。"本词上片所言与此相类。"上层楼",本亦"堪供极目",却要"为赋新词强说愁",即"少年为句"而强说哀。少年强说愁,乃因未历艰辛世事,不谙人生愁苦,只能为文造情。待到识尽世间愁滋味,则"曾经沧海难为水",面对萧瑟的秋风、肃杀的景象,亦能淡然处之,体味到秋天独特的清凉而欣然叹赏。由不识愁而强说愁,到识尽愁而不说愁,蕴含着人生在历练中渐归淡定的哲理。

丑 奴 儿 近

博山道中效李易安体

千峰云起,骤雨一霎儿价①。更远树斜阳,风景怎生②图画!青旗③卖酒，山那畔别有人家。只消^④山水光中，无事过这一夏。　　午醉醒时，松窗竹户，万千潇洒。看野鸟飞来，又是一般闲暇。却怪白鸥，觑^⑤着人欲下未下。旧盟^⑥都在，新来莫是，别有说话^⑦。

注释

① 一霎儿价：一阵子；一会儿。价，句末助词。李清照《行香子》："甚霎儿晴，霎儿雨，霎儿风。"

② 怎生：怎能。李清照《声声慢》："独自怎生得黑！"

③ 青旗：青色酒旗。

④ 只消：只须。

⑤ 觑（qù）：凝视。

⑥ 旧盟：指往日与白鸥的盟约。稼轩《水调歌头·盟鸥》："今日既盟之后，来往莫相猜。"

⑦ 别有说话：有别的话要说。

评析

这首词见于四卷本甲集，知作于淳熙十五年（1188）正月结集之前。又词中有云"却怪白鸥，觑着人欲下未下。旧盟都在"，与作于淳熙九年（1182）之《水调歌头·盟鸥》相呼应，当为淳熙九年至十四年间所作。稼轩时年四五十，闲居带湖。

词作上片描绘出江南山村夏日骤雨迅猛之势，以及雨后斜阳辉映的美妙怡人景象。起二句挥笔泼墨渲染出云涌雨急情状，"更远树斜阳"句以下转以彩笔描画出斜阳映照下的远树、青山、酒旗、村落图景，置身其境，情不自禁要在这醉人的山光水色中悠然度过今夏。

上片摄取远景、全景；下片择取近景、小景，写午醉醒来时的所见所感，工笔描述，情景相融，意趣盎然。松竹之潇洒、飞鸟之闲暇，乃稼轩眼中所见，亦其心中所感。如此潇洒闲适的心态，才会对"欲下未下"的白鸥感到充满谐趣。

词题"效李易安体"，即效李清照以寻常浅俗语入词，如"一霎儿价""怎生""山那畔""只消""这一夏""又是一般""都在""莫是"等，均属此类，自然贴切而略无刻意仿效之迹。

永　遇　乐

检校停云新种杉松，戏作。时欲作亲旧报书，纸笔偶为大风吹去，末章因及之①。

投老空山，万松手种②，政尔堪叹③！何日成阴？吾年有几？④似见儿孙晚⑤。古来池馆，云烟草棘，长使后人凄断。想当年良辰已恨，夜阑酒空人散。　　停云高处，谁知老子，万事不关心眼⑥。梦觉东窗，聊复尔耳⑦，起欲题书简。霎时风怒，倒翻笔砚，天也只教吾懒。又何事、催诗雨急，片云斗暗⑧？

$$\boxed{\text{注释}}$$

① 停云：稼轩瓢泉所建堂名。末章：指词作下片。

② "投老"二句：投老，临老，到老。此二句化用苏轼《寄题刁景纯藏春坞》：
"白首归来种万松，待看千尺舞霜风。"

③"政尔"句:确实可叹。政,通"正"。

④"何日"二句:白居易《栽松》:"栽植我年晚,长成君性迟。……得见成阴否?人生七十稀。"

⑤"似见"句:意谓如晚年得儿孙,难见其成人。

⑥"万事"句:王维《酬张少府》:"晚年惟好静,万事不关心。"

⑦"聊复"句:姑且如此而已。《世说新语·任诞》载阮咸七月七日,依俗晒衣,"以竿挂大布犊鼻裈于中庭。人或怪之,答曰:'未能免俗,聊复尔耳。'"苏轼《观棋》:"优哉游哉,聊复尔耳。"

⑧"催诗"二句:杜甫《陪诸贵公子丈八沟携妓纳凉晚际遇雨》:"片云头上黑,应是雨催诗。"斗,陡然。

评析

这首词当作于移居瓢泉之初,即庆元三年(1197)前后。稼轩时年近六十,闲居瓢泉。

上片因"停云新种杉松"而生发感触。稼轩罢官退归山中,种下青松千万,盖亦为其精神寄托,如白居易《栽松》诗中所云:"爱君抱晚节,怜君含直文。欲得朝朝见,阶前故种君。"然而想到自身临老,难见小松成荫,遂心生感慨。"古来"五句即由此引发的世事盛衰之感。池馆楼台,良辰欢宴,终将归于"云烟草棘",令后人抚今追昔,感慨不尽。此层沧桑感,前人诗文中常见,稼轩的独到感触在于,不仅后人感慨凄然,料想当年古人宴罢人散之时即已怅然。此意令人想到李商隐的诗句:"此情可待成追忆,只是当时已惘然。"(《锦瑟》)

下片笔调跳出古今盛衰感慨,自述悠然超然心境,并关合题中"时欲作亲旧报书"云云。停云堂上高卧,万事不管,有如苏轼《观棋》诗所言:"优哉游哉,聊复尔耳。"东窗梦醒,起床欲给亲友作书,却被骤起的狂风吹翻了笔砚,突然间乌云密布,急雨打窗。对此场景,稼轩向天公质疑:"天也只教吾懒。又何事、催诗雨急,片云斗暗?"笔调中透出谐趣。

词作情调从"政尔堪叹",转归"万事不关心眼""聊复尔耳",见出稼轩"投老空山"的日常情怀。

永 遇 乐

戏赋辛字送茂嘉十二弟赴调①

烈日秋霜②,忠肝义胆,千载家谱。得姓何年,细参辛字,一笑君听取。艰辛做就,悲辛滋味,总是辛酸辛苦。③更十分、向人辛辣,椒桂捣残堪吐。④　世间应有,芳甘浓美,不到吾家门户。比着儿曹,累累却有,金印光垂组。⑤付君此事,从今直上,休忆对床风雨⑥。但赢得、靴纹绉面⑦,记余戏语。

注释

① 茂嘉:稼轩族弟,排行十二。生平不详。

② "烈日"句:喻气节凛然,令人敬畏。《新唐书·段秀实颜真卿传》:"其英烈言言,如严霜烈日,可畏而仰哉!"苏轼《王元之画像赞》:"耿然如秋霜夏日,不可狎玩。"

③ "艰辛"三句:言"辛"字意谓艰辛劳作,尝尽悲辛,时刻伴随辛酸辛苦。

④ "更十分"二句:言"辛"字更意谓十分辛辣,如捣碎的胡椒肉桂,令人食之欲吐。苏轼《再和二首》其一:"最后数篇君莫厌,捣残椒桂有余辛。"

⑤ "比着"三句：意谓相比之下，别家子弟累世官位显赫。组，官印绶带。

⑥ "休忆"句：意谓不要留念兄弟情谊。韦应物《示全真元常》："宁知风雪夜，复此对床眠。"

⑦ "但赢得"二句：只落得满脸皱纹。欧阳修《归田录》载田元均任三司使，权贵子弟亲友请托者甚多。田不能从其请托，又不便严词拒绝，"每温颜强笑以遣之，尝谓人曰：'作三司使数年，强笑多矣，直笑得面似靴皮。'士大夫闻者传以为笑"。

> **评析**

　　这首词与《贺新郎·别茂嘉十二弟》大略作于同时，为嘉泰四年（1204）暮春所作。稼轩时年六十五，知镇江府。

　　茂嘉此次赴调，刘过亦有词《沁园春·送辛幼安弟赴桂林官》相送："猛士云飞，狂胡灰灭，机会之来人共知。何为者？望桂林西去，一骑星驰。""入幕来南，筹边如北，翻覆手高来去棋。"时当北伐用人之际，茂嘉亦曾"筹边如北"，如今却被调往偏远之地桂林，当为仕途之厄，故刘词有"离筵不用多悲"之宽慰语。稼轩作词相送，则以戏笔赋"辛"字，身世感慨中寄托兄弟间的深情宽解和勉励。

　　起笔亮出辛氏家族千年传承的忠义气节。这当是辛氏子弟的处世立身之本，也是稼轩、茂嘉坦然面对仕宦挫折的精神支柱，言语间透出家族自豪感，也是兄弟间的共勉。此为庄严正笔，"得姓何年"以下便转入亦庄亦谐笔调。"何年"一问，答案已在上句"千载家谱"之中，稼轩遂转而"细参辛字"，从字义上对辛氏作别开生面的溯源。"艰辛"三句，言"辛"字所含艰辛悲苦之意，寄寓辛氏子弟处世艰辛；"更十分"二句，言"辛"含辛辣之意，寄寓辛氏子弟性情耿直，不为世所容。稼轩南渡以来屡遭弹劾罢官，其对"辛"字内涵的推究,实为感慨身世,寓庄于谐。

处世艰辛,不为世容,自然无福享受世间之"芳甘浓美"。过片数句即为此意,"芳甘浓美"对上片"辛辣"而言,其喻意实指高官厚禄。接下"比着儿曹"三句即言他家子弟世代富贵。"吾家门户"与他家"儿曹"的相比对言,自然寓有对茂嘉的同情和不平。但有了上片对辛氏家族忠义精神的高扬、对辛氏子弟艰辛身世的戏笔解析,稼轩终归于平和面对兄弟的远别外任,祝愿其仕宦顺达,望其不要系念兄弟情义而耽误前程。这话语自然是真诚的,而仕宦顺达背后的艰辛逢迎,稼轩也很清楚,末二句即以此意作结。"靴纹绉面",显示出官场逢迎之辛苦,这又应合了"辛"字含义,故云"记余戏语"。在整体章法上,此句关合"戏赋辛字"题旨,收束全词。

永 遇 乐

京口北固亭怀古①

千古江山,英雄无觅,孙仲谋处。②舞榭歌台,风流总被,雨打风吹去。斜阳草树,寻常巷陌③,人道寄奴④曾住。想当年、金戈铁马,气吞万里如虎。⑤　元嘉草草,封狼居胥,赢得仓皇北顾⑥。四十三年⑦,望中犹记,烽火扬州路⑧。可堪回首,佛狸祠下,一片神鸦社鼓⑨。凭谁问,廉颇老矣,尚能饭否?⑩

注释

① 京口:宋镇江府,六朝时称京口城,今江苏镇江市。北固亭:又称北固楼,在镇江府北固山上,晋蔡谟创建。

② "千古"三句：言江山千古依旧，而孙仲谋似的英雄人物则无处寻觅。孙权（182—252），字仲谋，吴郡富春（今属浙江）人。三国时吴国创建者。

③ "斜阳"二句：周邦彦《西河·金陵怀古》："燕子不知何世，入寻常、巷陌人家，相对如说兴亡，斜阳里。"

④ 寄奴：即刘裕（363—422），字德舆，小字寄奴。南朝宋创建者，卒谥武皇帝。彭城（今江苏徐州）人，世居京口。家贫，以种地、渔樵、卖履为业。

⑤ "想当年"二句：言刘裕当年率军征南燕、平西蜀、灭后秦，气势如虎。

⑥ "元嘉"三句：指南朝宋文帝刘义隆元嘉二十七年（450）命王玄谟伐魏，草率贪功，落得大败而归。封狼居胥，西汉骠骑将军霍去病追击匈奴至狼居胥（山名，在今内蒙古自治区五原县），封山而还。《宋书·王玄谟传》载文帝语："闻王玄谟陈说，使人有封狼居意。"仓皇北顾，《南史·宋文帝纪》载王玄谟北伐大败。北魏太武帝拓跋焘率军追至瓜步（今江苏南京市六合区东南），欲渡长江。宋文帝"登烽火楼极望，不悦"。《宋书·索房传》载元嘉八年，宋文帝因滑台（今河南滑县东）失守，作诗有云："惆怅惧迁逝，北顾涕交流。"

⑦ 四十三年：指稼轩自绍兴三十二年（1162）南渡以来四十三年。

⑧ "烽火"句：指绍兴三十一年（1161）金兵大举南侵，攻至扬州。

⑨ "佛狸"二句：瓜步山拓跋焘祠下，一片热闹祭祀景象。北魏太武帝拓跋焘（408—452），小字佛狸。瓜步山有其庙，陆游《入蜀记》："过瓜步山，山蜿蜒蟠伏，临江起小峰，颇巉峻。绝顶有元魏太武庙，庙前大木可三百年。一井已智，传以为太武所凿，不可知也。太武以宋文帝元嘉二十七年南侵至瓜步，建康戒严。太武凿瓜步出为蟠道，于其上设毡庐，大会群臣，疑即此地。"神鸦，吃祭食的乌鸦。

⑩ "凭谁问"三句：用廉颇典故寄托老当益壮之情。廉颇，战国时赵国名将，

赵悼襄王时获罪奔魏。后赵屡为秦兵所困,赵王欲复用廉颇,遣使者探望廉颇是否可用。廉颇亦望复用,见赵使者,"为之一饭斗米,肉十斤,被甲上马,以示尚可用"。然而使者收受廉颇仇人郭开贿赂,在赵王面前谎称:"廉将军虽老,尚善饭,然与臣坐,顷之三遗矢(同'屎')矣。"(《史记·廉颇蔺相如列传》)

评析

这首词作于开禧元年(1205)春社时。稼轩时年六十六,知镇江府。

稼轩两年前虽年逾花甲,仍不顾友人规劝,奉诏出山知绍兴府兼浙东安抚使,实乃为实现平生抗金复国之志作最后之努力。绍兴任职期间与退居山阴的前辈诗人陆游共谋北伐大略。不久入朝献策,"言金必乱必亡,愿付之元老大臣,务为仓猝可以应变之计"(李心传《建炎以来朝野杂记》乙集卷十八"丙寅淮汉蜀口用兵事目"条)。就年岁资历、能力声望而言,稼轩当在"元老大臣"之列,此论不啻毛遂自荐,却被当权者韩侂胄排挤出北伐军事筹备决策圈,于嘉泰四年(1204)三月差知镇江府,手无兵权,正如谢枋得所言:"官不为边阃,手不掌兵权,耳不闻边议。"(谢枋得《叠山集》卷二《祭辛稼轩先生墓记》)身处如此境遇,稼轩进则报国无门,加之身体多病,不免心生归念,然而退归则内心又无法置北伐于不顾,故而仍在为北伐尽力,如招募土丁、私遣间谍侦察敌情,与友人交流抗金谋略(参见程珌《洺水集》卷一《丙子轮对札子》)。次年春,韩侂胄等未能准备充分而以北伐易成,授意守边宋军先行对金挑衅,张扬用兵之势。稼轩反对草率用兵,却又无力阻止,本词即于登临怀古中抒发对时局的忧虑,对北伐的系怀,结末仍借廉颇典故寄托老骥伏枥之志。

上片追念与京口有关的两位古代英雄人物,既是期盼英雄之重现,主导今日之北伐,更是感叹当今英雄无觅。词作落笔豪旷,感慨苍茫。正如苏轼《念奴娇·赤壁怀古》所叹:"江山如画,一时多少豪杰!"稼轩放眼千古江山,同样想到千古豪杰,但心中忧虑的是今日之北伐,怀古而伤今,慨叹今日难觅英雄如孙仲谋者。词中"无觅"一语,意谓孙仲谋之英风壮采,如今无处寻觅,其言外之意则谓当今之孙仲谋无处觅得,感叹北伐无豪杰。"舞榭"三句,笔脉承"无觅"之意,情调低落。孙仲谋称雄江南,抗衡曹、刘,但无北伐之举,而世居京口、出身贫民的南朝宋武帝刘裕当年曾北伐关中,灭后秦。此尤令稼轩兴奋,词情遂转为激壮。"金戈铁马,气吞万里如虎"之情势,又令人想到稼轩"壮岁旌旗拥万夫,锦襜突骑渡江初"(《鹧鸪天》)的抗金生涯,其言语间也隐含自身的壮志激情,此可与结末以廉颇自喻相呼应。

过片承前刘裕典故而来,笔调落到刘裕之子刘义隆元嘉北伐大败。草率用兵,好大喜功,是其败因。借古喻今,其用意显然是对当今韩侂胄等人仓促北伐的担忧和劝谏,言在元嘉北伐,而意在开禧北伐。"四十三年"一句,字面上似觉跳转突兀,实则意脉相通:北伐抗金,是稼轩南归四十三年来念念不忘的志向。如今放眼北望,依然记得四十多年前金兵南侵攻占扬州时的烽火纷飞,一切怎堪回首!时至今日,恢复无成,遥望中想到江北佛狸祠,那是"元嘉草草"之历史见证,本当为后世引以为鉴,如今反成了当地祭神之所,"一片神鸦社鼓"呈现出苟安无事气象,遂令志在恢复的稼轩深为忧虑,北伐抗金之情激荡心怀。结末自喻廉颇,即寄托壮心不已之志,而"凭谁问"三字则充溢着深深的忧愤之情和英雄失路之悲。

《鹤林玉露》谓稼轩此词乃寄丘宗卿(名崇,时守建康)之作,岳珂《桯史》又载稼轩作此词后,"特置酒,召数客,使妓迭歌",可以见出稼轩自述情怀的同时,更期望词作流传开去,对北伐主持者有所警醒。

汉 宫 春

会稽蓬莱阁观雨①

秦望山②头，看乱云急雨，倒立江湖。不知云者为雨，雨者云乎？③长空万里④，被西风、变灭须臾。回首听、月明天籁，人间万窍号呼。⑤　　谁向若耶溪上，倩美人西去，麋鹿姑苏？⑥至今故国人望，一舸归欤⑦？岁云暮矣⑧，问何不鼓瑟吹竽⑨？君不见、王亭谢馆⑩，冷烟寒树啼乌。

注释

① 原题作"会稽蓬莱阁怀古"，另一首《汉宫春》（亭上秋风）题作"会稽秋风亭观雨"。邓广铭《稼轩词编年笺注》据词意，将二词题中"怀古""观雨"互换，兹从之。会稽，县名，宋绍兴府治所，在今浙江绍兴市。蓬莱阁，在绍兴府治设厅之后、卧龙山下，五代时吴越王钱镠（liú）建，南宋淳熙元年（1174）其八世孙钱端礼重修。

② 秦望山：在会稽县东南四十里。施宿等《会稽志》："《舆地广记》云：'秦望在州城南，为众峰之杰。秦始皇登之以望东海。'"

③ "不知"二句：言云雨茫茫莫辨。《庄子·天运》："云者为雨乎？雨者为云乎？"

④ "长空"句：苏轼《念奴娇·中秋》："凭高眺远，见长空万里，云无留迹。"

⑤ "回首"二句：皎皎月下，回首静听天籁，夜风呼啸。天籁，自然声响。万窍，大地各种孔穴。《庄子·齐物论》："汝闻人籁而未闻地籁，汝闻地籁而未闻天籁夫。……夫大块噫气，其名为风。是唯无作，作则万窍怒号，而独不闻之翏翏乎？"

⑥ "谁向"三句：若耶溪，在会稽县南二十五里，相传为西施浣纱之处。姑苏，

春秋时吴王阖闾所建台名。此用西施入吴宫典故。《吴越春秋》卷五载越王勾践向吴王阖闾进献名山神木，阖闾以之建姑苏台。勾践又进献美女西施，吴王大悦。伍子胥谏阻，有云："臣必见越之破吴，豸鹿游于姑胥之台。"《史记·淮南衡山列传》载伍被云："臣闻子胥谏吴王，吴王不用，乃曰：臣今见麋鹿游姑苏之台也。"

⑦ "一舸"句：西施随范蠡泛舟五湖归来否？相传范蠡辅佐越王勾践灭吴之后，携西施泛舟五湖而去。杜牧《杜秋娘诗》："西子下姑苏，一舸逐鸱夷。"范蠡自号鸱夷子皮。

⑧ "岁云"句：即岁暮。《诗经·小雅·小明》："曷云其还？岁聿云莫。"莫，同"暮"。刘君白《答僧岩法师书》："岁云暮矣，时不相待。"

⑨ 鼓瑟吹竽：指奏乐欢庆。《诗经·小雅·鹿鸣》："我有嘉宾，鼓瑟吹笙。"《战国策·齐策一》载苏秦说齐宣王："临淄甚富而实，其民无不吹竽、鼓瑟、击筑、弹琴，斗鸡、走犬、六博、蹹踘者。"

⑩ 王亭谢馆：东晋大族王、谢亭馆。王羲之曾与谢安、孙绰等四十一人宴集于会稽山阴之兰亭。《晋书·谢安传》载谢安"寓居会稽，与王羲之及高阳许询、桑门支遁游处，出则渔弋山水，入则言咏属文"。

评析

这首词作于嘉泰三年（1203）秋。稼轩时年六十四，知绍兴府兼浙东安抚使。

词作上片扣题，描述"观雨"情景，展现出翻云覆雨和风卷残云、天清月明、万窍怒号两种景象之间的须臾变幻。秦望山为会稽群山之最高峰，在"乱云急雨"之中隐现，气势壮观。转眼间云飞雨歇，夜空明澈，风声萧萧，令人惊叹大自然的神奇！置身于狂风暴雨过后的月夜秋风下，仰望长空万里，静听人间天籁,稼轩或许想到会稽城的历史风云,想到当年的吴越战争。词笔由此转到下片的怀古。

西施入吴是勾践复仇灭吴的重要策略,词中"谁向若耶溪上"三句即写尽此事,形象而简括。其疑问笔调则流露出对历史存亡的深思和感慨。"至今"二句承前笔脉,化用范蠡携西子泛游五湖之传说故事,以盼望关切的询问笔调,表达故国父老对为国立功的西施永远的怀念之情。"至今"二字笔意贯通下文。时已岁暮,人们尚在期待西子归来,遂无心鼓乐欢庆。反问笔调则又见出对沉溺于思古幽情的不以为然,末以南朝会稽豪族王、谢亭馆的湮灭作结,呈现出沧桑感慨之外的超然达观。

词作上片写景,下片抒情;上片观雨,下片怀古。字面上的转折颇显突兀,然细品上片词境变幻之意蕴,则与下片暗自相通。若以词题应合词境词情,亦令人感到构思立意之妙。上片词境之云雨莫辨转而月明风清,可与蓬莱仙境称合;下片怀古所取西子、"王亭谢馆"典故则切合会稽古城。全词章法貌似疏离,实则密合。

汉 宫 春

会稽秋风亭怀古①

亭上秋风,记去年袅袅②,曾到吾庐。山河举目虽异,风景非殊。③功成者去,觉团扇、便与人疏。④吹不断,斜阳依旧,茫茫禹迹都无⑤。　千古茂陵词在,甚风流章句,解拟相如。⑥只今木落江冷,眇眇愁余⑦。故人书报,莫因循、忘却莼鲈。⑧谁念我,新凉灯火⑨,一编《太史公书》⑩。

注释

① 题原作"会稽秋风亭观雨",参见《汉宫春》(秦望山头)注释①。秋风亭,在会稽观风堂之侧,稼轩帅浙东时所建。施宿等《会稽志》卷一"府廨":"使宅之东北曰观风堂。"张淏《会稽续志》卷一:"秋风亭在观风堂之侧。"张镃《汉宫春》序云:"稼轩帅浙东,作秋风亭成,以长短句寄余。"

② "亭上"二句:《楚辞·九歌·湘夫人》:"袅袅兮秋风,洞庭波兮木叶下。"袅袅,秋风吹拂貌。

③ "山河"二句:言会稽与瓢泉虽山河不同,风景则无异。此反用东晋周觊新亭(故址在今江苏南京)感叹语。《世说新语·言语》载:"过江诸人,每至美日,辄相邀新亭,藉卉饮宴。周侯中坐而叹曰:'风景不殊,正自有山河之异。'皆相视流泪。唯王丞相愀然变色曰:'当共戮力王室,克复神州,何至作楚囚相对!'"

④ "功成"二句:言夏去秋来,团扇搁置无用。《战国策·秦策三》载蔡泽云:"夫四时之序,成功者去。"

⑤ "茫茫"句:大禹的遗迹茫然无觅。《左传·襄公四年》载虞人之箴曰:"芒芒禹迹,画为九州。"芒芒,同"茫茫",形容悠远。

⑥ "千古"三句:言汉武帝《秋风辞》之情韵文采堪比司马相如辞赋。茂陵词,指汉武帝《秋风辞》。茂陵,汉武帝陵墓,在今陕西西安。此借指汉武帝。相如,指汉武帝时辞赋家司马相如。

⑦ "只今"二句:值此落叶飘零、江河冷寂,远望中满怀愁绪。眇眇,形容远望之状。愁余,使我忧愁。《楚辞·九歌·湘夫人》:"帝子降兮北渚,目眇眇兮愁余。袅袅兮秋风,洞庭波兮木叶下。"

⑧ "故人"二句：友人来信，劝我莫要延宕滞留，莫要忘却家乡的莼菜鲈鱼。因循，拖延。莼鲈，莼菜鲈鱼。参见《木兰花慢》（老来情味减）注释③。

⑨ 新凉灯火：韩愈《符读书城南》："时秋积雨霁，新凉入郊墟。灯火稍可亲，简编可卷舒。"

⑩ 太史公书：指司马迁《史记》。司马迁曾任太史令，所撰《史记》初名《太史公书》。

评析

这首词作于嘉泰三年（1203）秋。稼轩时年六十四，知绍兴府兼浙东安抚使。

词从秋风起笔，字面关合"秋风亭"，思绪则追想去年闲居瓢泉时的秋风秋景，感到山河不同，风景则无异。当年东晋南渡士大夫春秋佳日聚宴新亭，周顗所叹"风景不殊，正自有山河之异"，意在感慨"山河之异"，即山河分裂。稼轩用其语而变其意，旨趣落在"风景不殊"，笔脉与上句"吾庐"所在之瓢泉相承。其实，稼轩亦身处山河分裂之时，故而想起周顗新亭之叹，但其志在恢复，此次以六十四岁高龄再次复出，充满信心为成就恢复大业作最后的努力，其心态当倾向于新亭聚宴间王导所言："当共戮力王室，克复神州！"有此情怀，举目山河之异，遂能叹赏风景之美，而非沉溺于感伤忧虑。"功成"二句言夏季功成身退，团扇归退，盖亦寄寓稼轩此番出山的意图期望。功已成便离去，功未成之秋风则吹拂不息，一如既往的夕阳余晖中，多少世间功业遗迹烟消云散！稼轩面临秋风斜阳，怀想大禹"画为九州"之伟业，则流露出对实现恢复大业的深切期待，而现实中的"茫茫禹迹都无"，又透露出些许忧虑和怅然。

过片言汉武帝《秋风辞》情调文采堪比司马相如辞赋。《汉书·扬雄传》

称相如"作赋甚弘丽温雅",武帝《秋风辞》亦可作如是观:"秋风起兮白云飞,草木黄落兮雁南归。兰有秀兮菊有芳,怀佳人兮不能忘。泛楼船兮济汾河,横中流兮扬素波。箫鼓鸣兮发棹歌,欢乐极兮哀情多,少壮几时兮奈老何!"恢宏激荡中蕴含繁华易逝、青春短暂之叹惋。志士悲秋,尤其如稼轩年逾花甲而壮志未酬者,"木落江冷"在其心中触发的感慨怅惘之情,尽在"眇眇愁余"四字之中。多年闲居后复出为官又如此忧愁,何不挂冠归去?故友来书劝归或为写实,如黄榦对稼轩此次出山即颇为忧虑:"今之所以用明公,与其所以为明公用者,亦尝深思之乎?⋯⋯今之所以主明公者何如哉?黑白杂揉,贤不肖混殽。佞谀满前,横恩四出。⋯⋯江左人物,素号怯懦,秦氏和议又从而销靡之,士大夫至是,奄奄然不复有生气矣。⋯⋯此仆所以又虑夫为明公用者,无其人也。内之所以用我,与外之所以为我用者,皆有未满吾意者焉。"(《与辛稼轩侍郎书》)稼轩后来的无功而病归及韩侂胄北伐溃败,应验了黄榦的担忧。此时的稼轩出山已数月,以其非凡的军事战略眼光,当已感受到北伐前景堪忧,但又不甘就此退归,因而心怀孤愤,词作结末"谁念我"三句即此情怀的展露。

秋风亭为稼轩所建,词题"怀古",乃在借古时与秋风相关的诗文典故以抒写情怀,转折递进之笔调中见出怅然难平之情。

玉楼春

隐湖戏作①

客来底事②逢迎晚?竹里鸣禽寻未见。日高犹苦圣贤③中,门外谁酣蛮触战④?　　多方为渴泉寻遍,何日成阴松种满⑤?不辞长向水云⑥来,只怕频频鱼鸟倦。

注释

① 隐湖：即隐湖山，在铅山县（今属江西）东。

② 底事：何故。苏轼《满庭芳》："人生底事，来往如梭？"

③ 圣贤：指酒。《三国志·魏志·徐邈传》载鲜于辅语："平日醉客谓酒清者
为圣人，浊者为贤人。"

④ 蛮触战：喻世间名利争斗。《庄子·则阳》："有国于蜗之左角者，曰触氏，
有国于蜗之右角者，曰蛮氏。时相与争地而战，伏尸数万，逐北，旬有五日
而后反。"

⑤ "何日"句：稼轩《永遇乐》（投老空山）："万松手种"，"何日成阴"。

⑥ 水云：指溪泉云林。

评析

　　词中"何日成阴松种满"，与《永遇乐》（投老空山）中"万松手种""何日
成阴"意思相仿，当亦作于庆元三年（1197）前后。稼轩时年近花甲，闲居
瓢泉。

　　据词意揣度，稼轩应是日高犹酣醉未醒，时有客来访，未能逢迎。后酒
醒，与客同游隐湖山，戏作此词。起笔"底事逢迎晚"一问，意脉上当与"日高"
二句连贯，中间"竹里鸣禽寻未见"一句言竹林中的禽鸟闻其声而不见其影，
林泉幽趣毕现，为来客游访、主人酣醉渲染出超然脱尘的场景氛围。写门外
触蛮醋战，则于醉意幻觉中寄托对俗世名利争斗的不屑和超脱，笔致意趣与
"竹里"句相通。

　　过片因渴寻泉，与上片酣醉相承，酒醉而口舌干渴。"松种满"当指瓢泉

停云堂之松(稼轩有"检校停云新种杉松戏作"之《永遇乐》)。瓢泉、隐湖山相邻,均在铅山县东约二十里。词称"多方寻遍",隐湖当在其中,故下文言"不辞长来",又恐常来打扰鱼鸟,令其生厌。此为戏笔,又见出稼轩对林泉清幽脱俗之境的倾心,对鱼鸟自乐之情的认同和爱惜。

玉 楼 春

乙丑京口奉祠西归,将至仙人矶①

江头一带斜阳树,总是六朝②人住处。悠悠兴废不关心,惟有沙洲双白鹭。③　　仙人矶下多风雨,好卸征帆留不住。直须抖擞尽尘埃④,却趁新凉秋水⑤去。

注释

① 乙丑:即开禧元年(1205)。奉祠西归,指提举冲佑观,西归铅山。仙人矶:在建康(今江苏南京)西南长江边。《江西通志》卷九十五《武备志·江防》"江宁县界汛"有"仙人矶"。

② 六朝:指吴、东晋、宋、齐、梁、陈,均建都建康。

③ "悠悠"二句:言唯有沙洲白鹭全然不管人世兴废盛衰。苏轼《再和潜师》:"惟有飞来双白鹭,玉羽琼枝斗清好。"

④ "直须"句:言只当抖尽仕途尘埃。白居易《答州民》:"宦情抖擞随尘去,乡思磨销逐日无。"

⑤ 秋水:指秋江,兼指稼轩瓢泉秋水堂。

评析

这首词作于开禧元年（1205）秋。稼轩时年六十六，自镇江奉祠归铅山。

时年三月，稼轩因所荐之人违法，坐缪举降官。六月移知隆兴府（今江西南昌），未及赴任，七月遭臣僚弹劾，落职，奉祠归铅山，将至建康西南江边仙人矶，感而赋此词。上片从建康入笔，由眼前斜阳下的江树想到六朝，触景生情，却又以"不关心"三字顿住，笔调跳转到沙洲上自由闲适的白鹭。"悠悠"二句，既可理解为只有沙洲白鹭不关心"悠悠兴废"，也可理解为稼轩不关心"悠悠兴废"，只倾心"沙洲双白鹭"。两种解读，前者为托物（白鹭）言志，后者为直言情怀，均表露出稼轩的达观洒脱心境。

词作下片落笔到仙人矶。词题言"将至仙人矶"，则未至也，谓"仙人矶下多风雨"，乃料想之言，或许当地有此俗传。原想在仙人矶卸帆稍驻，但听说此地风雨频繁，不便停留，则当抖尽一身尘埃，秋江归舟，回到心所系念的瓢泉居所。

世事悠悠全不管，风雨之地莫停留，轻舟归去，鸥鹭为友。这便是本词展现的情怀。然而稼轩此番年逾花甲再次出山，为的是成就恢复大业，两年来为之献计献策，却不为所用。如今再遭弹劾落职，根本原因当与其不赞同韩侂胄的北伐策略有关。稼轩深明个中缘由，也深知恢复无望，平生志向注定无法实现，无可奈何中重归林泉，词作情调虽显得轻松超然，但"悠悠兴废""多风雨""留不住"等言语依然隐含对时局及自身遭际的感慨，直到两年后，稼轩临终前数日仍为之愤然慨叹："侂胄岂能用稼轩以立功名者乎？稼轩岂肯依侂胄以求富贵者乎？"

玉 蝴 蝶①

追别杜叔高②

古道行人来去,香红满树,风雨残花③。望断青山,高处都被云遮。客重来、风流觞咏,春已去、光景桑麻④。苦无多。一条垂柳,两个啼鸦。　　人家。疏疏翠竹,阴阴绿树,浅浅寒沙。醉兀篮舆⑤,夜来豪饮太狂些。到如今、都齐醒却,只依旧、无奈愁何。试听呵:寒食近也,且住为佳。⑥

注释

① 玉蝴蝶:词调名。有令、慢之分,又分别名《玉蝴蝶令》《玉蝴蝶慢》。
② 杜叔高:名斿(liú),字叔高。兄弟五人俱博学工文,人称"金华五高"。按,叔高,原作"仲高",兹从四卷本。
③ "香红"二句:言满树红花在风雨中凋零。
④ "春已去"句:言春已归去,风光尽在桑麻。
⑤ "醉兀"句:醉兀,醉态。篮舆,古时类似轿子的交通工具。
⑥ "寒食"二句:言寒食节临近,暂且多住几天为好。此化用颜真卿《寒食帖》语:"天气殊未佳,汝定成行否? 寒食近,且住为佳尔。"寒食,节令名,在清明节前一天或两天。

评析

这首词作于庆元六年(1200)春末。稼轩时年六十一,闲居瓢泉。

词题"追别",则杜氏已启程,稼轩追及相别而赋此词。途中赠别,遂从古道起笔,路上行人来去匆匆,路旁枝头落红飘香,遥望青山,高处云雾缭绕。情境如画,深沉的离愁别怨蕴于其中。"客重来"句,笔调跳出别离情境,重温刚刚过去的聚欢场景;"春已去"句又回到眼前的残春送别;"苦无多",一声叹惋,既惋惜春残光景无多,也怅叹好友相聚匆匆。"一条垂柳,两个啼鸦",似一幅花鸟小品,垂柳啼鸦渲染出哀怨的别离氛围,其意脉与"苦无多"相贯通。

过片笔调移到村落人家,与上片结末画面相承,由点及面,由近及远,笔墨轻快洒落,构图造境清雅优美,尽显江南山乡水村的风景情韵。置身其境,相知好友重聚,欢洽之情自难言表,而短暂欢聚便要分别,其忧伤之情难以尽言。以稼轩之豪放,其别夜狂饮,大醉而归,自在情理之中。酒醒过后,惆怅依旧,追别友人,深情挽留:"寒食快到了,再多住几天吧!"此番情景,令人深切感受到两人间的真挚交情和惜别情怀。

全词以描述追别场景、抒写追别情怀为主,对重聚之欢、别夜之狂的简括追述,则是必要的衬托,情感脉络贯通自然。笔法上,稼轩较多采取融情于景的描绘手法,画面层出,情景相映,令读者如临其境。

生 查 子

和夏中玉①

一天霜月明,几处砧声②起。客梦已难成,秋色无边际。　　旦夕③是重阳,菊有黄花蕊④。只怕又登高,未饮心先醉。

注释

① 夏中玉:扬州人,其余不详。

② 砧声：捣衣声。

③ 旦夕：喻时间短暂。

④ "菊有"句：《礼记·月令》："季秋之月，……鞠有黄华。"鞠，通"菊"。

评析

这首词作年不详。邓广铭《稼轩词编年笺注》疑为南归初所作。

词作抒写异乡秋夜情思。上片言客居异乡，置身于漫天霜月、砧声飘荡、秋色茫茫之中，愁思无眠。起笔二句自然令人想到李白的诗句"长安一片月，万户捣衣声"（《子夜吴歌》），满天秋月之境相同，但"几处砧声"则不同于"万户捣衣声"，与"一天霜月"形成反差对衬，清冷无际的月空下，稀疏零落的砧声飘拂，异乡之人身临此境，自难入眠，深感秋色无边，秋思无尽！

下片料想即将到来的重阳节。赏菊、登高为重阳之习俗。"菊有黄花蕊"，乃节候景物之写实笔调，略无赏菊之情。结末二句抒情，预料登高之忧愁如醉，情调颇似范仲淹《苏幕遮》（碧云天）所云"明月楼高休独倚。酒入愁肠，化作相思泪"，但笔调不同：范词所言即"举杯消愁愁复愁"，稼轩之"未饮心先醉"，可谓逆笔成趣，曲笔写深情。

词作上片写眼前实景为主，"客梦"句言情，梦难成遂浮想联翩，引出下片对重阳登高情怀的预想，亦见章法笔脉之相贯通。

生 查 子

民瞻见和，复用前韵①

谁倾沧海珠，簌弄千明月。②唤取酒边来，软语裁春雪③。　　人间无凤凰,空费穿云笛。④醉倒却归来,松菊陶潜宅⑤。

注释

① 民瞻,指杨民瞻。前韵,指《生查子·山行寄杨民瞻》词韵。

② "谁倾"二句:以月下明珠喻杨民瞻和词。李商隐《锦瑟》:"沧海月明珠有泪。"簸弄,玩弄。

③ "软语"句:谓歌女柔声吟唱杨民瞻和词。裁,创作,此指吟唱。春雪,指古名曲《阳春》《白雪》。此喻杨民瞻和词。

④ "人间"二句:借秦穆公之女弄玉从萧史学吹箫引来凤凰典故(见《列仙传·萧史》),喻笛声之美妙。穿云笛,苏轼《李委吹笛》序云:"既奏新曲,又快作数弄,嘹然有穿云裂石之声。"

⑤ "松菊"句:自喻带湖居宅。陶渊明《归去来兮辞》言其宅居:"三径就荒,松菊犹存。"

评析

这首词作于淳熙九年到十四年间(1182—1187),具体作年不详。

稼轩作《生查子·山行寄杨民瞻》寄杨民瞻,杨和之,稼轩用同韵再作此词,旨趣全在赞赏民瞻和词。上片,以明月珠玉辉映为喻,言杨氏和词字字珠玑,《阳春》《白雪》则言其情调高雅。过片反用萧史教弄玉吹箫引来凤凰典故,既赞美杨氏和词高妙如穿云之笛曲,又暗承前"春雪"语所蕴含的曲高和寡之意,兼有稼轩自谦意味。末二句,笙歌散尽,欢醉而归,松菊相迎,仿佛重现当年陶渊明的园田归隐情境。此情此境,与酒宴上的欢赏相映衬,诗酒歌舞中释放豪兴,松菊依伴中怡情悦性,令稼轩恬适欣慰。这也是稼轩要传达给知友的内心感触。

生 查 子

独游雨岩^①

溪边照影行，天在清溪底。天上有行云，人在行云里。　　高歌谁和余^②，空谷清音起。非鬼亦非仙^③，一曲桃花水^④。

> **注释**

① 雨岩：在信州永丰县（今江西上饶市广丰区）博山脚下。

② 和余：与我唱和。

③ "非鬼"句：此境非神鬼仙人所致。

④ 桃花水：指桃花掩映的溪流。

> **评析**

这首词作于闲居带湖期间，具体作年不详。独游雨岩，傍溪而行，清澈的溪水倒映着蓝天白云，水中身影在飘浮的云中悠然荡漾。如此清幽而飘逸的情境，令稼轩不禁放怀高歌。歌声和着山谷中清脆的溪流声，在桃花的芬芳里飘荡，恍如人间仙境，亦如稼轩《水龙吟·题雨岩》中的"落花香在，人疑是，桃源路"。词作上片，稼轩沉浸在静无声息的清妙幽韵之中，清溪、人影、行云，相融相映，仿佛一曲无声而美妙的山水清游乐章；下片稼轩高歌与空谷清音相应相和，则为上片无声孕育之后的尽情欢唱，"一曲桃花水"便成了稼轩放情山水的绝妙写照。

试译全词如下：

> 相伴水中的身影在溪边独行，浩渺天宇倒映在清澈的溪水。白云在天空飘浮，人影行走在白云里。

> 放声高歌谁应和？空谷传来清脆的音曲。不是山神亦非仙女，桃花掩映一溪流水。

生 查 子

独游西岩①

青山非不佳，未解留侬住。②赤脚踏层冰③，为爱清溪故。　　朝来山鸟啼，劝上山高处。我意不关渠④，自要寻兰去⑤。

注释

① 西岩：在上饶县（在今江西上饶市）。《江西通志》卷十一《山川广信府》："西岩在府城南八十里。岩有石如钟覆地，内有悬石如螺，滴水。"按，此词原无题，兹从四卷本。

② "青山"二句：青山不是不美，但不能留住我。侬，我。此化用李德裕《登崖州城楼》诗句："青山似欲留人住，百匝千遭绕郡城。"

③ "赤脚"句：层冰，四卷本作"沧浪"。杜甫《早秋苦热堆案相仍》诗句："南望青松架短壑，安得赤脚踏层冰。"

④ "我意"句：意谓我的心意与山鸟无关。我意，原作"载意"，今从四卷本。

渠，它，指山鸟。

⑤ 自要寻兰：原作"自在寻诗"，兹从四卷本。

评析

这首词作于带湖闲居期间，具体作年不详。

西岩有青山，有清溪。稼轩游西岩，偏爱清溪。词作上片所言即为此意。笔法上以青山作铺垫，谓青山非不美，我不能为之驻足，只因我更爱清溪。下片前三句借山鸟劝我上山游赏，再言我意不在青山。山鸟之啼劝，似亦在称道青山之美，与首句"青山非不美"照应；"我意不关渠"则与"未解留侬住"呼应。依上片词意，兴趣不在青山，而在清溪，但末句谓"自要寻兰去"，则其爱清溪乃因溪中有兰，其赤脚踏冰，即缘溪寻兰。《楚辞·离骚》："纷吾既有此内美兮，又重之以修能。扈江离与辟芷兮，纫秋兰以为佩。"《九歌·湘夫人》云："沅有芷兮澧有兰。"稼轩另一首《生查子·独游西岩》有"读《离骚》"语，其爱兰亦如司马迁所评屈原"其志洁，故其称物芳"（《史记·屈原贾生列传》）。

词题纪游，青山秀美，山溪清澈，山鸟有情，均见于词中，但又非"独游西岩"之旨趣所在，而全为结末"寻兰"作铺垫。曲终明志，托清溪幽兰寄寓孤芳高洁情怀。

生查子

独游西岩①

青山招不来，偃蹇谁怜汝？②岁晚太寒生③，唤我溪边住。　　山头明月来，本在高高处。夜夜入清溪，听读《离骚》④去。

注释

① 原无题，兹从四卷本。

② "青山"二句：意谓青山高傲不受召唤，谁会喜爱？偃蹇（yǎnjiǎn），高傲的样子。此二句化用苏轼《越州张中舍寿乐堂》："青山偃蹇如高人，常时不肯入官府。"

③ 太寒生：太寒冷。生，语助词。

④ 《离骚》：战国时楚国诗人屈原（名平）诗作。《史记·屈原贾生列传》："屈平正道直行，竭忠尽智以事其君，谗人间之，可谓穷矣。信而见疑，忠而被谤，能无怨乎？屈平之作《离骚》，盖自怨生也。"

评析

这首词作于闲居带湖期间，具体作年不详。

词题"独游西岩"，以拟人笔调写出与西岩青山、清溪明月间的心灵默语。上片与青山交心对语。起笔二句谓青山高傲不应邀请，无人喜爱。而"谁怜汝"三字语气中透露出"只有我赏识你"之意，此乃两颗孤高心灵间的深刻默契，所以才会冒天寒地冻相招伴住。

下片承"青山""溪边"之语，再引来明月相伴相知。明月从山顶升上高空，又潜入清溪，静听稼轩诵读《离骚》。夜读《离骚》抒发孤芳幽愤情怀，静静相伴倾听的青山、清溪、明月皆为知音。

本词章法与前一首同题之作相类，曲终明志。此前记游写景皆为夜读《离骚》作铺垫，创设背景氛围，令人如临其境。

生查子

有觅词者，为赋

去年燕子来，绣户①深深处。花径得泥归，都把琴书污。②　　今年燕子来，谁听呢喃语？不见卷帘人，一阵黄昏雨。③

注释

① 绣户：指女子闺门。

② "花径"二句：花径，花间小路。杜甫《漫兴》："熟知茅斋绝低小，江上燕子故来频。衔泥点污琴书内，更接飞虫打着人。"

③ "不见"二句：欧阳修《采桑子》："垂下帘栊，双燕归来细雨中。"李清照《如梦令》："试问卷帘人，却道海棠依旧。"

评析

这首词作年不详。词作以"去年燕子来""今年燕子来"两种情境对比，抒写怀人之情。上片言去年春日之欢洽情形，绣户深深处，一对有情人弹琴诵书，相伴相悦。燕子穿花掠柳归来，衔泥点污琴书。"绣户"句言人之相悦，笔调含蓄，情韵无尽。"花径"二句写燕之归来，笔调直率，别生意趣。"都把琴书污"之语调中略含嗔怨，呈现出燕子与人之间的嬉戏情味。下片言今年春日之人去楼空。燕子飞来，如同去年，然而物是人非，呢喃燕语无人听。"谁听"句，见出楼空无人，而燕子似为此而呢喃自语，疑惑不解。末二句境界有似欧阳修《采桑子》（群芳过后西湖好）："垂下帘栊，双燕归来细雨中。"人生美好情事消逝后的空寂怅惘蕴于其中。

欧阳修《生查子·元夕》："去年元夜时，花市灯如昼。月上柳梢头，人约黄昏后。今年元夜时，月与灯依旧。不见去年人，泪湿春衫袖。"稼轩本词构思或受其影响，而以衔泥污琴书、细语呢喃的燕子见证去年之欢悦、今年之伤愁，更具生活情趣。

归　朝　欢

灵山齐庵菖蒲港①，皆长松茂林，独野樱花一株，山上盛开，照映可爱。不数日，风雨催败殆尽。意有感，因效介庵体②为赋，且以"菖蒲绿"名之。丙辰岁③三月三日也。

山下千林花太俗。山上一枝看不足。春风正在此花边，菖蒲自蘸清溪绿④。与花同草木。问谁风雨飘零速？莫悲歌，夜深岩下，惊动白云宿。　　病怯残年频自卜。老爱遗篇难细读⑤。苦无妙手画於菟，人间雕刻真成鹄。⑥梦中人似玉。觉来更忆腰如束。⑦许多愁，问君有酒，何不日丝竹？⑧

注释

① "灵山"句：在信州（今江西上饶）城西北。齐庵，稼轩灵山屋舍。菖蒲港，在灵山下。
② 介庵体：指赵介庵（1121—1175，名彦端，字德庄）词风格调。赵介庵词笔浅易疏快，状物言情，真切动人，即稼轩本词所言"雕刻真成鹄"。
③ 丙辰岁：即庆元二年（1196）。

④ "菖蒲"句：即词序所云"菖蒲绿"之意。菖蒲，水草名。

⑤ "老爱"句：意谓年老眼力不济，爱其词作而难以细读。遗篇，指赵彦端
遗作。

⑥ "苦无"二句：言自愧无画虎妙手，世间却有雕刻的真鹄。《后汉书·马援
传》载马援《诫兄子书》有云"刻鹄不成尚类鹜""画虎不成反类狗"。鹄，天
鹅。鹜，鸭。於菟(wūtú)，虎。《左传·宣公四年》：楚人"谓虎於菟"。

⑦ "梦中"二句：赵介庵《虞美人·刘帅生日》："起舞人如玉。"《秦楼月》："烘
温玉。酒愁花暗，沈腰如束。"宋玉《登徒子好色赋》："肌如白雪，腰如
束素。"

⑧ "许多愁"三句：愁情满怀，何不每日畅饮欢醉，丝竹声中遣愁消忧。《世说
新语·言语》载谢安对王羲之说："中年伤于哀乐，与亲友别，辄作数日
恶。"王曰："年在桑榆，自然至此，正赖丝竹陶写。恒恐儿辈觉，损欣乐
之趣。"

评析

这首词作于庆元二年(1196)。稼轩时年五十七，闲居带湖。

词为野樱花的凋谢而作，笔意从野樱花的绽放发起，以"千林花太俗"反
衬野樱花的"一枝看不足"，美而脱俗，令人百看不厌。唯其如此，野樱花的迅
速凋败更令人感伤惋惜。春风拂荡，樱花飘零，然而菖蒲依然绿映清溪，于是
引发对风雨的责问：野樱花与草木同生，风雨何以独令樱花迅速飘零？责问
声中激荡着悲惜之情。一问而止，笔调突转，别开境地，言夜深寂静，莫要悲
歌，莫要惊醒岩下栖息的白云。陶渊明有言"云无心以出岫"(《归去来兮
辞》)，山中白云，或出岫，或栖岩，均超然无机心，无忧无虑，足可化解世人内
心的悲愁。

上片仿效赵介庵笔调题咏野樱花。过片"病怯"一句,承上片花之"飘零速"而感慨身世,又为下句"老爱遗篇"作铺垫。自身年老病衰,情怀怅惘,而介庵遗留的佳篇正合我心,词笔落到"介庵体"。"苦无妙手"句以下,均承"老爱遗篇"而发。自愧没有画虎妙笔,自抑自谦以突显赵介庵妙手"雕刻真成鹄",即对"介庵体"的评赏。"梦中人"二句,似摄取赵介庵《鹧鸪天》题咏京口十名妓情事,以美人喻花,笔调回到野樱花的飘零。结末"问君"二句,既因介庵词情而发问,也为自身惜花之愁而自问,在反诘语调中摆脱樱花凋零以及"病怯残年"带来的"许多愁"。

归 朝 欢

题赵晋臣敷文积翠岩①

我笑共工缘底怒,触断峨峨天一柱。补天又笑女娲忙,却将此石投闲处。②野烟荒草路。先生柱杖来看汝。倚苍苔,摩挲试问③:千古几风雨? 长被儿童敲火苦,时有牛羊磨角去。④霍然千丈翠岩屏,锵然一滴甘泉乳。结亭三四五。会相暖热携歌舞⑤。细相量,古来寒士,不遇有时遇。

$$\boxed{\text{注释}}$$

① 赵晋臣敷文:即赵不迁,字晋臣。绍兴二十四年(1154)进士。官中奉大夫、直敷文阁学士。积翠岩:在铅山县(今属江西省)。

② "我笑"四句:我笑那共工何必发怒,触断巍峨屹立的擎天巨柱,更笑那女娲匆忙炼石补天,却把这块巨石弃置未用。司马贞《补史记·三皇本纪》

载：共工氏与祝融战，头触不周山，"天柱折，地维缺。女娲乃炼五色石以补天"。

③ "倚苍苔"二句：言依傍抚摸着长满苍苔的巨石。摩挲，抚摸。

④ "长被"二句：意谓常遭受牧童敲石取火之苦，又不时承受牛羊磨砺犄角。

⑤ "会相暖热"句：言定当置酒畅饮，歌舞尽欢。

评析

这首词作于庆元六年(1200)。稼轩时年六十一，闲居瓢泉。大概是赵晋臣在积翠岩建起三五间亭舍以便小住游赏，亦可供聚友欢游，稼轩遂为之赋词题咏，选取积翠岩特色景观擎天巨石为描状对象。起笔腾飞想象，以笑谑笔调，将共工怒触天柱、女娲炼石补天之神话传说融为一体，谓此石为当年女娲弃置不用者，言语间流露出对此石被弃用的惋惜。下文"野烟"数句，均由此情导引而出：沉落于野烟荒草之中，历经风雨，满身苍苔，巨石被弃之后的身世令人悲叹！先生拄杖探望，抚石相问，举止言语间显示出对巨石不幸遭遇的关切同情。此"先生"自然是指赵晋臣，与题意关合，点明赵氏卜居积翠岩。

过片所言牧童敲火、牛羊磨角，为巨石被弃置后的屈辱遭遇，意脉与上片结句相承，似巨石应"先生"之问而倾诉苦衷，语调哀怨。然而接下"霍然"二句笔调振起，转到与巨石相对的五峰、飞泉，"霍然""铿然"二语，令人如见其势、如闻其声。如此奇秀之景观，遂引来雅游之士结亭其旁，聚宴欢赏。此与巨石之境遇形成对比，令稼轩联想到古今寒士之命运，有时失志，有时得志。

稼轩在题咏自然景观中贯注人生理趣，亦庄亦谐；其女娲补天弃用巨石之构想，与五百多年后的曹雪芹构思《石头记》暗合。

好　事　近

西　湖

日日过西湖,冷浸一天寒玉①。山色虽言如画,想画时难邈②。　　前弦后管夹歌钟③,才断又重续。相次④藕花开也,几兰舟飞逐。

注释

① "冷浸"句:言碧天倒映在湖中。姜夔《暗香》:"千树压、西湖寒碧。"

② 邈:通"貌",描状。

③ 歌钟:歌乐声。李白《魏郡别苏明府因北游》:"青楼夹两岸,万室喧歌钟。"

④ 相次:逐次,相继。

评析

这首词作年不详。稼轩词集诸刊本均未收,邓广铭《稼轩词编年笺注》辑自《永乐大典》。

词作描写秋夜西湖游乐景象。上片写景,首两句写水光,湖水与碧天相溶相荡,氤氲冷清;后两句写山色,句法上先抑后扬,由通常的美景如画之喻推进一层,意谓美景难画。下片写西湖游乐,前两句言笙歌飞扬,绵延不绝;后两句写湖面荷花绽放,游船竞逐。

全词色调上前后冷暖相衬,境界上动静互补。上片为冷色调的静态图景,下片为暖色调的游乐动态场景。这种对比描写中隐约寄托着静观者的忧虑,词作起笔两句就透露出这层旨趣,"日日"点出西湖的笙歌游乐日复一日,与当时的山河破裂、偏安一隅之局势极不相称。"冷浸一天寒玉",景语中透出萧瑟凄凉意味。在题旨上,稼轩此词与同时人林升的诗作《题临安邸》相类:"山外青山楼外楼,西湖歌舞几时休。暖风熏得游人醉,直把杭州作汴州。"不同的是稼轩词所写为秋景,林诗所写为春景。

江 神 子

博山道中书王氏壁①

一川松竹任横斜。有人家,被云遮。②雪后疏梅、时见两三花。比着桃源溪上路③,风景好,不争多④。　　旗亭⑤有酒径须赊。晚寒些,怎禁他。醉里匆匆⑥、归骑自随车。白发苍颜吾老矣,只此地,是生涯。

注释

① 博山:在今江西上饶市广丰区,参见《丑奴儿》(烟芜露麦荒池柳)注释①。

　　王氏,不详。

② "有人家"二句:杜牧《山行》:"远上寒山石径斜,白云深处有人家。"

③ 桃源溪上路:陶渊明《桃花源记》:"晋太元中,武陵人捕鱼为业。缘溪

　　行,忘路之远近,忽逢桃花林,夹岸数百步,中无杂树,芳草鲜美,落英

　　缤纷。"

④ 不争多:差不多。

⑤ 旗亭:酒楼。

⑥ 匆匆:恍惚的样子。

评析

这首词见于四卷本甲集,当作于淳熙十五年(1188)正月之前带湖闲居期间,具体作年不详。

闲居带湖,放眼四周,松树竹林自由自在地生长,山居人家在云雾中或隐或现,还有雪后的梅花在零星绽放,令人有置身桃源溪路之感。词作上片的绘景流露出稼轩的赞赏之情,但偏于冷静的笔调中又暗示出内心的隔膜。

下片的寄怀杯酒、叹老嗟生,便是稼轩面对山水美景却心生隔膜而未能融情寄怀的缘由。一位怀抱抗金复国大志的英雄豪杰,竟落得旗亭赊酒,醉醺醺信马而归,怎不令人感慨!词末三句即于无奈的嗟叹中隐含无限悲愤。而节奏上的前缓后急,传达出稼轩内心壮志未酬的不甘,余韵回荡。

全词从赏览山间美景到自述杯酒遣怀,再归结到叹老嗟生,笔调由轻快舒缓渐趋跌宕沉郁,真切地透露出稼轩罢居山中的抑郁心情。

江 神 子

闻蝉蛙戏作

簟铺湘竹帐笼纱①。醉眠些,梦天涯。一枕惊回,水底沸鸣蛙②。借问喧天成鼓吹③,良自苦,为官哪④?　　心空喧静不争多⑤。病维摩,意云何?扫地烧香,且看散天花。⑥斜日绿阴枝上噪,还又问,是蝉么?

① 簟(diàn)铺：竹席纱帐。笼纱，四卷本作"垂纱"。

② "水底"句：言水底蛙声喧噪。

③ 喧天成鼓吹：言蛙鸣喧天如鼓。

④ 为官哪：《晋书·惠帝纪》："帝又尝在华林园，闻虾蟆声，谓左右曰：'此鸣者为官乎，私乎？'或对曰：'在官地为官，在私地为私。'"

⑤ "心空"句：言心境超然，不为外物所动，喧闹与安静无差别。不争多，差不多。

⑥ "病维摩"四句：意谓维摩诘病中说法，寓意就在天女散花。《维摩诘所说经·观众生品第七》："维摩诘以身疾，广为说法。……时维摩室有一天女，见诸大人，闻所说法，便见其身，即以天花散诸菩萨大弟子上。花至诸菩萨即皆堕落，至大弟子便身著不堕。天女曰：'结习未尽，故花著身。'"云何，如何。《维摩诘所说经》中常用此语发问，如"云何观于众生""云何菩萨入不二法门"等。

评析

这首词作年不详。据词意，当为闲居期间所作。

夏日醉眠，为蛙鸣蝉噪惊醒，遂戏笔赋词。上片写蛙鸣。起笔三句自述醉眠梦游，见出闲居生活的自由潇洒。"一枕"句，承前"醉眠"，启后"鸣蛙"。"水底"句描绘蛙声争鸣之状，"沸"字十分切当，既展现出鸣声喧腾之势，又应合"水底"二字。稼轩自身赋闲，悠然醉梦，听蛙如此辛苦鼓吹，想到鸣蛙或属官府，身不由己，遂发问："良自苦，为官哪？"三句化用两个相关典故，意脉自然贯通,笔含谐趣。

下片前五句承上片闻蛙,抒写心灵感悟。心境若超然空静,便不为外物所动,喧亦如静,所谓"喧静不争多"也。稼轩所谓"心空",乃与维摩诘室中天女散花之寓意相通。维摩诘扫地烧香,与诸菩萨论法,室中天女现身散花,"花至诸菩萨即皆堕落,至大弟子便著身不堕"。天女说:"结习未尽,故花著身。结习尽者,花不著身。"维摩诘之"意"即寓于"散天花",天女所说"结习尽",亦即稼轩所言"心空"。词末三句转到听蝉,关合词题,意脉承前贯通。心无习气和执着,物之来也,心不动,念不起。枝上噪鸣传来,无心辨识,遂有"是蝉么"之问。蝉声一听便知,故此问不合常理,实则寓托"心空"之理趣。

行 香 子

三山①作

好雨当春②,要趁归耕。况而今、已是清明。小窗坐地③,侧听檐声④。恨夜来风,夜来月,夜来云。　　花絮飘零。莺燕丁宁⑤。怕妨侬⑥、湖上闲行。天心⑦肯后,费甚心情。放霎时阴⑧,霎时雨,霎时晴。

注释

① 三山:指福州。有九仙山、闽山、越王山,故称。

② 好雨当春:言正当需要雨水滋润万物的春季,天应时下雨。此用杜甫《春夜喜雨》诗句:"好雨知时节,当春乃发生。"

③ 小窗坐地:坐于窗下。

④ 侧听檐声：侧耳倾听屋檐雨声。周邦彦《大酺·春雨》："邮亭无人处,听檐声不断,困眠初熟。"

⑤ 莺燕丁宁：杜甫《绝句漫兴九首》其一："即遣花开深造次,便教莺语太丁宁。"

⑥ 侬：我。吕本中《虞美人》："平生臭味如君少,自是君难老,似侬憔悴更谁知。"

⑦ 天心：上天心意。《尚书·咸有一德》："克享天心,受天明命。"

⑧ 放霎时阴：放,教;任由。霎时,片刻。李清照《行香子》："甚霎儿晴,霎儿雨,霎儿风。"

评析

稼轩绍熙三年(1192)初赴任福建提刑,冬被召入朝。四年初,迁太府卿,夏秋间赴任福建安抚使,知福州,五年秋罢职。本词题"三山作",又云"归耕""已是清明",当作于绍熙五年(1194)清明前后。稼轩时年五十五,知福州。

带湖闲居十年后,稼轩赴福建任职,离开瓢泉时,曾赋词《浣溪沙》自嘲:"而今堪诵《北山移》。"到任后,恪尽职守,政绩甚佳,"谳议(判罪)从厚,闽人户知之"(楼钥《太府卿辛弃疾集英殿修撰知福州制》)。然而其建言不为所重,如绍熙三年上疏论经界、钞盐二事,为朝论所阻。年底被召入朝,赋词《水调歌头》有云:"富贵非吾事,归与白鸥盟。"绍熙四年初至临安,奏论长江上游军事防御的重要性,亦不为所重。夏秋间,出知福州兼福建安抚使,半年之间,奉诏入朝,又复原职,心情恐难舒畅。绍熙五年三月,又遭朝臣弹劾,被迫停罢。此事难免令稼轩心灰意冷,而出山两年来的仕宦经历也令其感到难有作为,遂重生归耕之念。此即本词之创作心境。

"好雨知时节,当春乃发生。随风潜入夜,润物细无声。"(杜甫《春夜喜雨》)稼轩身当仕宦不顺，对此便顿生急起归耕之情："好雨当春，要趁归耕。"然窗外夜风吹拂，浮云遮月，又令其情怀怅然。过片"花絮飘零"承"夜来风"，落花飞絮，莺歌燕语，置身其境，怕是难以在湖边悠然闲行。何以如此？大概仍是心有顾虑。一旦天心许我"湖上闲行"，便心境超然，无忧无虑，全然不介意或阴或雨或晴。

细品词情，不难见出其意欲归耕而又惆怅忧虑的心绪。其实，夜风、夜月、夜云，何至于令其生"恨"？"花絮飘零。莺燕丁宁"，于其"湖上闲行"又有何妨？其根源仍在于心境未能超然。词中"天心"一句，堪称点醒全词。此"天心"当喻指圣意。皇上未许我退归，身在宦海便有种种忧虑，词中"夜来风"云云，便有所喻托。皇上若准我归去，则脱身名利之场，风雨阴晴于我何干？梁启超《辛稼轩先生年谱》称"此告归未得请时作也"，并释"小窗坐地"五句"谓受谗谤迫扰不能堪忍也"，"花絮飘零"三句为"尚虑有种种牵制不得自由归去也"，均为中肯之论。

行 香 子

归去来兮。行乐休迟。命由天、富贵何时。①百年光景，七十者稀。②奈一番愁，一番病，一番衰。　　名利奔驰。宠辱惊疑③。旧家时④、都有些儿。而今老矣，识破关机⑤。算⑥不如闲，不如醉，不如痴。

注释

① "行乐"二句：意谓人生当及时行乐，命由天定，富贵不可期待。杨恽《报孙会宗书》："人生行乐耳，须富贵何时。"《论语·颜渊》："死生有命，富贵

在天。"

② "百年"二句：意谓人生一世，能活到七十岁很稀罕。百年光景，指人之一生。古谚："人生百岁，七十者稀。"杜甫《曲江二首》其二："酒债寻常行处有，人生七十古来稀。"

③ 宠辱惊疑：意谓因荣辱而心惊怅惘。《老子》第十三章："宠辱若惊，贵大患若身。"

④ 旧家时：过去。李清照《南歌子》："只有情怀，不似旧家时。"

⑤ 识破关机：言看破世道玄机。

⑥ 算：料想。

评析

邓广铭《稼轩词编年笺注》据"归去"各句，断为"庆元元、二年之作"，即自福州知州罢归之初（1195 或 1196 年）所作。此说可信。词云"而今老矣"，则不太可能为四十二岁初归带湖之作，但也可能作于开禧元年（1205）自镇江奉祠西归之初，时年六十六，故词中有云"七十者稀"。

再度被弹劾而罢职，离开官场，退归山林，稼轩未免有一番思考和感慨。"归去来兮"，罢官而归，其情形虽不同于陶渊明辞官而归，其心态则同于渊明《归去来兮辞》所云"乐夫天命复奚疑"，"行乐休迟。命由天、富贵何时"句为全词旨趣所在。"百年光景"数句顺承前意，其中"七十者稀""一番愁，一番病，一番衰"云云，出自年逾六旬的稼轩之口，其无奈的人生感慨意味溢于言表。

下片先转笔言过去为名利所扰，反衬而今"识破关机"，超脱名利，宠辱不惊，尽享清闲欢醉。其情怀亦如陶渊明《归去来兮辞》中所言"悟已往之不谏""觉今是而昨非"。结末"不如闲"三句，笔调回到"行乐"之意，语气中透露出罢归带来的失落情绪。

行 香 子

山居客至

白露①园蔬,碧水溪鱼,笑先生、钓罢还锄。小窗高卧,风展残书。看《北山移》②,《盘谷序》③,《辋川图》④。　　　白饭青刍⑤,赤脚长须⑥。客来时、酒尽重沽。听风听雨,吾爱吾庐⑦。笑本无心,刚自瘦,此君疏。⑧

注释

① 白露:指初秋。《礼记·月令》:"孟秋之月,……凉风至,白露降。"

② 《北山移》:指南朝孔稚珪《北山移文》,此文对伪装隐居而求取功名利禄的周颙(yóng)进行了讽刺。

③ 《盘谷序》:指韩愈《送李愿归盘谷序》。李愿落第归隐盘谷(在今河南济源市),韩愈作此文送之。

④ 《辋川图》:指王维《辋川图》。辋川,王维所居处,在蓝田(今属陕西)。

⑤ "白饭"句:意谓生活清贫。杜甫《入奏行》:"为君酤酒满眼酤,与奴白饭马青刍。"刍,饲草。

⑥ "赤脚"句:言女婢赤脚,男仆长须。此用韩愈《寄卢仝》诗语:"一奴长须不裹头,一婢赤脚老无齿。"

⑦ "吾爱"句:陶渊明《读山海经》其一:"众鸟欣有托,吾亦爱吾庐。"

⑧ "笑本"三句:意谓所居有竹,本无机心,刚毅枯瘦,疏阔不切实用。笑,指竹。大徐本《说文解字》竹部"笑"字下引李阳冰勘定《说文》"从竹从夭"义

云:"竹得风,其体夭屈,如人之笑。"

评析

这首词具体作年无考,只可断为闲居期间所作。

词题"山居客至",上片言山居情形。或碧溪垂钓,或菜园锄草,或小窗高卧,临风展书,神游于古人笔下之山水清境。山居之人的悠然自乐清韵充溢于字里行间。下片言客至。有客来访,没有美酒佳肴,没有歌儿舞女,然而一片诚心相待,老仆伺候,粗茶淡饭,酒喝完了再买。屋内可以听风听雨,屋外瘦竹在风雨中摇曳,刚毅不屈。

上片自处,下片待客,全词情境清雅脱俗,诚朴自然。

西 江 月

江行采石①岸,戏作渔父词②

千丈悬崖削翠,一川落日镕金③。白鸥来往本无心,选甚风波一任④。　　别浦鱼肥堪脍⑤,前村酒美重斟。千年往事已沉沉,闲管兴亡则甚⑥。

注释

① 采石:即采石矶,在今安徽马鞍山市当涂县西北长江岸边。

② 渔父词:渔父歌咏及歌咏渔父之词。

③ "一川"句:落日映照下火红的江水仿佛能把金属熔化。

④ "选甚"句：一任风波变幻。选甚，管他什么。

⑤ "别浦"句：浦口的鱼儿肥大味美。别浦，分别的浦口。脍，细切鱼肉。

⑥ "闲管"句：徒然管那些世事兴亡做甚。

评析

这首词疑作于淳熙五年（1178）。稼轩时年约三十九，赴任湖北转运副使途经采石矶。

采石矶为名胜古迹，地势险要，见证了历代诸多南北战事，蕴含深厚的历史兴亡意味。绍兴三十一年（1161），宋军曾在采石之战中击退金兵。作为一个身处国土南北分裂之际而胸怀报国壮志的爱国志士，稼轩亲历此地不免感慨万千，但又不愿或无法道尽，故"戏作渔父词"，即超然于世事兴亡之外，如那江上的白鸥任意翱翔，听凭那江面风波起伏变幻。

上片写实景，壮丽的境界中点出空中随意翱翔的白鸥，呈现出一幅颇有寓意的画面，那千丈悬崖峭壁、落日映照下翻滚的波浪，令人眼前幻出此地曾经的纷纷战火（如东坡赤壁所感），那白鸥正是世间渔父的化身。下片言尽情享受眼前的美酒佳肴，畅饮宴欢，不必去感慨什么沧桑兴亡！

词作虽写渔父超然世外、不管兴亡之情怀，然而"千丈悬崖""落日镕金"之壮阔景象，以及"选甚"句、"闲管"句之反诘笔调，又透露出对时局的无奈和怨愤之情。

西 江 月

夜行黄沙道中①

明月别枝惊鹊②，清风半夜鸣蝉。稻花香里说丰年，听取蛙声一

片。③　　七八个星天外④，两三点雨山前。旧时茅店社林边，路转溪桥
忽见。⑤

注释

① 黄沙：指黄沙岭，在江西上饶市境内。《上饶县志》："黄沙岭在县西四十里
　　乾元乡，高约十五丈。"
② "明月"句：夜鹊为明月所惊，飞离树枝。
③ "稻花"二句：听那青蛙声一片，像在稻花飘香的田野里谈论着丰收的年成。
④ "七八个"句：何光远《鉴戒录》卷五引卢延让《松门寺》诗句："两三条电欲
　　为雨，七八个星犹在天。"
⑤ "旧时"二句：转过溪桥，社林边那家茅草盖的老酒店忽然出现在眼前。
　　社，土地庙。见，同"现"。按，解作"看见"亦通。

评析

　　这首词大概写于带湖闲居期间，具体作年不详。词作写的是稼轩一次亲
历田家初夏月夜的见闻和感受。上片是所见所闻：皎洁的月光下，枝头的夜
鹊惊飞，清风吹拂，蝉鸣飘荡，稻花飘香，蛙声欢唱，一派令人心神陶醉的景
象！稼轩当情不自禁地驻足赏悦。下片写的是江南初夏常见的一种气候现
象，即过云雨。天上突然飘来几朵乌云，几颗疏淡的星星挂在乌云后面，乌云
里洒落下几点雨，稼轩这才急急地想找个避雨的场所，记起附近有家茅屋酒
店，快步转过溪桥，那酒店忽然间出现在眼前，稼轩该又是多么的惊喜！

　　词为游记，写景为主，景中融情，游历见于言外。笔调清新，自然灵动，完
美展现出山村初夏月夜的独特情韵。

西 江 月

遣 兴

醉里且贪欢笑，要愁那得工夫。近来始觉古人书，信着全无是处。① 　　昨夜松边醉倒，问松："我醉何如？"只疑松动要来扶，以手推松曰："去！"②

注释

① "近来"二句：意谓近来感到古人书中所言全然不可信。此二句取孟子"尽信书则不如无书"语意（《孟子·尽心下》），寄托愤世嫉俗之怀。

② "只疑"二句：戏用汉代龚胜、夏侯常之事。《汉书·龚胜传》载汉哀帝时，丞相王嘉被弹劾，众臣奉旨议定其罪轻重。左将军公孙禄与光禄大夫龚胜意见不合，博士夏侯常拟劝龚胜，龚胜以手推常曰："去。"

评析

邓广铭《稼轩词编年笺注》据广信书院本编次，推断此词为庆元中（1195—1200）所作，大体可信。词中松树即瓢泉之松，其《六州歌头》（晨来问疾）云："手种青松树。"稼轩时年约六十，闲居瓢泉。

词题"遣兴"，乃有感而发，犹遣怀、感兴、即事。此类诗词大多为感触世事之作，本词亦然。起笔二句言醉里贪欢，无暇忧愁，实则以醉遣愁。"近来"二句即喷发出内心的郁愤，谓古人书中所言全不可信，此乃愤世嫉俗之语，愤慨世俗官场行事全然不合古圣贤之言。然而对此，罢职闲居的稼轩只能发发牢骚而已，此外便是醉饮遣怀。

下片笔调转回到醉里情怀。醉中与青松相谑,情态活现,折射出稼轩内心无处倾诉、无法排遣的幽愤。其《沁园春》(叠嶂西驰)有云"天教多事,检校长身十万松",日夜相伴的青松,盖已成为稼轩的知音,见稼轩醉倒,便欲搀扶,又能理解和承受稼轩的挥斥。此情此境,令人深切感受到英雄落寞的不屈和悲愤。

西 江 月

示儿曹,以家事付之

万事云烟忽过,百年蒲柳先衰①。而今何事最相宜。宜醉宜游宜睡。　　早趁催科了纳②,更量出入收支。乃翁依旧管些儿,管竹管山管水。

注释

① "百年"句:言身体早衰。百年,四卷本作"一身"。《世说新语·言语》载东晋顾悦与简文帝同年而发早白,"简文曰:'卿何以先白?'对曰:'蒲柳之姿,望秋而落;松柏之质,经霜弥茂。'"稼轩喻自己已衰老。
② "早趁"句:言趁早收租纳赋税。

评析

这首词大概作于晚年闲居瓢泉期间,即庆元年间(1195—1200)或嘉泰(1201—1204)初,稼轩时年约六十。

稼轩本为一世之豪，胸怀天下，志图恢复，然平生仕途坎坷，屡遭弹劾落职，只能在赋闲中荒废时光。想其闲居期间，可以操心的也只有家事，然以家事为怀又岂是稼轩之志！报国无门，持家而心有不甘，聊以慰藉情怀的便是醉饮畅游、山水遣赏。如今身老心倦，儿辈已成人，稼轩便以家事交付儿辈，意欲超然一身，畅饮酣睡，寄情竹林山水之间。本词即向儿辈明示此意。

上片感慨身世，自言人老体衰，只宜于醉饮欢游酣睡。过片二句向儿辈交代家事，末二句回到自身，与上片末句相辅相成，描述出超然于世事之外的人生境界。词作笔调亲切平易中不失轻松谐谑，不只是对儿辈的嘱托，更是向亲人展露其洒脱的人生老境情怀。

沁 园 春

带湖新居将成

三径初成①，鹤怨猿惊，稼轩未来②。甚云山自许，平生意气，衣冠人笑，抵死尘埃。③意倦须还，身闲贵早，岂为莼羹鲈脍哉④。秋江上，看惊弦雁避，骇浪船回⑤。　　东冈更葺茅斋⑥。好都把轩窗临水开。要小舟行钓，先应种柳；疏篱护竹，莫碍观梅。秋菊堪餐，春兰可佩⑦，留待先生手自栽。沉吟久，怕君恩未许⑧，此意徘徊。

注释

① 三径初成：指隐居之宅院刚建成。三径，指归隐之处。汉赵岐《三辅决录·逃名》载西汉末年蒋诩辞归乡里，在宅院中辟出三条小路，只和好友求仲、羊仲来往。

② "鹤怨"二句：山猿林鹤因稼轩未归来而惊啼怨鸣。稼轩，辛弃疾带湖宅室
名及其自号。洪迈《稼轩记》云："意他日释位而归，必躬耕于是。故凭高
作屋下临之，是为稼轩。"《宋史·辛弃疾传》云："尝谓人生在勤，当以力田
为先。北方之人，养生之具不求于人，是以无甚富甚贫之家。南方多末作
以病农，而兼并之患兴，贫富斯不侔矣。故以稼名轩。"

③ "甚云山"四句：意谓何故平生山林相许，意气自负，而总是官场潦倒，满身
尘埃，为人所笑。甚，为何，为什么。抵死，终究，总是。

④ "岂为"句：为的岂是美味的莼菜鲈鱼？《世说新语·识鉴》载西晋张翰在
洛阳为官，"见秋风起，因思吴中菰菜羹鲈鱼脍，曰：'人生贵得适意尔，何
能羁宦数千里以要名爵？'遂命驾便归"。

⑤ "惊弦雁避"二句：喻全身远害，急流勇退。

⑥ 葺茅斋：修盖茅屋。

⑦ "秋菊"二句：喻退居自修芳洁。此用屈原《离骚》诗句："夕餐秋菊之落
英"，"纫秋兰以为佩"。

⑧ 君恩未许：谓皇上未能恩准。

评析

这首词作于淳熙八年(1181)秋。稼轩时年四十二，任江西安抚使。黄升
《中兴以来绝妙词选》卷三录此词题作"退闲"，非也。

志图恢复、谙晓兵事的辛弃疾南渡近二十年来，屡受主和派忌恨，仕宦迁
转，颇不得志，如词中所云："衣冠人笑，抵死尘埃。"淳熙六年(1179)在湖南转
运副使任上所作《论盗贼札子》有云："但臣生平，刚拙自信，年来不为众人所
容，顾恐言未脱口，而祸不旋踵。"次年于带湖开始营建稼轩新居，"意他日释
位而归，必躬耕于是"(洪迈《稼轩记》)，自撰《新居上梁文》云："君子常有静退

之心。久矣倦游,兹焉卜筑。"此举即透露出退隐之心。一年后,新居初成,稼轩写下本词,其"惊弦雁避,骇浪船回"更是显露出官场险恶、退避保身的心愿。然而官职在身,"怕君恩未许",所以徘徊沉吟。词作即抒发退隐与用世间的矛盾情怀。

起笔切题而入,"三径初成"而"稼轩未来",见出稼轩欲退隐而未能如愿,"鹤怨猿惊"则借鹤猿之情间接表露其未能脱身官场的忧怨心情,下文即以抒写退隐之情为主。上片言平生意趣以云山自许,却落得宦海漂泊,为人所笑。如今身心倦怠,欲求身闲。这些似是而非的退归托词中,隐含难以言表的苦衷,即"惊弦雁避"二句所喻示的避险保身之理。

下片词笔跳到稼轩新居,呼应起句"三径初成",叙写新居的环境安排:修盖茅斋要临水开窗,湖边种柳以便"小舟行钓",设篱护竹不可妨碍赏梅,秋菊春兰待我亲手栽种。具体琐细的笔触中充溢着稼轩对山林退隐生活的向往之情。结末"沉吟久"三句则从这种遐想情绪中跳转到现实,字面上谓担心皇帝未能准许其辞官退隐,实则透露出稼轩内心深处并非甘愿退隐,如其学生范开《稼轩词序》所云:"公一世之豪,以气节自负,以功业自许。"恢复之业未成,稼轩自当心有未甘。因而,稼轩不久因王蔺弹劾罢官后,闲居带湖十年间之所作多有怨愤之情。

沁 园 春

戊申岁①,奏邸②忽腾报谓余以病挂冠③,因赋此

老子平生,笑尽人间,儿女怨恩。④况白头能几,定应独往⑤;青云得意⑥,见说长存。抖擞衣冠,怜渠无恙,合挂当年神武门。⑦都如梦,算能争几许,鸡晓钟昏? 　　此心无有亲冤⑧,况抱瓮年来自灌园⑨。但凄凉顾

影⑩，频悲往事；殷勤对佛，欲问前因⑪。却怕青山，也妨贤路⑫，休斗尊前见在身⑬。山中友，试高吟楚些，重与招魂⑭。

注释

① 戊申岁：宋孝宗淳熙十五年(1188)。

② 奏邸：指进奏院，传抄奏章的官邸。按，稼轩于淳熙八年(1181)被劾罢官后即闲居信州。戊申岁所传以病挂冠之事，或为小报妄传。

③ 挂冠：辞官。

④ "老子"三句：意谓我平生对人间是非恩怨，一笑置之，毫无芥蒂。老子，老夫，稼轩自称。

⑤ "况白头"二句：意谓白发苍苍还能活多久，自当独自退居山中。

⑥ "青云"二句：意谓仕途得意，听说能久居高位。青云，喻高官显位。

⑦ "抖擞"三句：抖抖官服，爱它完好无损，应当及早挂冠归去。梁启超《稼轩年谱》云："言早当勇退，不必待劾也。"怜渠无恙，用杜甫《得家书》诗句："熊儿幸无恙，骥子最怜渠。"神武门，南朝建康(今江苏南京)皇宫西正门。

⑧ "此心"句：言心境超然，一无亲冤之别。辛弃疾《丙寅九月二十八日作，明年将告老》诗："此心自拟终成佛，许事从今只任真。有我故应还起灭，无求何自别冤亲。"《五灯会元》卷一《东土祖师》："佛教慈悲，冤亲平等。"

⑨ "况抱瓮"句：何况近年来退居田园亲事农务。

⑩ 凄凉顾影：用苏轼《永遇乐》词句："卷珠帘、凄然顾影，共伊到明无寐。"

⑪ "殷勤"二句：诚心向佛，想探问生平遭遇的原因。按佛家因果之理，果必有因，善因有善果，恶因招恶果。

⑫ "却怕"二句：担心隐居山林也会妨碍贤人升达之路。梁启超《稼轩年谱》

云："极言忧谗畏讥，恐虽山居犹不免物议也。"

⑬ "休斗"句：意谓莫要尽情畅饮，欢赏今生。斗，受用。见在，现今存在。见，同"现"。此句反用牛僧孺《赠叶梦得》诗意："休论世上升沉事，且斗尊前见在身。"

⑭ "试高吟"二句：高吟《楚辞·招魂》，重新招我归隐。梁启超《稼轩年谱》云："言本已罢官，奏邸又为我再罢一次，山友不妨再赋招隐也。"楚些，指《楚辞·招魂》，"些"为此篇句末语气词。

评析

这首词作于淳熙十五年(1188)。稼轩时年四十九，闲居带湖。稼轩因被弹劾而罢居七年，或已暂时忘怀仕宦得失，习惯于山林田园，如词中所云"笑尽人间，儿女怨恩""此心无有亲冤，况抱瓮年来自灌园"，而奏邸的误传则重又在其心中引发诸多感慨。邸报既将其退归时间延后了七年，又将其被劾罢归误作"以病挂冠"，这种近乎荒谬的误传出自"奏邸腾报"，不能不令稼轩置之一笑，同时又不禁多想一下其中的缘由，词中"青云得意，见说长存""却怕青山，也妨贤路"，即透露出传闻背后的政治因素。但词作整体呈现出稼轩对误传事件的超然洒脱。

词作起笔三句，概述平生对人间是非恩怨的超然襟怀，对奏邸误传之事自不甚介意，下文遂不作辩正，反而顺其所传"以病挂冠"之意申说，自谓发已斑白，余生能几！自当独往山中归隐，此其一；人说青云直上者可久居官场，我则仕宦坎坷，自当挂冠归去，此其二。然而罢居七年后，"奏邸忽腾报谓余以病挂冠"，确如梦幻！转而又想一切皆如梦，七年前之落职闲居，抑或今日之"以病挂冠"，是非真假何必计较，正如梁启超《稼轩年谱》所释："言奏邸竟为我延长若干年做官生涯，然所差能几，不足较也。"

上片结末笔意转归事实,下片则自述罢归数年来的情怀,淡泊平静之中又心存忧虑不安。这忧虑不安之中,有对往日仕途坎坷及被劾罢退的悲叹和寻思,也有对今日山居或仍遭贤能嫉怨的担忧,故而难以畅怀尽欢。奏邸腾报之事也证实了稼轩的忧虑及其闲居的难以宁静。末尾则从思虑中跳出,以诙谐之笔关合奏邸误传之事,就算我今日"以病挂冠",且请山中好友重新招我归隐吧。此结笔在谐趣中表明对误传之事的超然心态,与起笔"笑尽人间,儿女怨恩"旨趣相贯通。

本词针对邸报误传而发,辩正辟谣本为题中之意。本词却无一字直言此意,而是透过题面作深一层思考:其一,就自身而言,退归林泉多年,已超然于名利得失之外,对误传之事不屑置辩。其二,就误传一事而言,所当留意的是个中缘由,即"却怕青山,也妒贤路"。言明此意,则误传之事毋庸置辩。两层意趣足见稼轩心境超然而明智,题中之意则不言而自明。此乃本词构思立意之高妙处。其章法、笔调亦颇具特点。上、下片起笔"笑尽人间,儿女怨恩""此心无有亲冤"均言心境超然旷达;结笔"算能争几许,鸡晓钟昏""山中友,试高吟楚些,重与招魂",均顺承误传之意,笔调一庄一谐;中间部分,上片言自身合当挂冠归退,下片言挂冠归山仍怕"妒贤路",意趣承转递进,寄寓深切。全词可谓寄悲慨于豁达中。

沁　园　春

再到期思卜筑①

一水西来,千丈晴虹②,十里翠屏。喜草堂经岁,重来杜老③,斜川好景,不负渊明④。老鹤高飞,一枝投宿⑤,长笑蜗牛戴屋行。平章⑥了,待十分佳处,著个茅亭。　　青山意气峥嵘⑦,似为我归来妩媚生⑧。解频教花鸟,前歌后舞⑨,更催云水,暮送朝迎。酒圣诗豪⑩,可能无势? 我乃而今驾驭卿⑪。清溪上,被山灵却笑,白发归耕⑫。

注释

① 期思:在铅山县(今属江西省)。原名"奇狮"或"碁狮",稼轩改名"期思"。其《沁园春》(有美人兮)序云:"期思,旧呼奇狮,或云碁狮,皆非也。余考之荀卿书云:孙叔敖,期思之鄙人也。期思属弋阳郡。此地旧属弋阳县。虽古之弋阳、期思见之图记者不同,然有弋阳则有期思也。"卜筑,择地建房。原题无"再到"二字,兹从四卷本。

② 千丈晴虹:言一湾溪水东流,波面飞桥映日似千丈虹霓。稼轩《沁园春》(有美人兮)题期思亦云:"向晴波忽见,千丈虹霓。"

③ "喜草堂"二句:以杜甫重归草堂自喻再到期思卜筑。杜甫寓居成都浣花草堂期间,曾因避乱离开草堂,经年返归,作《草堂》诗。经岁,历经一年或数年。

④ "斜川"二句:斜川,在今江西庐山市。陶渊明《游斜川》诗序:"辛丑正月五日,天气澄和,风物闲美。与二三邻曲,同游斜川,临长流,望曾城。鲂鲤跃鳞于将夕,水鸥乘和以翻飞。彼南阜者,名实旧矣,不复乃为嗟叹。若夫曾城,傍无依接,独秀中皋。遥想灵山,有爱嘉名。欣对不足,率尔赋诗。"

⑤ "老鹤"二句:化用《庄子·逍遥游》"鹪鹩巢于深林,不过一枝"之意。此借老鹤自谓,喻期思卜筑事。

⑥ 平章:品评,筹划。

⑦ 意气峥嵘:精神焕发。

⑧ 妩媚生:展现秀美风姿。李白《清平乐令》:"一笑皆生百媚。"白居易《长恨

歌》："回眸一笑百媚生。"稼轩《南乡子》(隔户语春莺)："随笑随颦百
媚生。"

⑨ "解频教"二句：解：能，会。这里是说青山能使花鸟不断地前后歌舞相
迎。苏轼《再用前韵》："鸟能歌舞花能言。"

⑩ 酒圣诗豪：酒中圣人、诗中豪杰。黄庭坚《和舍弟中秋月》："少年气与节物
竞，诗豪酒圣难争锋。"

⑪ "可能"二句：意谓从今以后驾驭林泉美景，怎能没有威势？陶渊明《晋故
征西大将军长史孟府君传》：孟嘉为征西大将军长史，"尝会神情独得，便
超然命驾，径之龙山，顾景酣宴，造夕乃归。温从容谓君曰：'人不可无势，
我乃能驾御卿。'"可能，怎能。

⑫ "被山灵"二句：借用南齐孔稚珪《北山移文》嘲周颙事以自嘲。周颙身隐
北山(指钟山，今江苏南京市东紫金山)而先隐后官，应诏出仕，后周颙返
京路过北山，孔稚珪乃作此文假托北山山灵嘲之，拒绝其入山。

评析

这首词作于庆元元年(1195)。稼轩时年五十六，自闽帅罢归带湖。

稼轩于淳熙十二年(1185)访铅山期思得周氏泉，改名"瓢泉"，赋词《洞
仙歌》(飞流万壑)有云："便此地，结吾庐，待学渊明，更手种、门前五柳。"其
《水调歌头》(日月如磨蚁)云："风雨瓢泉夜半，花草雪楼春到。"所言"雪
楼"，当为瓢泉居宅，故本词以杜甫归草堂自喻。而今再来卜筑，"待十分佳
处，著个茅亭"，尤见稼轩钟情于瓢泉。词作起笔三句即浓墨描绘山水之
美。"喜草堂"四句，借杜甫重归草堂、渊明游览斜川，抒发欣喜闲适情怀。
"老鹤高飞"以下数句落到题中"卜筑"之意，显露出寄情山水、随遇而安的
洒脱超然情志。

上片已将"再到期思卜筑"题中之意写尽,再到期思的所见所感以及择地筑亭之念,均已逐次写出,但笔触限于稼轩观赏山水一面。下片笔触则转到稼轩与自然山水间的情感交流,前六句以拟人手法描述瓢泉山水花鸟喜迎稼轩的归来,激荡出稼轩内心的自由豪放之情,因而有下文的"酒圣诗豪""我乃而今驾驭卿"之豪迈飞扬笔致。"清溪上"三句,情势急转直下,以自嘲作结,慨叹罢职归山,年华老去。词情的涨落突变中,回荡着稼轩对自我身世境遇的悲慨。

沁 园 春

灵山齐庵赋,时筑偃湖未成①

叠嶂西驰,万马回旋,众山欲东。②正惊湍直下,跳珠倒溅;小桥横截,缺月初弓。老合投闲③,天教多事,检校长身十万松④。吾庐小,在龙蛇影外,风雨声中。⑤　　争先见面重重。看爽气朝来三数峰⑥。似谢家子弟,衣冠磊落⑦;相如庭户,车骑雍容⑧。我觉其间,雄深雅健,如对文章太史公⑨。新堤路,问偃湖何日,烟水蒙蒙?

注释

① 灵山:在信州府(今江西上饶)城西北。齐庵:稼轩灵山屋舍。偃湖:在灵山下。

② "叠嶂"三句:重峦叠嶂,群山绵延,犹如万马西驰,又欲回旋往东。

③ 老合投闲:人老应当赋闲。

④ "检校"句:意谓管理十万棵人身一般高的青松。检校,巡视,管理。

⑤ "在龙蛇"二句:龙蛇影,喻古松。风雨声,形容松涛声。

⑥ "看爽气"句:清晨群峰显露,神清气爽。此用东晋王徽之语:"西山朝来,致有爽气。"(《世说新语·简傲》)

⑦ "似谢家"二句:言众山风貌,如东晋谢家子弟,仪态俊伟洒落。《世说新语·言语》载谢安问诸子侄:"子弟亦何预人事,而正欲使其佳?"谢玄答曰:"譬如芝兰玉树,欲使其生于阶庭耳。"

⑧ "相如"二句:言众山神态,如西汉司马相如之门庭,车马成行,闲雅从容。《史记·司马相如列传》:"相如之临邛(qióng),从车骑,雍容闲雅甚都。"

⑨ "雄深"二句:言众山格调,如司马迁之文风,深沉雅致,雄迈健朗。

评析

稼轩《归朝欢》(山下千林花太俗)题咏"灵山齐庵菖蒲港"之野樱花,序署"丙辰岁三月三日"。本词应也作于丙辰岁(1196)或稍前。稼轩时年约五十七,闲居带湖。

词题"灵山齐庵赋",词作从灵山落笔,逐次绘出激流、小桥、松林的背景,然后点出吾庐齐庵,如摄影画面之移步换景。描绘群山,重笔挥舞腾挪,化静为动,呈现出峰峦簇拥驰骋之势态。瀑流飞泻如珠跳玉溅,弯弯的小桥似新月,如弯弓,动静相衬。松林迎风而动,影如龙蛇。此景与势如万马奔驰的群山相呼应,透露出稼轩曾经的烽火沙场生涯及其深切的抗金报国心志。检校松林,实即赋闲无事,然词笔摇荡,故生转折,且以"检校"一语显示郑重其事,言语间蕴含对罢官赋闲的怨愤之情。"吾庐小"三句点出罢退之后的栖身之所,其境界似乎映照出稼轩置身官场之外而又系心世事之中的特殊心境。

上片从群山写到吾庐齐庵,下片以齐庵为视点,用拟人笔法特写群山之风神仪态。豪爽清雅的群山争先从晨雾中涌出,与稼轩见面,其俊伟洒脱之风度,雍容闲雅之神态,令稼轩想到东晋谢家子弟,想到西汉司马相如一行入临邛之情形;其神韵格调更令稼轩生发诵读司马迁文章之感。比拟新奇而恰当,前二喻写出山之生命情态,后一喻写出山之骨气品格。如此神清气爽、高雅健朗的群山相伴,对稼轩报国无门的怨愤情怀,当是莫大的慰藉,更何况还有修建中的偃湖。那湖山相映的美妙境界令稼轩期待,不禁问道:"偃湖何日,烟水蒙蒙?"结尾这一问在章法上关合词题中的"筑偃湖未成"。

沁 园 春

将止酒,戒酒杯使勿近

杯汝来前,老子今朝,点检形骸①。甚长年抱渴②,咽如焦釜;于今喜睡,气似奔雷。汝说刘伶,古今达者,醉后何妨死便埋。③浑如此④,叹汝于知己,真少恩哉! 更凭歌舞为媒。算合作人间鸩毒猜。⑤况怨无大小⑥,生于所爱;物无美恶,过则为灾⑦。与汝成言⑧,勿留亟退,吾力犹能肆汝杯⑨。杯再拜,道麾之即去,招则须来。⑩

$$\boxed{\text{注释}}$$

① 点检形骸:检查身体。

② "甚长年"句:多年来嗜酒醉饮。《世说新语·任诞》:"刘伶病酒,渴甚,从妇求酒。"

③ "汝说"三句：《世说新语·文学》："刘伶著《酒德颂》，意气所寄。"刘孝标注
引《名士传》载刘伶"常乘鹿车，携一壶酒，使人荷锸随之，云：'死便掘地
以埋。'"。

④ 浑如此：竟然如此。

⑤ "更凭"二句：酒借助于歌舞而诱人醉饮，想来当被视作人间鸩毒。猜，
看待。

⑥ 大小：原作"小大"，兹从四卷本。

⑦ 过则为灾：《左传·昭公元年》："六气曰阴、阳、风、雨、晦、明也。分为四
时，序为五节，过则为菑。"菑，通"灾"。

⑧ 成言：说定。《楚辞·离骚》："初既与余成言兮，后悔遁而有他。"

⑨ "吾力"句：我尚有摔掷酒杯之力。《论语·宪问》载子服景伯语："吾力犹
能肆诸市朝。"肆，杀而陈其尸。

⑩ "麾之即去"二句：挥手即离去，招手则归来。《汉书·汲黯传》载严助称汲
黯"辅少主，守城深坚，招之不来，麾之不去"。麾，挥手使去。则须，原作
"亦须"，兹从四卷本。

评析

稼轩庆元二年(1196)所作《水调歌头》(我亦卜居者)词序云"时以病止
酒"，《浣溪沙·瓢泉偶作》云"病怯杯盘甘止酒"。本词题言"将止酒"，大略为
同年之作。稼轩时年五十七，闲居瓢泉。

词以与酒杯谈论的戏谑笔调，叙写因病止酒之事。稼轩从"点检形骸"引
入，自述长年嗜酒之伤身，如今止酒之养生。酒杯则针对病酒伤身之说，借魏
晋名士刘伶"醉后何妨死便埋"之放达言行予以辩驳。稼轩闻听此言，感叹酒
杯之于己寡情少恩！"知己"一语，见出视酒为无言的知音，如今因病而止酒

却未能得到酒杯的理解同情,故深为慨叹。

酒杯之少恩,不仅令稼轩感慨,更令稼轩愤然,过片即指责酒之以歌舞为媒,诱人迷醉,堪称人间鸩毒!"况怨无大小"四句,笔调转为平缓说理,语句简洁,理致深切。斥责、说理之后,便以断然语气命令酒杯"勿留亟退",否则将"肆汝杯"。酒杯拜服从命,所言"麾之即去",顺从"勿留亟退",而"招则须来",透露出稼轩自知恐难绝对止酒,他日或有近杯之时。

词作笔调充满谐趣,可归属以文为词一格。其所述视酒为知己,长年嗜酒,伤身致病,被迫戒酒,令人透过谐趣感受到稼轩人生失意的怨愤和无奈情怀。

夜 游 宫

苦俗客

几个相知可喜。才厮见①、说山说水。颠倒烂熟只这是。怎奈向②,一回说,一回美。　　有个尖新底③。说底话、非名即利。说得口干罪过你④。且不罪,俺略起,去洗耳⑤。

【注释】

① 才厮见:才相见。

② 怎奈向:怎奈何。秦观《八六子》:"怎奈向,欢娱渐随流水。"

③ 尖新底:新奇的。

④ "说得"句:说得口干舌燥,你咎由自取。

⑤ 洗耳:清除所闻。晋皇甫谧《高士传》载,尧帝欲让位给隐士许由,许由"遁

耕于中岳颍水之阳,箕山之下。……尧又召为九州长。由不欲闻之,洗耳于颍水滨"。

评析

这首词作年不详。邓广铭《稼轩词编年笺注》据词意疑为庆元六年(1200)所作。

稼轩罢职退居山中,屡言志在丘壑。本词上片所言亦即此趣。几个知友,每次相聚,说的都是山水,不厌其烦,反觉"一回说,一回美",其缘由一在山水之美无穷无尽;一在谈山谈水者鄙弃名利,志在山水。醉心名利之徒自然不识山水之美,所言非名即利,令志在山水者不堪其俗,起身洗耳。这便是词作下片所述情形。

词题"苦俗客",上片从俗之反面作铺垫,下片直扣题意。说者口干舌燥,听者起身洗耳,极具讽刺意味的对比场景,凸显出稼轩对名利俗客的鄙视。在用语上,稼轩大概为了应合"俗客"之俗,有意多用俗语,也寓有讥讽之意。

定 风 波

暮春漫兴①

少日②春怀似酒浓。插花走马醉千钟③。老去逢春如病酒④。唯有:茶瓯香篆小帘栊⑤。　　卷尽残花风未定。休恨。花开元自⑥要春风。试问春归谁得见?飞燕。来时相遇夕阳中。

注释

① 漫兴：兴来随意之作。原无题，兹从四卷本。

② 少日：少年时。

③ 千钟：千杯。

④ 病酒：酒醉如病。

⑤ "茶瓯"句：言窗下焚香品茶。茶瓯(ōu)，陶制茶罐。香篆，香炷，燃烟缭绕如篆字，故称。枕，窗棂，窗户。

⑥ 元自：原本。

评析

这首词抒写暮春闲居感触，见于四卷本甲集，当作于淳熙九年(1182)至十四年(1187)之间。稼轩时年四十余，闲居带湖。

词云"老去逢春"，实则稼轩当时年未五旬，而其叹老情怀透露出壮志未酬而无奈退居的幽愤和不甘，现实和未来都令人失望，只有曾经的少年豪情尚能带来些许心灵慰藉。词作便由此入笔，以"少日春怀"之豪兴张扬，反衬今日"老去逢春"的慵倦淡漠。涨落变化，暗示出稼轩所历经的坎坷不平生涯。如今窗下焚香品茗，过去的一切飘然逝去，心境趋于淡定超然。

词作下片转到对春风落花的感触。春花在春风中飘零，常常引人伤感，但稼轩却语气断然地说："休恨！"透过眼前的风卷残花，想到的是春花在春风中欣然绽放的景象，因而谓不该怨恨春风。"花开"一句，蕴含花开花落、春来春归的自然理趣。花落春归，终究惹人伤怀，但春去燕来，又令人欣慰。词以春、燕相遇夕阳下作结，拟人笔调蕴含世间往来之温情，全无花落春归之悲。

词作下片所写景象即晏殊名作《浣溪沙》所咏"夕阳西下""花落去""燕归来",但笔调跌宕流转,情调较晏词洒落明快。

定风波

席上送范廓之游建康①

听我尊②前醉后歌,人生无奈别离何。但使情亲千里近③,须信:无情对面是山河。　　寄语石头城④下水:居士⑤,而今浑不怕风波⑥。借使未成鸥鸟伴⑦,经惯⑧,也应学得老渔蓑⑨。

注释

① 范廓之:即范开,字廓之,稼轩的门人,自淳熙九年(1182)从学于稼轩。廓之,原作"先之",乃避宋宁宗赵扩名讳而改,兹从四卷本。建康:今江苏南京。原作"建邺",今从四卷本。

② 尊:同"樽",酒杯。

③ "但使"句:只要知心情深,千里相隔似近邻。

④ 石头城:故址在今江苏南京市。

⑤ 居士:有才德而家居不仕之人。此为稼轩自称,其《新居上梁文》有"稼轩居士"自称之语。

⑥ "而今"句:如今全然不害怕人世风波。浑,全。

⑦ "借使"句:即使没能和鸥鸟结成友伴。未成鸥鸟伴,四卷本作"未如鸥鸟惯"。

⑧ 经惯：经久而习惯。四卷本作"相伴"。

⑨ "也应"句：也定能学得老渔翁戴笠披蓑。

评析

据邓广铭《稼轩词编年笺注》，这首词作于淳熙十六年（1189）。稼轩时年五十，闲居带湖。

是年，范开赴京谋官，稼轩作《醉翁操》叙别，序云："廓之与予游八年，日从事诗酒间，意相得欢甚。"本词虽题曰"送范廓之游建康"，但其意趣与师生八年相得、一朝分别且后会不定之情形相称，而不太可能作于八年期间。又，范开淳熙十五年正月编定稼轩词（四卷本甲集）未录本词，则很可能为其后所作，而现存稼轩词中涉及范开之十一首，大都可断定为闲居带湖期间所作，即稼轩绍熙三年（1192）初赴任闽宪之前。合此种种，本词大概亦作于淳熙十六年，盖范开去临安求仕，同时游建康。

随侍八年，"相得欢甚"的弟子告别，且别后相见难期，不禁怅然，把杯醉歌："人生无奈别离何！"然而稼轩并非儿女情长之人，且弟子此别乃为功名前程，故词笔转而相慰：真情在心，千里若邻。此亦"海内存知己，天涯若比邻"之意。"无情"一句反笔申发，譬喻精到，相反相成。

下片扣合范开游建康。稼轩此前曾两度任职建康，登临吊古，抚时感慨，赋咏高歌，壮怀豪情，奏论恢复，想必都在记忆中。如今弟子将游建康，可以想到其内心的无尽追忆和感慨，然以闲居林泉多年之心态，便只愿寄语"石头城下水"，犹如向真诚不变的故友倾诉现时情怀：盟鸥友鱼，潇洒超然于人生风波之外。

词作称题构章，上片赠别，醉歌相慰；下片寄语建康山水，自述闲居情怀。词笔以跳脱离愁别怨为法，倾向于洒脱旷放，尤其是下片，更无丝毫别离之愁。

念 奴 娇

登建康赏心亭呈史留守致道①

我来吊古,上危楼、赢得闲愁千斛②。虎踞龙蟠③何处是,只有兴亡满目。柳外斜阳,水边归鸟,陇上吹乔木。片帆西去,一声谁喷霜竹④。　　却忆安石风流,东山岁晚,泪落哀筝曲。⑤儿辈功名都付与,长日惟消棋局。⑥宝镜难寻⑦,碧云将暮,谁劝杯中绿⑧。江头风怒,朝来波浪翻屋。

注释

① 赏心亭:在建康(今江苏南京)城下水门城楼上,下临秦淮河。北宋丁谓所建。史留守致道:建康留守史正志,字致道,扬州人。绍兴二十一年(1151)进士。乾道三年(1167)至六年间知建康府,兼建康行宫留守。留守,官名,即行宫留守。

② 斛:度量容器。宋时五斗为一斛。

③ 虎踞龙蟠:形容地势雄壮险要。踞:蹲,坐。蟠:盘伏。相传诸葛亮曾对孙权说:"秣陵地形,钟山龙蟠,石头虎踞,此帝王之宅。"(见《太平御览》卷一五六引张勃《吴录》)秣陵,即建康。钟山、石头,建康地名。

④ 喷霜竹:吹奏竹笛。

⑤ "却忆"三句:想起谢安英才盖世,风流倜傥,晚年闻筝曲而落泪。谢安,字安石,东晋名相。据《晋书·桓伊传》,东晋孝武帝末年,谢安因功名盛极而遭好利阴险之徒陷害。孝武帝曾召桓伊宴饮,谢安侍坐。桓伊抚筝而歌怨诗曰:"为君既不易,为臣良独难。忠信事不显,乃有见疑患。……"谢安听后"泣下沾衿"。

⑥ "儿辈"二句:功名事业全交给了儿辈,整日下棋消遣时光。《晋书·谢安

传》载,太元八年(383)前秦苻坚大军南侵,谢安派弟谢石、侄谢玄迎战于
淝水,大败秦军。捷报传来,谢安正与客下棋。看过捷报,了无喜色,下棋
如故。客问之,和缓地答道:"小儿辈遂已破贼。"又,晚唐李远有诗云:"长
日唯销一局棋。"(见张固《幽闲鼓吹》)

⑦ 宝镜难寻:如宝镜洞照肺腑般的知心人难以觅得。唐代李濬《松窗杂录》
载,曾有渔人在秦淮河得到一枚古铜镜,能照见人的肺腑。后不慎坠水
中,遍寻水底而不得。

⑧ "谁劝"句:白居易《和梦游春诗一百韵》:"行看鬓间白,谁劝杯中绿。"杯中
绿,杯中酒。

评析

这首词大概作于乾道四、五年(1168、1169)间。稼轩时年约三十,任建康
府通判。

词为登临怀古之作,起笔直入登楼吊古,顿生千斛闲愁:昔日之虎踞龙
蟠之地,如今惟有满目沧桑之迹。"柳外斜阳,水边归鸟","片帆西去",一幅
恬静而邈远的图景背后不知隐含多少人世间的兴亡之事!那乔木林中的风
涛声,那旷远寒冽的竹笛声,又似乎在打破静默,传达某种历史的声曲。

上片主要写登楼所见之景,情融景中。下片前五句追怀与建康相关的东
晋名相谢安。淝水之战,谢安实为之总督运筹,而稼轩词云:"儿辈功名都付
与,长日惟消棋局。"似乎谢安因遭排挤而淡出功名。此乃活用典故,上承"泪
落哀筝曲"之意,下启知音难觅之怨,"宝镜"三句所言即衷曲无处倾诉,情调
抑郁怨愤。结尾"江头"二句,因眼前江风怒吼,料想明朝浪涛翻涌之势,映衬
出稼轩的激愤之情,余韵深长。

词作以情语起笔,总摄全词情调,感慨沧桑兴亡,感叹英杰遭陷,自叹壮

志难酬,层转明晰。末尾以景语结篇,与起首之"上危楼"相呼应,登楼吊古,在江风呼啸中结束,意犹未尽。全词章法结构颇具匠心。

念 奴 娇

书东流村壁①

　　野棠②花落,又匆匆、过了清明时节。刬地③东风欺客梦,一夜云屏寒怯④。曲岸持觞,垂杨系马,此地曾轻别。楼空人去,旧游飞燕能说。⑤　　闻道绮陌⑥东头,行人曾见,帘底纤纤月⑦。旧恨春江流不断,新恨云山千叠。⑧料得明朝,尊前重见,镜里花难折⑨。也应惊问:近来多少华发?

> 注释

① 东流:县名,属池州,在今安徽池州市东至县。

② 野棠:野生棠梨,春初开花,色白。

③ 刬(chàn)地:无端地,无缘无故地。

④ "一夜"句:终夜无眠,云屏相伴,阵阵寒意令人心怯。寒怯,即怯寒,怕冷。

⑤ "楼空"二句:人去楼空,只有楼中飞燕能叙说往日欢游情事。此二句用唐歌妓关盼盼故事。据白居易《燕子楼》诗序,关盼盼为徐州刺史张愔爱妓,善歌舞。张愔去世后,关盼盼独居张愔徐州旧第燕子楼十余年。苏轼《永遇乐》(明月如霜)即题咏燕子楼,有云:"燕子楼空,佳人何在,空锁楼中燕。"

⑥ 绮陌:热闹繁华的街道。

⑦ 纤纤月：喻美人足。

⑧ "旧恨"二句：旧恨新愁如春江流不尽，似云雾缭绕的层峦叠嶂。此二句化用秦观《江城子》词句："便做春江都是泪，流不尽，许多愁"，苏轼《书王定国所藏烟江叠嶂图》诗句："江上愁心千叠山，浮空积翠如云烟。"不断，《花庵词选》作"不尽"。

⑨ "镜里"句：喻女子另有所欢，不得相亲近。黄庭坚《沁园春》："镜里拈花，水中捉月，觑着无由得近伊。"

> 评析

　　这首词见四卷本甲集，当作于淳熙十五年(1188)正月结集之前。邓广铭《稼轩词编年笺注》据稼轩此期宦游踪迹，参证词中时地，断为淳熙五年(1178)所作，可以凭信。稼轩时年三十九，自隆兴知府兼江西安抚使奉诏入京，途经东流县。

　　词为重经故地追昔怀人之作。起笔三句点明暮春时节，"又匆匆过了"一句，语气笔调中流露出叹惋追惜情怀，既叹惋光阴匆匆流逝，又隐约透出对某种情事的追惜。"划地"句笔势突兀，见出东风之无理无情，显露出因东风惊梦而生发的怨愤之情。梦后无眠，独守云屏，夜寒心怯，萦绕襟怀的当为所梦之情事，亦即心中所追惜的情事。词笔至此全为铺垫，心中情事隐而不发。"曲岸"数句，则敞开心扉，直述故地重游之忆昔叹今情怀。当年的别离情形如在眼前，如今想来叹其"轻别"。此二字有追悔之意，见出当年欢游之情深以及别后相念之情切。重来旧地，人去楼空，飞燕呢喃，似在叙说楼中昔日之欢游，而当事人无尽的忧思追忆可以想见。

　　上片情调怅惘，下片笔调一转，由"闻道"带出一番虚想，情调呈现出似喜还悲之波荡。听说所念之人如今尚在，心中不禁欣喜，转而想到其人在繁华游乐之所，或已另有所欢，遂有"旧恨""新恨"之嗟叹。昔日欢游而轻别，酿成相思之苦酒，此为旧恨；今日重来，人虽在而情已非，此为新恨。"料得"数句，承"新恨"而发，想象重见场景：一人如镜中之花，可望不可及；一人则青春不再，鬓发斑白。揣想中的"也应惊问"，将二人情感贯通，关合忆昔怀人之情事，而结笔之惊问慨叹声中，蕴含词人近年来仕宦漂泊所郁积的身世感慨，余味不尽。

词作融儿女情长与人生感慨为一体，情调深婉跌宕，为稼轩婉约类词作中的佳构。

念　奴　娇

赋雨岩效朱希真体①

近来何处，有吾愁、何处还知吾乐。一点凄凉千古意，独倚西风寥廓。并②竹寻泉，和云种树，唤做真闲客。此心闲处，未应长藉丘壑。　　休说往事皆非，而今云是③，且把清尊酌。醉里不知谁是我，非月非云非鹤。露冷松梢，风高桂子④，醉了还醒却⑤。北窗高卧⑥，莫教啼鸟惊着。

注释

① 雨岩：见《水龙吟》（补陀大士虚空）注释①。朱希真：即朱敦儒
　（1081—1159），字希真。志行高洁，工诗词，有词集《樵歌》传世，风格清丽
　旷逸，语言多直白。黄升《中兴以来绝妙词选》称其"博物洽闻，东都名士。
　南渡初以词章擅名。天资旷远，有神仙风致"。

② 并：通"傍"。

③ "休说"二句：不要说往事全错而如今都对。此反用陶渊明《归去来兮辞》
  "实迷途其未远,觉今是而昨非"。

④ "露冷"二句：四卷本作"露冷风高,松梢桂子"。

⑤ 醒却：醒来。却,助词,用于动词之后,表示完成。

⑥ 北窗高卧：陶渊明《与子俨等疏》："北窗下卧,遇凉风暂至,自谓是羲皇
  上人。"

评析

　　这首词见于四卷本甲集,知作于淳熙十五年(1188)正月结集之前。稼轩淳熙九年始居带湖,本词当作于此后四五年间,具体作年不详。

　　词题曰"效朱希真体",朱敦儒《鹧鸪天·自述》云："我是清都山水郎。天教分付与疏狂。曾批给雨支风券,屡上留云借月章。诗万首,酒千觞。几曾着眼看侯王。玉楼金阙慵归去,且插梅花醉洛阳。"其《念奴娇》咏月："插天翠柳,被何人、推上一轮明月。照我藤床凉似水,飞入瑶台银阙。"均为时人所称道。词作均以直白狂放之笔调抒发闲逸情怀。稼轩本词所效即在此。

　　词作旨趣在于抒写"真闲客"的"此心闲处",用语直白,然用笔则多跌宕曲折。起笔叠用两个"何处",欲扬先抑,似疑问,似反思,又似反问,细读不难品味出其中超然于忧乐之心境,接下来"一点"五句即呈露此种情怀,以"真闲客"作结。其中"一点"二句为情绪上的转折,"一点凄凉"在"西风寥廓"中飘散而去,林泉清赏,何等闲逸!"此心"二句,意脉又一转：心境闲逸不一定依赖于林泉丘壑。这透露出作者对人生心态的深层反思：心之闲逸在于对人生是非利害的超脱。过片反用陶渊明"觉今是而昨非"语,即表达出此层意思：今昔是非置之不论。把杯畅饮,醉意朦胧中与明月、浮云、仙鹤融洽无

间,物我莫辨;醉而复醒,露冷风高,桂子飘香,高卧北窗,悠闲自得,超然于是
非得失之外,真如陶渊明所言"自谓是羲皇上人"。

　　词云"此心闲处,未应长藉丘壑",故词题虽曰"赋雨岩",但词笔并不在于
雨岩之景致,而在抒写一种超然闲适的人生感悟。这是本词构思立意上的独
到之处。

念 奴 娇

瓢泉酒酣和东坡韵①

　　倘来轩冕,问还是、今古人间何物?②旧日重城愁万里,风月而今坚
壁。③药笼功名④,酒垆身世⑤,可惜蒙头雪⑥。浩歌一曲,坐中人物三
杰⑦。　　休叹黄菊凋零,孤标⑧应也有,梅花争发。醉里重揩西望眼,
惟有孤鸿明灭。万事从教⑨,浮云来去,枉了冲冠发⑩。故人何在?长
庚⑪应伴残月。

注释

① 瓢泉:在铅山县(今属江西省)东,原名周氏泉,辛弃疾改名"瓢泉"。东坡
　 韵,指苏轼《念奴娇·赤壁怀古》词韵。四卷本题作"用东坡赤壁韵"。
② "倘来"二句:试问古往今来,人世间偶然如寄的富贵功名,究竟为何物?
　 倘来,偶然而来。轩冕,本指卿大夫的轩车、冕服,后借指高官厚禄。
③ "旧日"二句:往昔积郁的忧愁如重城万里,而今面临清风朗月,心情黯然
　 似深藏坚壁。
④ 药笼功名:言怀才求取功名。《新唐书·元行冲传》载元行冲进士及第,为

狄仁杰所器重,对狄仁杰说:"门下充旨味者多矣,愿以小人备一药石可乎?"仁杰笑曰:"君正吾药笼中物,不可一日无也。"

⑤ 酒垆身世:言身世穷困。《史记·司马相如列传》载司马相如与卓文君相爱而家贫,卖车马,置酒舍。文君当垆卖酒,相如洗涤酒具。

⑥ "可惜"句:可叹白发满头。苏轼《行宿泗间见徐州张天骥》:"更欲河边几来往,只今霜雪已蒙头。"

⑦ "坐中"句:指当时瓢泉同饮的三位友人。稼轩另有《念奴娇》(论心论相)题作"三友同饮,借赤壁韵",词中有云:"圣时同见三杰。"三杰,《史记·高祖本纪》载汉高祖谓张良、韩信、萧何三人"皆人杰也",后世因借指杰出人物。

⑧ 孤标:孤傲的格调。

⑨ 从教:任凭。

⑩ "枉了"句:意谓怒发冲冠空悲怅。枉了,徒然枉费。冲冠发,形容极度愤怒。

⑪ 长庚:即金星,俗称启明星。长庚,四卷本作"长歌"。

评析

这首词作于绍熙二年(1191)。稼轩时年五十二,游瓢泉。

词作题云"和东坡韵",又以感慨今古功名富贵起笔,当由苏轼《念奴娇·赤壁怀古》"大江东去,浪淘尽、千古风流人物"而引发,笔调则变豪放为沉郁,以问句出之。此一问乃根源于稼轩的身世体验,接下来即自述心中愁情如重城坚壁,怀才不遇,年华虚度。"可惜"者,自我叹惋;"浩歌"者,畅怀放歌。一抑一扬,郁闷而愤激之情,动人心魄!

前人诗词中多有感叹秋菊凋零,如唐代诗人郑谷《十日菊》:"节去蜂愁蝶不知,晓庭还绕折残枝。"苏轼《南乡子·重九涵辉楼呈徐君猷》:"明日黄花蝶也愁。"李清照《声声慢》:"满地黄花堆积,憔悴损,如今有谁堪摘?"稼轩则反其意而抒写孤傲进取之志:傲霜绽放的菊花凋零,不必叹惜,还有梅花将傲雪竞放。情势笔调与上片结句相承。稼轩志在抗金复国,故不禁"重揩西望眼",然而空中若隐若现的孤鸿令其重又跌入怅惘无奈之中,只能感叹世事漂浮,壮志难酬!末了想到志同道合的故友之情,或可聊以自慰,然而相隔相念,长庚、残月遥相守望的景象之中,又不知蕴含着多少志士失路之悲!

全词情感脉络由悲慨转而激昂("浩歌一曲"至"醉里重揩西望眼"),复归于悲慨("可惜蒙头雪"与"枉了冲冠发"相呼应),终结于无奈之怅惘。跌宕起伏中,寄寓深切的身世感慨和报国无门之悲愤。

念 奴 娇

重九席上

龙山①何处?记当年、高会重阳佳节。谁与老兵供一笑?落帽参军华发。莫倚忘怀,西风也解,点检尊前客。②凄凉今古,眼中三两飞蝶。　　须信采菊东篱,高情千载,只有陶彭泽。③爱说琴中如得趣,弦上何劳声切。④试把空杯,翁还肯道:何必杯中物。临风一笑,请翁同醉今夕。

注释

① 龙山:在今湖北荆州市江陵县西北,即孟嘉落帽处。

② "记当年"六句:用西晋孟嘉重阳节龙山落帽典故。高会,高朋雅聚。老

兵,指征西将军桓温。落帽参军,指孟嘉。莫倚忘怀,莫要自任洒脱。《晋书·孟嘉传》载孟嘉为征西将军桓温参军,"九月九日,温燕龙山,僚佐毕集。时佐史并着戎服,有风至,吹嘉帽堕落。嘉不之觉。温使左右勿言,欲观其举止。嘉良久如厕,温令取还之,命孙盛作文嘲嘉,著嘉坐处。嘉还见,即答之,其文甚美,四坐嗟叹"。《晋书·谢奕传》载谢奕与桓温交善,"尝逼温饮,温走入南康主门避之。……奕遂携酒就听事,引温一兵帅共饮,曰:'失一老兵,得一老兵,亦何所怪。'温不之责"。

③"须信"三句:意谓重九无酒,采菊东篱,情怀超然,须信千百年来只有陶渊明。陶彭泽,指陶渊明,曾任彭泽(今江西省九江市彭泽县)令。陶渊明《饮酒二十首》其五:"采菊东篱下,悠然见南山。"其《九日闲居》序云:"余闲居,爱重九之名。秋菊盈园,而持醪靡由。空服九华,寄怀于言。"《艺文类聚》卷四引《续晋阳秋》:"陶渊明尝九月九日无酒,宅边菊丛中摘菊盈把,坐其侧,久望,见白衣至,乃王弘送酒也。即便就酌,醉而后归。"

④"爱说"二句:《晋书·陶潜传》载陶渊明"性不解音,而畜素琴一张,弦徽不具。每朋酒之会,则抚而和之,曰:'但识琴中趣,何劳弦上声。'"

评析

据邓广铭《稼轩词编年笺注》,这首词作于庆元、嘉泰间,即 1200 或 1201年。稼轩时年六十一二,闲居瓢泉。

稼轩这首重阳词所用孟嘉落帽、渊明采菊,是此类诗词中常用的两则典故,却能以故为新。上片用孟嘉之事,以"龙山何处"一问引入,其语气似欲追寻与龙山相关的某重要情事,"记当年"二句点明此事即当年那次重阳盛会,其语调又似欲重现近千年之前的盛会场景,然下文并未据史料作平实的描述,而是以一问一答总括其事,故事之两位主角及其关系、故事之场景氛围,均纳入两句十三字之中,同时字里行间又透露出稼轩的感慨情怀,试想孟嘉这样一位清誉雅望之士,却以华发之身供上司及僚友笑乐,怎不令人嗟叹!"莫倚"三句遂对享誉后世的落帽之事别出新解,"忘怀"是后世对孟嘉落帽的称誉,稼轩则不以为然,谓西风落帽乃是"点检尊前客",此"点检"一语有巡检之意,吹落孟嘉之帽,当有其寓意。南宋罗大经《鹤林玉露》称稼轩此词"意谓嘉不当从温,故西风落其帽以贬之,若免冠然",此说不无见地,稼轩笔调中确实流露出对孟嘉从桓温的叹惋,末了遂有"凄凉今古"之怅然慨叹,悠悠伤世之情随眼前蝴蝶翩翩飘飞。

下片转到重阳佳节的另一个著名故事,即孟嘉外孙陶渊明东篱采菊。笔脉上,飞蝶与菊花亦可相接。然而其笔调语气则与上片用孟嘉落帽之事不同,过片"须信"三句对渊明"采菊东篱"之高情远致极为盛赞。大概在稼轩看来,孟嘉附从桓温乃屈志违心,渊明则与之相反,不愿屈志违心而辞去彭泽令,退归田园,采菊东篱。渊明之高情在于任性守真,在于寄情于物而不留心于物,故云:"但识琴中趣,何劳弦上声。"稼轩对此钦服之余,又打趣道:若手持空杯,陶翁是否还会说"何必杯中物"?结末邀陶翁临风同醉,超迈古今,亦堪称千古高情。此与上片结处"凄凉今古"形成对比,亦可见出稼轩对孟嘉、陶渊明的不同情怀。

青 玉 案

元 夕①

东风夜放花千树。更吹落、星如雨。②宝马雕车香满路。凤箫③声动,玉壶④光转,一夜鱼龙舞⑤。　　蛾儿雪柳黄金缕⑥。笑语盈盈⑦暗香去。众里寻他千百度⑧。蓦然⑨回首,那人却在,灯火阑珊⑩处。

注释

① 元夕：元宵节夜晚。

② "东风"二句：喻元宵节夜晚彩灯炫耀闪烁。吴自牧《梦粱录》卷一"元宵"："诸营班院于法不得与夜游，各以竹竿出灯球于半空，远睹若飞星。"

③ 凤箫：竹箫。传说春秋时萧史娶秦穆公女弄玉，皆善吹箫，作凤鸣，后双双乘凤升仙。

④ 玉壶：喻灯。周密《武林旧事》卷二"元日"条载："灯之品极多，……福州所进则纯用白玉，晃耀夺目，如清冰玉壶，爽彻心目。"一说玉壶指明月，亦通。

⑤ 鱼龙舞：喻彩灯竞舞。汉有鱼龙之戏，《汉书·西域传》："漫衍鱼龙、角抵之戏以观视之。"夏竦《和上元观灯》："鱼龙漫衍六街呈，金锁通宵启玉京。"

⑥ "蛾儿"句：指元宵节妇女所戴金线装饰的各种绢纸头饰。《武林旧事》卷二"元夕"条："元夕节物，妇人皆带珠翠、闹蛾、玉梅、雪柳……"雪柳黄金缕，即李清照《永遇乐》(落日熔金)词中所谓"捻金雪柳"，用金线装饰的绢纸花。

⑦ 盈盈：形容仪态美好。

⑧ 千百度：千百次。

⑨ 蓦然：突然。

⑩ 灯火阑珊：灯火稀落暗淡。阑珊，零落将尽。

评析

这首词见于四卷本甲集，知作于淳熙十五年(1188)正月结集之前，具体作年不详。邓广铭《稼轩词编年笺注》疑作于乾道六、七年间（1170、1171）首次临安为官时。

词题作"元夕"，描写元宵节夜晚观灯。上片以飞舞的笔触描画出满城灯火、车水马龙、游人如云、笙歌飞扬、彩灯竞舞的热闹场景，想象奇幻，色彩绚丽。起笔两个比喻，极为形象生动。前者当为化用岑参《白雪歌送武判官归京》诗句"忽如一夜春风来，千树万树梨花开"，后者则想出天外，更为美妙！如果说"花千树"为泼墨渲染，"星如雨"则为浓墨点缀。两相衬托，动态的景象中有了层次感。

开篇两句渲染背景，"宝马"以下四句则写人们观灯游乐情景，但笔调仍着重于整体氛围的描写：灯光月色辉映下行进的宝马雕车、鱼龙般飞舞的彩灯，箫声悠扬，芳香飘荡。下片则将笔触聚焦于观灯人群中的一位女子。"蛾儿"句写其妆饰之美，"笑语"句写其神态之美。其妆饰之美与众女子无异，而其神情仪态则透出难以言表的魅力。目睹其飘然而去，犹如贺铸《青玉案》词作所描写的"但目送、芳尘去"，心中无限惆怅，因而情不自禁地"众里寻他千百度"。然而千百次的寻觅，千百次的失望！"蓦然回首"句笔调突转：偶然间回头，却在那灯火暗淡的角落发现了她。情感也由失望转为惊喜。然而"灯火阑珊处"的她是在孤芳自赏还是在独自伤神，抑或是约会城隅，均不得而知。同样，寻觅者在惊喜之后是欣慰还是爱怜，抑或是怅惘，也颇耐人回味。这一切都是词笔戛然而止所留下的余韵。

晚清谭献《谭评词辨》评此词说道："起二句，赋色瑰异，收处和婉。"其实，词作上片的格调都可称为瑰异，下片则跌宕和婉。就创作旨趣看，稼轩是以上片之热闹瑰异背景，反衬下片的深永幽约情致。结末数句尤为含蓄，彭孙遹称为"周（邦彦）、秦（观）之佳境"（《金粟词话》），盖视为别无寄托的婉丽词作。梁启超则读出了"自怜幽独，伤心人别有怀抱"之味（梁令娴《艺蘅馆词选》引），而王国维又从中悟出了"古今成大事业、大学问者"历经艰难求索后的顿悟境界(《人间词话》)。此词是纯纪实之作还是别有寓意，词中"灯火阑珊处"的女子是否即稼轩或其知音的化身，恐难确断，姑且以若即若离视之，词中所写乃稼轩元夕所见所感，所见为纪实，所感则难免自我身世之慨。

词作上下片的色泽格调虽有差别，但气脉贯穿，正如陈廷焯所云"其气势雄劲飞舞"(《云韶集》)，上片于劲直笔致中显雄健之气，下片在转折笔致中含雄健之气，这也就是毛晋所说的"绝不作妮子态"(《跋六十家词本稼轩词》)。

祝 英 台 近

晚　春

宝钗分，桃叶渡。①烟柳暗南浦②。怕上层楼，十日九风雨。断肠片片飞红，都无人管，更谁劝③、啼莺④声住。　　鬓边觑⑤。试把花卜归期⑥，才簪又重数。罗帐灯昏，哽咽⑦梦中语：是他春带愁来，春归何处？却不解、带将愁去。⑧

注释

① "宝钗分"二句：言男女分别。汉时女子被黜，分钗断带以还夫家，后世转以分钗为女子赠别之习。桃叶渡，东晋王献之与爱妾桃叶分别之地，相传故址在今南京秦淮河与青溪合流处。《玉台新咏》载王献之《桃叶歌》："桃叶复桃叶，渡江不用楫。但渡无所苦，我自迎接汝。"

② 南浦：指送别之地。浦，水边。《楚辞·九歌·河伯》："子交手兮东行，送

美人兮南浦。"江淹《别赋》："送君南浦,伤如之何!"

③ 更谁劝:四卷本作"倩谁唤"。

④ 啼莺:四卷本作"流莺"。

⑤ 觑(qù):凝视,细看。

⑥ "试把花"句:试把,原作"应把",兹从四卷本。归期,四卷本作"心期"。把花卜归期,以花瓣之数测算归期。古人有卜灯花之习,如许玠《菩萨蛮》:"夜夜卜灯花,几时郎到家。"以簪花卜归期,或为相类习俗。

⑦ 哽咽:四卷本作"呜咽"。

⑧ "是他"三句:是春天的到来给我带来忧愁,而今春天又将归向何处? 却不能将忧愁带走。带将愁去,四卷本作"将愁归去"。

评析

这首词见于四卷本甲集,当作于淳熙十五年(1188)年正月结集之前,具体作年不详,据词意,大概作于淳熙八年罢居带湖之前仕宦期间。

词为伤春怨别之作,从追忆入笔,分钗、桃叶渡、烟柳、南浦,字字唱叹出别离伤怨之情。昔日的分别在暮春,如今又是风雨送春归。记忆中的送别、今日的思念,因同样的晚春时节而凝聚于孤寂的心怀:细细回想送别情景,怅然凝望眼前飞红片片、风雨潇潇,静听林中黄莺声老,情何以堪! 更何况一切"都无人管",如此的无助无奈!

愁情满怀,凄景满目,无以排遣,尤盼郎君早日归来以解忧思,下片遂转写女子"试把花卜归期"。"试卜"及"才簪又重数"之举动,透露出相思急切不安的心态以及对"花卜归期"的不自信,忧愁依然郁结心间,难以消解。忧思入梦,梦中哽咽怨春"带愁来"却不能"带将愁去"。此怨无理,故托诸梦呓,笔调沉郁跌宕,深切而无奈的愁怨之情在字里行间激荡回环,余韵不尽。

全词伤春、别怨交融一体，笔致细腻传神，情韵缠绵深挚，为稼轩婉约词之佳作。

祝 英 台 近

与客饮瓢泉①，客以泉声喧静为问。余醉，未及答。或者以"蝉噪林逾静"②代对，意甚美矣。翌日，为赋此词以褒之。

水纵横，山远近。拄杖占千顷。老眼羞明③，水底看山影。试教水动山摇，吾生堪笑，似此个、青山无定。　　一瓢饮④。人问：翁爱飞泉，来寻个中静。绕屋声喧，怎做静中境？我眠君且归休⑤，维摩方丈，待天女、散花时问。⑥

注释

① 瓢泉：见《卜算子》（欲行且起行）注释②。

② 蝉噪林逾静：南朝王籍《入若耶溪》："蝉噪林逾静，鸟鸣山更幽。"

③ 羞明：害怕强光刺眼。

④ 一瓢饮：《论语·雍也》："子曰：贤哉回也！一箪食，一瓢饮，在陋巷，人不堪其忧，回也不改其乐。贤哉回也！"

⑤ "我眠"句：《宋书·陶潜传》："贵贱造之者，有酒辄设。潜若先醉，便语客：'我醉欲眠，卿可去。'其真率如此。"

⑥ "维摩"二句：用维摩诘室中天女散花典故，寄寓喧静取决于心境之意。方

丈,寺院住持说法之处或居室。《维摩诘所说经·观众生品第七》:"维摩
诘以身疾,广为说法。……时维摩室有一天女,见诸大人,闻所说法,便现
其身,即以天花散诸菩萨大弟子上。花至诸菩萨即皆堕落,至大弟子便著
不堕。天女曰:'结习未尽,故花著身。'"

评析

这首词作年难以确考,邓广铭《稼轩词编年笺注》据"吾生堪笑,似此个、
青山无定"句,谓"当是作于自闽归后,疑当在绍熙末或庆元初"。此说大体可
信。词云"绕屋声喧",疑在瓢泉新居初成,时在庆元元年(1195),稼轩年五十
六,故词中称"翁"。

"客以泉声喧静为问",有人以"蝉噪林逾静"为答。稼轩称其"意甚美",
"赋此词以褒之",词作旨趣当在称道"蝉噪林逾静"甚合瓢泉佳境。起笔二句
即简括勾勒出瓢泉山水之境,继而拄杖步入其境,静观水中山影、水动山摇之
趣,以自嘲身世结束上片,境中人之平静心态映现其中。

过片"一瓢饮"句甚妙,用《论语》成句,蕴含稼轩闲居瓢泉的安贫乐道情
怀,其字面又切合词序"与客饮瓢泉"情事,引出客之疑问。"人问"四句将词
序之简述笔调转为场景描述。"我眠"句,即序中"余醉,未及答"。"维摩"二
句,即稼轩对"蝉噪林逾静"的禅趣解读。南朝王籍《入若耶溪》中名句"蝉噪
林逾静,鸟鸣山更幽",宋人多称赏其动中见静。此意与瓢泉之境自合,但稼
轩用天女散花典故,则有更进一层的领悟,即天女所言:"结习未尽,故花著
身。"结习,即内心的烦恼和习气,结习尽则花不著身。静,不在外境,而在心
境,有似陶渊明之"心远地自偏"。

南 乡 子

舟行记梦①

敧枕舻声边,贪听咿哑聒醉眠。②梦里笙歌花底去,依然,翠袖盈盈③在眼前。　　别后两眉尖④。欲说还休梦已阑⑤。只记埋冤⑥前夜月,相看,不管人愁独自圆。

注释

① 舟行:四卷本作"舟中"。

② "敧枕"二句:酒醉之后倚枕斜躺在船橹边,在咿哑的橹声中渐渐入眠。敧,通"倚",斜靠。舻,同"橹"。聒(guō),嘈杂喧扰。

③ 盈盈:仪态曼妙。

④ 两眉尖:双眉紧皱的样子。

⑤ 阑:尽。

⑥ 埋冤:同"埋怨"。

评析

这首词见于四卷本甲集,可知作于淳熙十五年(1188)正月结集之前,又据词题及词情,当作于淳熙八年(1181)罢归带湖之前,但具体作年不详。

词题"舟行记梦",乃借梦抒写别后相思之深情。起笔二句言"舟行",橹声咿哑,倚枕醉听而入眠。"梦里"句至下片"欲说"句为梦境,花下笙歌飘飞,眼前翠袖盈盈,为梦中情形,也是记忆中的欢游情境,故云"依然"。"别后"句,言分别之后相思愁苦;"欲说"句,言梦中相聚而未及互诉衷情便已梦醒。

"欲说还休",见出满腹心语而不知何言之状,梦醒之后更增怅惘和思念之情,分别之夜的情景遂重现于眼前:月圆人别离,圆月临照,别离之人不禁埋怨月之不近人情,"不管人愁独自圆"。词言"前夜月",指昨夜月,即别离之夜月,别后之今夜月依然如此。舟中梦醒,人各一方,望月怀人,愁思绵绵,情韵悠悠,令读者如临其境,黯然神伤。

南 乡 子

登京口北固亭有怀①

　　何处望神州②?满眼风光北固楼。千古兴亡多少事,悠悠。不尽长江滚滚流③。　　年少万兜鍪。坐断东南战未休。④天下英雄谁敌手?曹刘。⑤生子当如孙仲谋⑥。

> 注释

① 京口:宋镇江府,六朝时称京口城,今江苏镇江市。北固亭:又称北固楼,在镇江府北固山上,东晋蔡谟创建。

② 神州:指中原等北方沦陷区。

③ "不尽"句:杜甫《登高》:"无边落木萧萧下,不尽长江滚滚来。"

④ "年少"二句:言孙权年少承父兄遗业,称雄东南。兜鍪(móu),头盔,此代指军队。坐断,占据。

⑤ "天下"二句:言天下英雄只有曹操、刘备堪为孙权敌手。《三国志·蜀志》卷二《先主刘备传》载曹操曾对刘备说:"今天下英雄,惟使君与操耳。"

⑥ "生子"句：孙仲谋，指孙权（182—252），字仲谋。吴郡富阳（今属浙江）人。孙坚子，孙策弟。三国时吴国创建者。《三国志·吴志》卷二《孙权传》载建安十八年（213）正月，曹操攻濡须（今安徽裕溪河），与孙权相拒月余，"望权军，叹其齐肃，乃退"。裴松之注引《吴历》载曹操见孙权"舟船器仗，军伍整肃，喟然叹曰：'生子当如孙仲谋。刘景升儿子若豚犬耳！'"

评析

这首词作于嘉泰四年（1204）。稼轩时年六十五，知镇江府。

词作切题而起，"满眼风光"为登北固楼所见，"望神州"为放眼遥望，更是心中所望所怀，是稼轩平生心志所向，故落笔直抒情怀，一无铺垫，笔势突兀。乾道五年（1169）镇江守臣陈天麟《重建北固楼记》有言："兹地控楚负吴，襟山带江，登高北望，使人有焚龙廷、空漠北之志。"一世之豪的稼轩登楼北望，收复中原之情志激荡于胸襟，然而时局又令其忧虑，故而发出苍茫幽愤之一问。北固楼、北固山、长江水，不知见证过多少世间盛衰兴亡。登楼抚今怀古，思绪亦如滚滚江水，追忆那千古兴亡中的盖世英豪壮举。

上片摄题包举，壮阔浩茫。下片从"千古兴亡多少事"中择取三国时的吴主孙权，重笔张扬。孙权十九岁即承继父兄基业，镇抚征讨，雄霸东南。二十七岁与刘备联军大败曹操于赤壁，天下遂成曹、刘、孙鼎立之势。京口城为当年东吴重镇，留有相关遗迹传说，如甘露寺之狠石，苏轼《甘露寺》诗序云："寺有石如羊，相传谓之狠石，云诸葛孔明坐其上与孙仲谋论曹公也。"稼轩想起孙权，自然与此有关，而其自身也有过"壮岁旌旗拥万夫"的抗金生涯，因而对当年指挥千军万马征战不休的孙权深为钦佩。词笔章法上，"年少"二句，总言孙权称雄东南之势，笔力雄健激壮；"天下"二句，言其鼎立之势，一问一答，笔势跌宕;末句言其承继扩张父兄之基业,笔意叹赏。笔脉流贯,虽化用或袭用曹操语,却一无痕迹,如从己出。就其语意而言,稼轩身任南宋前沿重镇守臣,时当宋廷筹划北伐之际,对孙权英雄壮举的称赏,也是对当今抗金领袖人才的期盼。

全词境界恢宏,情调雄浑激昂,映衬出稼轩壮心不已之情怀,确如刘过所称"精神此老健于虎"(《呈稼轩》)。

南 歌 子

新开池戏作

散发披襟处①,浮瓜沉李杯②。涓涓流水细侵阶。凿个池儿,唤个月儿来。 画栋频摇动,红蕖③尽倒开。斗匀红粉照香腮。有个人人,把做镜儿猜。④

注释

① "散发"句:指可以无拘无束尽情欢游之地。柳永《过涧歇》:"水边石上,幸有散发披襟处。"

② "浮瓜"句:言清泉可以浮瓜沉李流觞。曹丕《与朝歌令吴质书》:"每念昔日南皮之游,……浮甘瓜于清泉,沉朱李于寒水。"

③ 蕖:芙蕖,即荷花。

④ "斗匀"三句:有个人儿把池水疑作梳妆镜,对着涂抹脂粉。斗匀,面对着涂抹。猜,看待。

这首词作年难以确考。邓广铭《稼轩词编年笺注》谓"筑偃湖与新开池当均为自闽中初归时事",即谓此词作于庆元元年(1195)或二年。稼轩时年五十六七,闲居带湖。

词以轻松戏谑的笔调题咏新开凿的池塘。上片点明开池之地及开池之情趣,笔触凸显其地之清幽闲适,泉流涓涓,散发披襟,浮瓜沉李,尽享山水清韵,凿个水池,映照月辉,又添无限意趣。"唤个月儿来"一语趣味盎然,似在邀月同游共赏,又似借月增色添趣。

下片承前"凿个池儿",写新池之趣。画栋倒映,水波荡漾,荷花倒开,清澈的池水中别有境界。境中更有一名女子,浓妆淡抹,仿佛在和池中倒开的荷花比美,趣味盎然。

南 歌 子

山中夜坐①

世事从头减②,秋怀彻底清。夜深犹送枕边声。试问清溪底事不能平③? 月到愁边白④,鸡先远处鸣。是中无有利和名,因甚山前未晓有人行?

① 原无题。兹据四印斋本补。

② "世事"句：减去世事烦扰。

③ "试问"句：试问溪流潺潺，有何不平心事？底事，何故。韩愈《送孟东野序》："大凡物不得其平则鸣。……水之无声，风荡之鸣。"

④ "月到"句：月色因愁而更白。黄庭坚《减字木兰花》："想见牵衣，月到愁边总未知。"

评析

　　词作抒写秋夜山中独坐的见闻感触，具体作年不详，只能据词情推断为闲居期间所作。

　　秋夜独自静坐山中，摒弃世间烦扰，以清澈的襟怀感受山夜见闻。山溪的潺潺水声打破了秋夜的宁静，听来似不平而鸣，遂问其"底事不能平"？秋月如霜，令人平添愁情；远处传来的鸡鸣声中，静夜即将告退，纷纷扰扰的白昼即将来临，山前的匆匆赶路人令人想到世间的名利追逐，然而山中无名无利，为何仍有人鸡鸣未晓而急急早行？这一连串的感触思虑，呈现出稼轩以"秋怀彻底清"之心境，对世间的不平、世间的愁苦、世俗的名利所进行的反思和超脱。上、下片笔法均先平述而以问句振起，随后便戛然而止，问而无答，余韵回荡。

昭　君　怨

人面不如花面。花到开时重见。① 独倚小阑干。许多山。

落叶西风时候。人共青山都瘦。说道梦阳台。几曾来？②

注释

① "人面"二句：人世别易会难，不像花谢之后，待到花开又重见。此用唐代崔护《题都城南庄》诗意："去年今日此门中，人面桃花相映红。人面不知何处去，桃花依旧笑春风。"

② "说道"二句：意谓所思之人不曾入梦来。此反用楚怀王梦巫山神女典故。宋玉《高唐赋》载楚怀王游高唐而昼寝，梦一妇人自称："妾在巫山之阳，高丘之阻。旦为朝云，暮为行雨。朝朝暮暮，阳台之下。"李善注："山南曰阳，土高曰丘。"此即"阳台"之义，"阳台"一词在古诗词中常代称男女相会之所。

评析

　　这首词作年不详。词为怀人之作。起笔用崔护诗意，托春花绽放寄寓相思情怀，感叹"人面不如花面"，春花凋谢，待到来年开时又能重见，人间离别却相见无期！"独倚"二句点出凭栏怀远之人，眺望的视线被群山阻隔，更添无尽的思念。

　　上片所写春花并非实景，为虚笔，下片转写秋风落叶中的相思情怀，为实笔。山因叶落而瘦，杨万里《题黄才叔看山亭》："春山华润秋山瘦，雨山黯黯晴山秀。"陆游《秋郊有怀》："秋山瘦益奇，秋水浅可涉。"稼轩则云："人共青山都瘦。"深秋风寒之中，落寞的青山与相思的人一样的愁苦和瘦损。相思相念而不得相见，遂期盼梦里相逢以缓相思，词笔因此引入楚王梦巫山神女传说。"几曾来"一语则以己意驱遣典故，反问语调中表明梦亦未成，思念无以消解，惆怅悠悠不尽。

临 江 仙

探 梅

老去惜花心已懒,爱梅犹绕江村。一枝先破玉溪①春。更无花态度,全是雪精神。②　　剩向青山餐秀色,为渠著句清新。③竹根流水带溪云。醉中浑④不记,归路月黄昏⑤。

注释

① 玉溪:溪水之美称,形容溪水清洁如玉。

② "更无"二句:梅花虽然没有鲜花艳丽妖娆之风姿,但完全具备白雪晶莹净洁之雅韵。更,虽然。全是,四卷本作"全有"。

③ "剩向"二句:直管登山观赏美丽的梅花,为她写下清新的诗句。剩,尽管,直管。青山,四卷本作"空山"。餐秀色,欣赏美丽的景色。渠,第三人称代词,代指梅花。

④ 浑:全然。

⑤ "归路"句:归来一路淡月黄昏。林逋《山园小梅》:"疏影横斜水清浅,暗香浮动月黄昏。"

评析

这首词见于四卷本甲集,知作于淳熙十五年(1188)正月结集之前闲居带湖期间,具体作年不详。

词题"探梅",叙述一次探寻和赏览梅花的经历和感受。起句言"心已懒",欲扬先抑,反衬对梅花的倾心钟情,为探梅之举作铺垫。上片探得江村溪边之梅。林逋早有题咏梅花映水名句:"疏影横斜水清浅。"(《山园小梅》)稼轩避开相类笔调,而着重展现江梅绽放出的春韵。"先破",点出报春之梅;"玉溪春",笔调简括而包蕴无尽,令人对江村春景产生无限想象,在春意荡漾的氛围中,凸显梅花独特的精神,没有百花争艳之风姿,而独具瑞雪高洁之神韵。

下片一反开头的"惜花心已懒"之态,自然是爱梅之心性以及梅花之魅力所致。梅花之芳洁高韵,竹林、流水、闲云相映,令稼轩尽情放怀,醉咏饱览,直到黄昏踏月而归。

词中"爱梅"二字贯串全篇,全词既写出了梅花的神韵,也展现出了稼轩对梅花的醉赏情怀。

临 江 仙

即席和韩南涧①韵

风雨催春寒食②近,平原一片丹青③。溪边唤渡柳边行。花飞蝴蝶乱,桑嫩野蚕生。　　绿野先生闲袖手,却寻诗酒功名。④未知明日定阴晴。今宵成独醉,却笑众人醒。⑤

注释

① 韩南涧:即韩元吉,详见《水龙吟》(渡江天马南来)注释①。

② 寒食:节日名,在清明前一日或二日。

③ 丹青:红色和青色,泛指绚烂色彩。

④ "绿野先生"二句:借唐代宰相裴度绿野堂诗酒唱和,喻韩元吉南涧闲

居。《新唐书·裴度传》载裴度"治第东都集贤里,沼石林丛,岑缭幽胜。午桥作别墅,具燠馆凉台,号绿野堂,激波其下。度野服萧散,与白居易、刘禹锡为文章,把酒穷昼夜相欢,不问人间事"。据《江西通志》卷四十《古迹》载,韩元吉所居南涧筑有苍筤(láng)亭。诗酒功名:以诗酒为功名。

⑤"今宵"二句:反用《楚辞·渔父》语:"众人皆醉我独醒。"

评析

这首词当作于韩元吉退居南涧期间,即淳熙七年至十四年间(1180—1187),具体作年难以考定。

韩元吉以吏部尚书致仕,退居南涧后,与稼轩等人游赏山水,诗酒唱和,与当年裴度在洛阳建绿野堂同白居易、刘禹锡等人诗酒相欢可相比拟。稼轩即席和词,首先想到的或许就是南涧和绿野堂的风雅情形,全词所要表达的就是韩南涧的闲居风度。词作上片以写景作铺垫,寒食时节,风雨催春,落花纷飞,彩蝶忙乱,桑蚕初生,行人唤渡,一幅鲜活的乡野暮春图景。"催春""唤渡""花飞蝶乱"等语词传达出繁华将歇之际的匆匆和忙乱,反衬下片南涧先生的悠然闲适。

过片"闲袖手",笔调突转,闹中显静。韩南涧可谓功成名就,如今退居,诗酒为乐,称其"却寻诗酒功名",于诗酒寻功名,亦即昔日功名今付之诗酒。话语中有对韩南涧的雅谑,也不无稼轩的自我解嘲。今日诗酒尽兴,明日阴晴未知。世事难料,不如今日有酒今日醉,正如稼轩《点绛唇》所云:"身后功名,古来不换生前醉。"独醉而笑众人醒,字面上反用屈原"众人皆醉我独醒"语,而实质上乃正用其意,"独醉"乃似醉而实醒,洞彻世事;"众人醒"乃似醒而实醉,醉心于难以预料的俗世功名。

临 江 仙

再用韵送祐之弟归浮梁①

　　钟鼎山林②都是梦，人间宠辱休惊③。只消闲处过平生。④酒杯秋吸露，诗句夜裁冰。⑤　　记取小窗风雨夜，对床灯火多情。⑥问谁千里伴君行？晓山眉样翠⑦，秋水镜般明。

注释

① 祐之：即稼轩族弟辛助，字祐之。浮梁：宋代县名，今属江西景德镇市。

② 钟鼎山林：指在朝为官和隐居山林。钟鼎，本为古代乐器和炊器，这里指钟鸣鼎食，代指富贵人家。

③ 宠辱休惊：得宠受辱，淡然不惊。《老子》："何谓宠辱若惊？宠为下，得之若惊，失之若惊，是谓宠辱若惊。"

④ "只消"句：只应悠闲地度过一生。

⑤ "酒杯"二句：秋来细酌甘露般醇香的美酒，夜间低吟冰雪般幽洁的诗句。

⑥ "记取"二句：暗用苏轼、苏辙兄弟典故。苏轼《辛丑十一月十九日既与子由别于郑州西门之外马上赋诗一篇寄之》："但恐岁月去飘忽，寒灯相对记畴昔，夜雨何时听萧瑟。君知此意不可忘，慎勿苦爱高官职。"自注："以子由常有夜雨对床之言，故云耳。"苏辙《逍遥堂会宿》序："辙幼从子瞻读书，未尝一日相舍。既壮，将游宦四方，读韦苏州诗至'安知风雨夜，复此对床眠'，恻然感之，乃相约早退，为闲居之乐。故子瞻始为凤翔幕府，留诗为别曰：'夜雨何时听萧瑟。'"按，韦应物《示全真元常》："宁知风雪夜，复此对床眠。"

⑦ "晓山"句：破晓时山色青翠如眉黛。晓山,四卷本作"晚山"。

┌─────┐
│ 评析 │
└─────┘

这首词见于四卷本甲集,当作于淳熙十五年(1188)正月之前带湖闲居期间,但具体作年不详。

据邓广铭《稼轩词编年笺注》卷四《西江月》(画栋新垂帘幕)编年考证,祐之在十多年后的庆元四、五、六年间(1198—1200)任钱塘令,则此次归浮梁或因求仕失意而归,不免郁闷。稼轩赋词相送,遂以超脱旷达之笔调突兀而起,旨在警醒和宽慰仕进失落的祐之。同时,超然于得失荣辱之外的人生境界也是稼轩罢职闲居后的人生领悟和追求,因而也有与祐之共勉之意,语气坚决而亲切。"只消"三句所表白的诗酒遣赏生活,平淡而自适,正是"宠辱休惊"的人生情状,同样是稼轩的自勉和对祐之的期望。

上片侧重于人生理趣,下片则倾诉别情。小窗风雨夜,对床话深情,为兄弟二人难以忘怀的美好记忆。"记取",既是稼轩自谓,也是对祐之的临别嘱托,其中又暗借苏轼兄弟"夜雨对床"情事,再次宽慰仕宦失意的祐之。当年苏轼兄弟读到韦应物诗句"安知风雨夜,复此对床眠"而恻然感悟,"相约早退,为闲居之乐",如今稼轩与祐之正可"为闲居之乐",其欣然惬然之意蕴于言中。结末三句言及祐之归途,一路好山好水相伴而行,必将是个愉快的旅程。这也是稼轩对祐之的临别祝愿。

临 江 仙

逗晓①莺啼声昵昵,掩关高树冥冥。小渠春浪细无声。井床②听夜

雨,出藓辘轳③青。　　碧草旋荒金谷路④,乌丝重记兰亭⑤。强扶残醉绕
云屏。一枝风露湿,花重入疏棂⑥。

注释

① 逗晓:拂晓。

② 井床:井栏。

③ 辘轳:井上汲水装置。

④ "碧草"句:欢赏宴游之地,转而碧草遍布,人迹荒凉。旋,随即。金谷,原
指西晋豪富石崇别馆金谷园(在今河南洛阳市西北),此借指山居宴游之
所。石崇曾与众友人在金谷园饯别征西大将军祭酒王诩,昼夜游宴,赋诗
咏怀。

⑤ "乌丝"句:提笔展纸,追记那聚欢游赏情事。乌丝,指乌丝栏纸张,即黑色
格条的纸。宋代陈槱(yǒu)《负暄野录》:"《兰亭序》用鼠须笔书乌丝栏茧
纸。所谓茧纸,盖实绢帛也。乌丝栏,即是以墨间白识其界行耳。"兰亭,
在今浙江绍兴。《晋书·王羲之传》载晋穆帝永和九年(353)上巳日(三月
三日),王羲之与谢安、孙绰、李充、许询等于此地宴游赋诗,王羲之作《兰
亭集序》。《世说新语·企羡》载:"王右军得人以《兰亭集序》方《金谷诗
序》,又以己敌石崇,甚有欣色。"

⑥ "一枝"二句:窗棂中露出一枝湿润艳丽的花朵。此化用杜甫《春夜喜雨》
诗句:"晓看红湿处,花重锦官城。"

评析

这首词与前一首《临江仙》(钟鼎山林都是梦)同调同韵,应该也作于淳熙

十五年(1188)之前带湖闲居期间。

一夜春雨过后,拂晓时分,茂密的树林中传出黄莺鸟的呢喃细语,静静的小溪微波荡漾。一幅恬静的山林春晓图景,洋溢着自然山水的生机,而掩闭的门窗及青苔斑驳的辘轳却透出些许荒寂,令人不无感慨。其中的"听"字暗示出景中之人。雨打井床,一声声滴到天明,一声声传入掩闭的门窗,搅动着窗中残醉人心中无限情思。

下片笔触转入室内,探入景中人的内心情境:想到曾与友人欢游遣赏、诗酒唱和的胜地已渐渐芳草遍布、人际荒凉,不禁强撑起残醉的身体,提笔展纸,重温那难以忘怀的场景。窗棂边那枝湿润而浓艳的花朵,仿佛映现出一种忧伤而绚丽的记忆,一种曾经的畅怀和尽兴。

临 江 仙

手捻黄花无意绪①,等闲②行尽回廊。卷帘芳桂散余香。枯荷难睡鸭,疏雨暗池塘。③　忆得旧时携手处,如今水远山长。④罗巾浥泪别残妆。⑤旧欢新梦里⑥,闲处却思量。

注释

① "手捻"句:手拈菊花,了无兴致。秦观《画堂春》:"凭阑手捻花枝,放花无语对斜晖,此恨谁知。"

② 等闲:依旧,照常。

③ "枯荷"二句:荷叶枯萎,鸭子难以栖息,蒙蒙细雨笼罩荷塘。

④ "忆得"二句:晏殊《踏莎行》:"当时轻别意中人,山长水远知何处。"晏几道

《菩萨蛮》："忆曾携手处，月满窗前路。"

⑤ "罗巾"句：罗巾被泪水所浸湿，将脸上的妆容都擦掉了。浥(yì)，湿润，沾湿。

⑥ "旧欢"句：新梦里重温昔日欢情。张泌《浣溪沙》："天上人间何处去，旧欢新梦觉来时。"

评析

据邓广铭《稼轩词编年笺注》，本词大概作于庆元二年(1196)秋。

词言别后思念之情，起笔"无意绪"三字即定下全词情调色彩。"手捻黄花""行尽回廊"，情态举止之中透出惆怅不安情怀。芳桂飘香、枯荷疏雨，秋天的芳香和飘零，映衬出心中追念旧欢的余韵和感触别离的凄凉。融情于景，意脉则导引下片。

过片直笔忆旧欢，伤今别。旧欢、今别的分界点便是那洒泪告别之际，思念仿佛令心神重回那泪沾衣襟、泪损残妆的场景之中。片刻沉浸之后，提神回到现实，昔日的欢情如今只能在梦里重温，时常的闲暇里充溢心怀的是徒然而难禁的思念。思念入梦，梦境又添思念，末二句情味不尽。

临 江 仙

停云①偶作

偶向停云堂上坐，晓猿夜鹤惊猜②。主人何事太尘埃？低头还说向，被召又重来。　　多谢北山山下老③，殷勤一语佳哉。借君竹杖与芒鞋④，径须从此去，深入白云堆⑤。

注释

① 停云：稼轩瓢泉居所之堂名。

② "晓猿"句：意谓猿鹤对稼轩出山而复归来感到惊疑。孔稚珪《北山移文》
讥嘲周颙先隐后仕："蕙帐空兮夜鹤怨，山人去兮晓猿惊。"

③ 北山山下老：指铅山诸友。北山，借孔稚珪《北山移文》之事，指隐居
之地。

④ 竹杖与芒鞋：苏轼《定风波》："竹杖芒鞋轻胜马。"

⑤ "径须"二句：言只当从此去往山中，邀白云相伴。

评析

  这首词作于开禧元年(1205)秋冬间。稼轩时年六十六，自镇江罢归铅
山之初。词写被召出山两年后罢职归来之初的悔怨心情。起笔自述停云堂
上坐，或许欲借山水清境消融抱憾而归的怅然，而猿鹤的惊疑相问又令其
想起刚刚过去的被召出山经历，"尘埃"指的便是仕途情状。应猿鹤惊问
而低头相告"被召又重来"，其悔怨之情溢于言表。下片借山下老友之殷
勤佳语，慰藉怅然悔怨之心。竹杖芒鞋，飘然去往白云深处，一切尘俗名
利功业均弃之如草芥。这该是对功业彻底失望的稼轩所期待的人生
境界。

  词作假托与"晓猿夜鹤"之问答，追述被召出山复又罢职归山之情事，又
假托与"山下老"的对话，抒发超然归隐之情怀，笔法婉转而情韵悠然。

柳 梢 青

三山归途代白鸥见嘲①

白鸟相迎，相怜相笑，满面尘埃。华发苍颜，去时曾劝，闻早②归来。　　而今岂是高怀？为千里、莼羹计哉？③好把《移文》④，从今日日，读取千回。

注释

① 三山：指福州，有九仙山、闽山、越王山，故称。

② 闻早：趁早。

③ "为千里、莼羹计哉"句：意谓而今归来，难道是超旷高洁情怀所致，还是系心千里之外的莼羹鱼脍？此用西晋张翰辞官归乡典故，详见《木兰花慢》(老来情味减)注释③。

④ 《移文》：指南齐孔稚珪《北山移文》。孔稚珪与周颙同隐北山(指钟山，今江苏南京市东紫金山)，后周颙应诏出仕，返京路过北山，稚珪乃作此文假托山灵讽刺周颙，拒绝其入山。移文，檄文，一种晓谕、申讨性文体。

评析

这首词作于绍熙五年(1194)秋。稼轩时年五十五，自闽帅罢归。

绍熙三年春，稼轩离开瓢泉赴任福建提刑时赋词《浣溪沙》有云"朝来白鸟背人飞""而今堪诵《北山移》"。本词"代白鸥见嘲"，"白鸟相迎，相怜相笑""好把《移文》，从今日日，读取千回"，即为呼应之作。词作从白鸥的态度起笔，"相迎""相怜相笑"，与前者"背人飞"相照应，见出白鸟为其出仕而怨怒，因其归来而欣喜,欣喜之外又怜其"满面尘埃""华发苍颜",嘲其未听奉劝而落得被弹劾罢归。

过片笔法上承上片结句"归来"而发,追问而今为何归来。然"高怀""莼羹",均非此次归来的原因,反诘语调中实含讥嘲,故笔意上呼应上片"相笑"二字。结末三句转作劝语,而《北山移文》本为讥讽之作,故语意仍未脱嘲讽。全词托白鸥见嘲,实为自嘲,谐谑之中深含悲慨。

洞　仙　歌

开南溪初成赋①

婆娑②欲舞,怪青山欢喜。分得清溪半篙水③。记平沙鸥鹭,落日渔樵,湘江上,风景依然如此。　　东篱多种菊,待学渊明、酒兴诗情不相似。④十里涨春波,一棹归来,只做个、五湖范蠡。是则是、一般弄扁舟,争知道、他家有个西子。⑤

注释

① 四卷本题作"所居伎山为仙人舞袖形"。

② 婆娑:翩然起舞的样子。据洪迈《稼轩记》,稼轩有"婆娑室"。

③ 半篙水:指水深半篙。篙(gāo),撑船用的竹竿。

④ "东篱"二句:愿学陶渊明东篱种菊,但没有他那种诗情酒趣。陶渊明《饮酒》其五有诗句:"采菊东篱下,悠然见南山。"

⑤ "一棹"四句:意谓扁舟归隐,做个泛游五湖的范蠡。尽管同样是扁舟摇荡,可知道他还携有美丽的西施。此用范蠡携西施泛舟五湖典故。世传

春秋时越国大夫范蠡辅佐越王勾践复仇灭吴后，携西施泛舟五湖。

评析

词题中说"开南溪初成"，大概作于稼轩居带湖初年，即淳熙九年(1182)、十年(1183)间，距离从湖南离任仅两三年，故词中称"湘江上，风景依然如此"。稼轩时年四十余，闲居带湖。

稼轩经营带湖居宅，开溪垦圃，建亭造楼，植柳种菊，寄寓对山水自然的赏悦，而仕宦失意更增强了对归田生活的倾心。南溪开凿初成，清澈的溪水欢快地流淌，青山倒影婆娑，翩然欲舞。此景必然令稼轩诗兴盎然，起笔三句即摄取青山溪流同欢共乐之趣，笔致亦如流水般畅快！眼前的景象又勾起心中那印象深刻的湘江风光。仕宦生涯中留下美好回忆的却是自然闲适的渔樵生活图景，可见出其仕宦之失意情怀。

上片写景，下片则言归隐之情。学渊明，虽能效仿其东篱种菊，但无法达到其诗情酒兴中的自然洒落境界；学范蠡，虽能和他一样泛舟江湖，但无法如他拥有西施相伴。实则，稼轩自知其罢职闲居，与陶渊明辞官归田、范蠡功成身退，难相比拟。终生怀抱抗金大志的稼轩自难享有陶渊明之"酒兴诗情"，而其功未成而被迫身退亦愧比范蠡。所谓"他家有个西子"，并非羡其有美女伴游，而是慕其有西施相助得以成就大业。

洞　仙　歌

访泉于奇师村①，得周氏泉②，为赋

飞流万壑，共千岩争秀。③孤负平生弄泉④手。叹轻衫短帽，几许红尘?⑤还自喜、濯发沧浪⑥依旧。　　人生行乐耳⑦,身后虚名,何似生前一杯酒!⑧便此地,结吾庐⑨,待学渊明,更手种、门前五柳⑩。且归去、父老约重来,问:如此青山,定重来否?

注释

① 奇师村:原作"期思村",兹从四卷本。奇师村,亦作奇狮村、碁狮村,在铅山县(今属江西省),稼轩更名"期思"。

② 周氏泉:在铅山县,稼轩得而更名"瓢泉"。

③ "飞流"二句:用顾恺之形容会稽山川语:"千岩竞秀,万壑争流。"(《世说新语·言语》)

④ 弄泉:指山水游赏。

⑤ "叹轻衫"二句:意谓轻衫短帽上沾染不少俗世尘埃。

⑥ 濯发沧浪:指隐居林泉。濯,清洗。沧浪,水名,一说即汉水。此泛指隐居地之山溪林泉。

⑦ "人生"句:西汉杨恽《报孙会宗书》:"人生行乐耳,须富贵何时。"

⑧ "身后"二句:意谓追求身后虚名,不如生前痛饮欢醉。此用西晋张翰语:"使我有身后名,不如即时一杯酒。"(《世说新语·任诞》)

⑨ 结吾庐:陶渊明《饮酒》:"结庐在人境,而无车马喧。"

⑩ "待学"二句:言效仿陶渊明,亲手在门前种下五棵柳树。陶渊明《五柳先生传》:"宅边有五柳树,因以为号焉。"

评析

这首词大略作于淳熙十三年(1186)。稼轩时年约四十七,闲居带湖,往铅山访泉。

词题中"周氏泉",稼轩得之后改名"瓢泉"。稼轩访泉而得泉,且千岩竞秀,万壑争流,正是弄泉濯发之佳境,欣然有卜居之念,赋词见意。词作对林泉的正面描写仅起笔两句,但其笔力气势足以统摄全词。如此山水奇景,令稼轩有相见恨晚之感,顿觉"孤负平生弄泉手",而罢官闲居数年,似尚未忘怀世俗,聊以自慰的是,眼下退隐林泉的生活没有改变。此番情感跌宕,一叹一喜,透露出罢职闲居后的情怀变化。

过片承前"濯发沧浪"而思考人生,认同人生行乐观念。下文引及张翰、陶渊明典故,可谓对此观念的申说。《世说新语·任诞》载西晋张翰语:"使我有身后名,不如实时一杯酒。"陶渊明自称"少无适俗韵,性本爱丘山"(《归园田居》),其《五柳先生传》自述"不慕荣利""忘怀得失"。张翰杯酒为乐,陶渊明退归园田、号五柳,均可归趣于任性自适、超然旷达。稼轩所认同的"人生行乐"真趣即在此。在词作章法上,渊明典故则使词笔转到结庐,结末借父老相约重来补足此意。大约十年后的庆元二年(1196),稼轩实现此愿,迁居期思。

贺 新 郎

赋琵琶

凤尾龙香拨①。自开元、《霓裳曲》②罢,几番风月。最苦浔阳江头客,画舸亭亭待发。③记出塞、黄云堆雪。马上离愁三万里④,望昭阳宫殿孤鸿没⑤。弦解语,恨难说。⑥　　辽阳驿使音尘绝⑦,琐窗寒、轻拢慢捻⑧,泪珠盈睫。推手含情还却手⑨,一抹《梁州》哀彻⑩。千古事、云飞烟灭。贺老定场⑪无消息,想沉香亭⑫北繁华歇。弹到此,为呜咽。⑬

注释

① "凤尾"句：指琵琶。凤尾，喻琵琶之架弦凹槽。龙香，又称垂柏，常绿乔木，有芳香。拨，弦乐器的弹拨用具。

②《霓裳曲》：指唐玄宗开元时期的琵琶曲《霓裳羽衣曲》。

③ "最苦"二句：浔阳，唐郡名，在今江西九江市。此用白居易《琵琶行》诗意："浔阳江头夜送客，枫叶荻花秋瑟瑟。主人下马客在船，举酒欲饮无管弦。醉不成欢惨将别，别时茫茫江浸月。忽闻水上琵琶声，主人忘归客不发。"

④ "记出塞"二句：用王昭君出塞典故。据《汉书·匈奴列传》，汉元帝竟宁元年"以后宫良家子王嫱字昭君赐单于"。西晋石崇《王明君辞》序："王明君者，本是王昭君，以触文帝讳改之。匈奴盛请婚于汉，元帝以后宫良家子昭君配焉。昔公主嫁乌孙，令琵琶马上作乐，以慰其道路之思。其送明君亦必尔也。其造新之曲，多哀怨之声。"李商隐《王昭君》："马上琵琶行万里，汉宫长有隔生春。"

⑤ "望昭阳"句：言昭君回望，汉宫随孤鸿而隐没。昭阳，汉宫殿名，在未央宫。

⑥ "弦解语"二句：用杜甫《咏怀古迹》诗意："千载琵琶作胡语，分明怨恨曲中论。"

⑦ "辽阳"句：言塞外征人无音信。辽阳，今属辽宁省。沈佺期《独不见》："九月寒砧催木叶，十年征戍忆辽阳。白狼河北音书断，丹凤城南秋夜长。"毛文锡《河满子》："梦断辽阳音信，那堪独守空闺。"

⑧ "琐窗"二句：言征妇在寒窗下弹奏琵琶，寄托相思。琐窗，指镂刻连环形花纹的窗棂。拢、捻，琵琶指法。白居易《琵琶行》："轻拢慢捻抹复挑，初为《霓裳》后《六幺》。"

⑨ "推手"句：言深情弹奏琵琶。《艺文类聚》卷四十四"琵琶"条引《释名》曰：
　　"琵琶，本于胡中，马上所鼓也。推手前曰琵，引却曰琶，因以为名。"

⑩ "一抹"句：言《梁州》曲终哀切。一抹，指曲终。抹，琵琶指法。《梁州》，又
　　称《凉州》，琵琶曲名。彻：尽，终。

⑪ 贺老定场：指贺怀智弹奏琵琶压场。元稹《连昌宫词》："夜半月高弦索鸣，
　　贺老琵琶定场屋。"苏轼《虞美人·琵琶》："定场贺老今何在？几度新声改。"
　　贺老，贺怀智，唐开元、天宝间宫廷琵琶师，著有《琵琶谱》。定场，压场。

⑫ 沉香亭：在唐兴庆宫图龙池东，唐玄宗、杨贵妃常于此游乐。李白《清平调
　　词》其三："解释春风无限恨，沉香亭北倚阑干。"

⑬ "弹到此"二句：白居易《琵琶行》："凄凄不似向前声，满座重闻皆掩泣。"

评析

　　这首词作年不详。邓广铭《稼轩词编年笺注》据广信书院本编次附于淳
熙九年(1182)诸作之后。

　　题咏乐器，自应以相关乐曲及典故为题中内容，稼轩这首题咏琵琶的词
作，其特色在于择取数种琵琶曲和几则典故，调度成充满世事感慨和人生别
怨情调的琵琶新曲。起笔切入所咏之物，亮出制作精美的琵琶。龙香拨和凤
尾状的弦槽，暗示出琵琶即将奏出乐曲，与末尾"弹到此，为呜咽"二句相呼
应，令读者感到全词展示的就是一部琵琶曲的演奏过程。上片可视为乐曲的
两个乐章。第一乐章由盛唐名曲《霓裳羽衣》终奏开始，一"罢"字蕴含白居易
《长恨歌》中"渔阳鼙鼓动地来，惊破《霓裳羽衣曲》"之意。历经安史之乱，盛
唐转衰，几番风月，曾经"名属教坊第一部，曲罢长教善才服"的京城琵琶
女，流落到浔阳江上独守空船，所弹奏的《霓裳》"弦弦掩抑声声思，似诉平生不得
志"，引发"谪居卧病浔阳城"的白居易慨叹"同是天涯沦落人"，为之翻作《琵

琶行》，重闻其曲则泪湿青衫。这便是稼轩词所谓"最苦浔阳江头客"。第二乐章转到昭君出塞。如果说第一乐章所表现的世事人生感慨因其江南水乡背景而呈现出凄婉情调，那么第二乐章则为读者展现茫茫无际、尘沙飞扬、风雪弥漫的塞北离愁、家国别恨，旋律哀怨悲壮。

过片开启第三乐章，叙述征妇独守寒窗，怀抱琵琶，含泪弹奏，倾诉相思之苦。其情事仿佛在重现沈佺期《独不见》中"卢家少妇"的故事："九月寒砧催木叶，十年征戍忆辽阳。白狼河北音书断，丹凤城南秋夜长。"所不同的是稼轩以细腻的笔触勾画出了思妇弹奏琵琶时的神情举止，给人以如临其境之感。

"千古事"之后为末曲，感叹世事如云烟，人生短暂，繁华易歇。全词展现的乐曲在呜咽声中结束，又令人想到《琵琶行》的结尾"凄凄不似向前声，满座重闻皆掩泣。座中泣下谁最多，江州司马青衫湿"。稼轩对白居易从京官贬为江州司马的遭遇感慨尤深，也透露出其自身遭受罢职的失意心态。

贺 新 郎

陈同父自东阳来过余①，留十日，与之同游鹅湖②，且会朱晦庵于紫溪③，不至，飘然东归。既别之明日，余意中殊恋恋，复欲追路，至鹭鸶林④，则雪深泥滑，不得前矣。独饮方村⑤，怅然久之，颇恨挽留之不遂⑥也。夜半投宿吴氏泉湖四望楼⑦，闻邻笛甚悲⑧，为赋《乳燕飞》⑨以见意。又五日，同父书来索词，心所同然者如此，可发千里一笑。

把酒长亭说。看渊明⑩、风流酷似，卧龙诸葛⑪。何处飞来林间鹊，蹙踏⑫松梢残雪。要破帽多添华发。剩水残山无态度，被疏梅料理成风月。⑬两三雁，也萧瑟⑭。　　佳人⑮重约还轻别。怅清江天寒不渡，水深冰合。路断车轮生四角⑯，此地行人销骨⑰。问谁使君来愁绝？铸就而今相思错，料当初费尽人间铁。⑱长夜笛，莫吹裂。⑲

注释

① 陈同父：即陈亮（1143—1194），字同父，亦作同甫。婺州永康（今属浙江）人。稼轩知友。东阳：县名，今浙江东阳市。

② 鹅湖：山名，在今江西铅（yán）山县。山上有湖，原名荷湖，东晋人龚氏居山养鹅，改名鹅湖。

③ “且会”句：朱晦庵，即朱熹（1130—1200），字元晦，一字仲晦，别号晦庵。徽州婺源（今属江西）人。紫溪，镇名，在铅山县南。

④ 鹭鹚林：疑在常山县（今属浙江）鹭鹚山。

⑤ 方村：疑即常山县芳村溪。

⑥ 不遂：未成。

⑦ 吴氏泉湖四望楼：不详，当在方村附近。

⑧ “闻邻笛”句：暗用西晋向秀闻笛典故。向秀《思旧赋序》谓路过故友嵇康、吕安旧居时，“邻人有吹笛者，发声寥亮。追思曩昔游宴之好，感音而叹，故作赋云”。

⑨ 《乳燕飞》：《贺新郎》之别名，源自苏轼《贺新郎》词句“乳燕飞华屋”。

⑩ 渊明：即陶渊明。此喻陈亮。

⑪ 卧龙诸葛：即诸葛亮（181—234），字孔明，琅邪阳都（今山东临沂市沂南县）人。三国时蜀相。早年躬耕隆中（今湖北襄阳市西），友人徐庶荐于刘备，人称“卧龙”。

⑫ 蹙(cù)踏：践踏。

⑬ "剩水"二句：意谓溪流浅落，山林凋残，全无生气，被几枝稀疏的梅花装点成了风月美景。

⑭ 萧瑟：寂寞凄凉。

⑮ 佳人：指陈亮。

⑯ "路断"句：言道路阻断，车轮像长了角一样难行。陆龟蒙《古意》："愿得双车轮，一夜生四角。"

⑰ 销骨：刻骨销魂。

⑱ "铸就"二句：借铸铁为错刀，喻友人间情谊深厚致使别后刻骨思念。错，有错刀、错误二义。此取错刀之意，喻刻骨相思之情。《资治通鉴》卷二六五载唐天祐三年(906)，魏州节度使罗绍威因牙军不为所制，乞援汴帅朱全忠。汴军留魏半年，耗费无数。汴军去后，"绍威悔之，谓人曰：'合六州四十三县铁不能为此错也。'"此双关错刀、错误二义。

⑲ "长夜笛"二句：意谓夜长而笛声不息，莫要把竹笛吹裂。此用唐开元间镜湖独孤生吹裂竹笛典故(见《太平广记》卷二〇四"李谟"条)。

评析

这首词作于淳熙十五年(1188)冬。稼轩时年四十九，闲居带湖。

词序简明叙述了作词事由。陈亮自东阳来到上饶，与稼轩相聚同游十余日。因朱熹爽约未至，陈亮"飘然东归"。别后第二天，稼轩恋念不已而欲追回陈亮，途中为大雪所阻，怅然独饮，夜闻邻笛，赋词见意。事情经过清晰明了，其言语情调则透露出此次鹅湖之会的非同一般。辛、陈为志同道合的挚友，性情豪爽，均非儿女情长之人。此次相聚十余日而别，亦非聚散匆匆，且二人所居相距并不遥远，陈亮归后"书来索词"，仅五六天，可见传书、互访均非难事，稼轩别后何以"意中殊恋恋"？何至于以带病之身（辛氏同调和答陈亮词有云"我病君来高歌饮"）冒雪追之？追之不及而竟至于"怅然久之，颇恨挽留之不遂也"。细品词序，可以感到：其一，辛、陈此次相聚倾谈甚欢。数年后辛氏在《祭陈同父文》中述及二人平生交情时难以忘怀的是"与同父憩鹅湖之清阴，酌瓢泉而共饮，长歌相答，极论世事"。"极论世事"一语，以及本词誉陈亮"风流酷似、卧龙诸葛"，透露出二人鹅湖聚谈应关涉抗金恢复之事。其二，此次相聚又留下了深深的遗憾，其原因在于朱熹的爽约。当时畏金如虎的太上皇赵构驾崩后，平生志在恢复的陈亮感到时局转机来临，希望其眼中的文臣、武将之翘楚朱熹、辛弃疾能合力完成恢复大业，因而精心策划了这次辛、陈、朱三方会晤，朱熹却没有赴约。辛、陈二人当对此深感遗憾，别后亦难释怀，稼轩遂"意中殊恋恋，复欲追路"。

本词为稼轩首唱之作，从长亭话别起笔，继而以陶渊明、诸葛亮拟比陈亮，既暗示出二人聚谈关涉世事时局，也与陈氏身在田园而心系天下的志趣才识相称。陈氏自述早年即"慨然有经略四方之志"（《中兴五论跋》），平生志在抗金恢复，鉴古论今，考察军事地形，屡次上书孝宗论述抗敌策略。词中谓其"风流酷似，卧龙诸葛"，确非虚誉，同时也见出稼轩对陈亮的知赏。

词为别后寄怀之作，自然以别情为主旨。"看渊明"二句从相聚过渡到相别，流露出相知的欢洽，也反衬出相别的凄然和别后的怅然。上片"何处"句以下即描述相别情境，融情入景。一片残山剩水之中，点缀的是几枝梅花、雪松上的几只喜鹊和空中几只凄凉飞鸣的大雁，两位壮志难酬的豪杰人物对此话别，那份悲凉是可以想见的。

下片叙述别后追之不及的情形。过片"重约"二字，见出陈亮对此次会晤的重视；"轻别"，即序中所言"飘然东归"，可见出陈氏的急躁性情和失望心态，稼轩别后的匆匆追赶，当存有劝慰友人的意图，同时对朱熹的赴约或许还保留一线希望,意欲追回陈亮再等些时日。然而终因天寒地冻,水陆两绝,未能追及挽留,怅然愁绝!"行人销骨",乃自述情怀。"问谁使"一问跌宕情势,笔触转到友人,而"问君"同时也是自问,故以相互间的深挚交情作答。末二句以夜闻邻笛作结,上句写实,下句言情,反用独孤生吹裂竹笛典故,抒发闻笛之悲,句势斩截而情韵不绝。

贺 新 郎

同父①见和,再用韵答之

老大那堪说②。似而今元龙臭味,孟公瓜葛。③我病君来高歌饮,惊散楼头飞雪。笑富贵千钧如发④。硬语盘空⑤谁来听? 记当时只有西窗月。重进酒,换鸣瑟。　　事无两样人心别。问渠侬、神州毕竟,几番离合?⑥汗血盐车无人顾⑦,千里空收骏骨⑧。正目断、关河路绝。我最怜君中宵舞⑨,道"男儿到死心如铁"。看试手,补天裂⑩。

注释

① 同父:即陈亮。

② "老大"句:意谓人老了没什么可说。此句承答陈亮和词起句"老去凭谁说"。

③ "似而今"二句:意谓如今只有你陈同父和我意气相投,常有来往。元龙,指东汉陈登,字元龙,下邳(今江苏邳州市)人。性格豪爽,心忧天下。臭味,意气。孟公,指西汉陈遵,字孟公,杜陵(在今陕西西安)人。性好客。此以同姓古人喻指陈亮。瓜葛,交游。

④ 千钧如发：视千钧如毛发。千钧，形容重量之极大。韩愈《与孟尚书书》：
  "其危如一发引千钧。"

⑤ 硬语盘空：言语铿锵盘旋。韩愈《荐士》："横空盘硬语，妥帖力排奡。"

⑥ "问渠侬"二句：请问神州大地到底有过几次分裂？意谓自古以来，神州统
  一为大势主流。渠侬，他。此为泛指。离合，偏义复词，偏指"离"义。

⑦ "汗血"句：千里马被用来拉盐车而无人关注。《战国策·楚策四》载老骏
  马拉盐车上太行山，汗流力竭而不能上。伯乐见而哭之，马感伯乐之知
  己，"仰而鸣，声达于天，若出金石声者"。汗血，指汗血马，西域大宛所产
  天马，汗出如血，一日千里。

⑧ "千里"句：千里马老死后徒然收其尸骨。《战国策·燕策一》载古有涓
  人（内侍官）奉君命寻求千里马，三月而得，"马已死，买其首五百金"。

⑨ 中宵舞：半夜起舞。此用晋祖逖、刘琨典故。《晋书·祖逖传》载逖与刘琨
  交善，并有英气，心怀时世，半夜闻鸡鸣而起舞。

⑩ 补天裂：喻收复失地。《淮南子·览冥训》载："往古之时，四极废，九州裂，
  天不兼覆，地不周载。……于是女娲炼五色石以补天。"

评析

　　这首词作于淳熙十五年（1188）末或十六年初。稼轩时年四十八九，闲居
带湖。

　　陈亮和词起笔即发出怨愤无处倾诉之叹："老去凭谁说！"词中表明恢复
之事刻不容缓，慨叹报国无门而只能与稼轩互诉衷肠，但对抗金恢复大业仍
信心坚定。想必辛氏读罢，眼前顿时浮现出不久前聚谈中的陈同父，故而在
答词中首先便重温两人相聚时极论世事的情景。上片"我病"句以下展现出
高歌畅饮、高谈阔论的慷慨豪迈气势，同时长夜默默相伴倾听的西窗月则映

衬出英雄相惜、知音恨少的悲凉。

下片应和陈亮词作,笔触转到时局。过片"事无两样人心别",指世人对金兵的侵占有不同想法,即抗战和妥协两种态度。接下"问渠侬"二句,便以分裂必归统一的历史事实斥责和警醒对金妥协者。"汗血"三句,回到现实,感叹妥协主和派当权,致使英雄无用武之地,终将老死而无所作为,河山依然破裂。时局令稼轩愤慨,而友人誓死不渝的抗金壮志则令其敬佩,并为之振奋,充满信心。结末四句即抒发此情,是对友人词作末尾坚强信念的呼应,也是与友人共勉。

贺 新 郎

用前韵送杜叔高①

细把君诗说。恍余音、钧天浩荡,洞庭胶葛。②千丈阴崖尘不到,惟有层冰积雪。③乍一见寒生毛发。自昔佳人多薄命④,对古来一片伤心月。金屋冷⑤,夜调瑟。　　去天尺五君家别⑥。看乘空鱼龙惨淡,风云开合。⑦起望衣冠神州路,白日消残战骨。⑧叹夷甫诸人清绝⑨。夜半狂歌悲风起,听铮铮阵马檐间铁⑩。南共北,正分裂。

> 注释

① 前韵:指《贺新郎》(把酒长亭说)、《贺新郎》(老大那堪说)词韵。杜叔高:
   即杜斿(liú),字叔高。金华兰溪(今属浙江)人。兄弟五人俱博学工文,人
   称"金华五高"。

② "恍余音"三句:恍,四卷本作"怅"。钧天,指神话中的钧天广乐,《史

记·赵世家》载赵简子梦游天庭,"与百神游于钧天,广乐九奏八舞,不类三代之乐,其声动心"。洞庭,广庭。《庄子·天运》:"黄帝张《咸池》之乐于洞庭之野。"胶葛,形容旷远。司马相如《上林赋》:"张乐乎胶葛之寓。"

③ "千丈"二句:喻诗境冷峭高洁。千丈,四卷本作"千尺"。阴崖,背阳悬崖。

④ "自昔"句:佳人,喻贤能才士。此指杜斿。苏轼《薄命佳人》:"自古佳人多薄命,闭门春尽杨花落。"

⑤ "金屋"句:化用汉武帝金屋藏娇典故。《汉武故事》:"若得阿娇作妇,当作金屋贮之也。"

⑥ "去天"句:形容杜氏家世显贵,不同一般。《辛氏三秦记》:"城南韦、杜,去天尺五。"

⑦ "看乘空"二句:鱼龙惨淡经营,一旦腾空,风起云涌。

⑧ "起望"二句:神州礼仪之地,如今白日之下遍地残骨,渐趋消尽。衣冠,指文明礼仪。

⑨ "叹夷甫"句:可叹权臣们似王衍只尚清谈。夷甫,即王衍,字夷甫,西晋琅邪临沂(今属山东省)人,官至宰辅,不务国事,崇尚清谈。《晋书·桓温传》载桓温北伐,眺望中原,慨然曰:"遂使神州陆沉,百年丘墟,王夷甫诸人不得不任其责。"

⑩ "听铮铮"句:听屋檐下的风铃铮铮如战马驰骋。檐间铁,指铁马,檐马。又称风铃,风马儿。

评析

这首词大概作于淳熙十六年(1189)初。稼轩时年五十,闲居带湖。

杜叔高造访之前,陈亮来访,别后以词唱和,互诉情怀。杜、陈、辛三人均为志同道合的好友。可以想到，如今的杜、辛聚谈，和不久前的辛、陈聚谈，话题大致相同。稼轩自然会谈及陈亮来访和相互以词唱和之事，用与陈亮酬唱的词调词韵来送别杜氏，也透露出三人间相知深情。

陈亮曾称赏杜叔高的诗作"如干戈森立，有吞虎食牛之气"（《复杜仲高书》）。稼轩的词作也从评说其诗落笔。"恍余音"二句，言诗情余韵悠扬缥缈；"千丈"三句，言诗品高洁冷峻。"自昔"以下数句，由品诗转到品人，以佳人命薄，独守凄冷金屋，伤心对月抚瑟，拟比杜氏才高不遇，赋诗寄怀。

下片转而从杜氏显贵家世入笔，望其抛开个人得失，如鱼龙乘风云而腾空，奋起而济世。曾是衣冠士人聚集的中原大地沦陷已久，当年抗敌战死者的遗骨将消尽在风吹日晒中。言外之意，人们渐渐忘怀敌仇而不思恢复，而更可叹的是当今士风尚清谈而弃事功。这就是稼轩勉励杜氏的缘由，也是其夜半狂歌的缘由，曾经驰骋抗金战场的经历则令其夜闻檐下风铃，仿佛置身于战马奔腾的阵地。言语间令读者深切感受到稼轩的满腔激愤。结尾笔调回到现实时局，词句铿锵有力，激荡出沉痛的愤恨和忧虑。

贺 新 郎

邑中园亭，仆皆为赋此词。一日，独坐停云①，水声山色，竞来相娱，意溪山欲援例者②，遂作数语，庶几仿佛渊明思亲友之意③云。

甚矣吾衰矣④。怅平生、交游零落，只今余几！白发空垂三千丈⑤，一笑人间万事⑥。问何物、能令公喜。⑦我见青山多妩媚⑧，料青山、见我应如是。情与貌，略相似。　　一尊搔首东窗里。想渊明、《停云》诗就，此时风味。⑨江左沉酣求名者,岂识浊醪妙理。⑩回首叫、云飞风起。⑪不恨古人吾不见,恨古人、不见吾狂耳。⑫知我者,二三子。⑬

注释

① 停云:稼轩瓢泉所建堂名。其《临江仙》有云:"偶向停云堂上坐。"

② "意溪山"句:料想溪山欲依邑中园亭之例,索词题咏。

③ "庶几"句:大体有如陶渊明思亲友之意。庶几,或许,大概。陶渊明《停云》诗序云:"停云,思亲友也。"

④ "甚矣"句:《论语·述而》:"子曰:甚矣吾衰也!久矣吾不复梦见周公。"

⑤ "白发"句:李白《秋浦歌》:"白发三千丈,缘愁似个长。"

⑥ "一笑"句:言世间万事,一笑置之。苏轼《僧惠勤初罢僧职》:"今来始谢去,万事一笑空。"稼轩《鹧鸪天》:"万事纷纷一笑中。"

⑦ "问何物"二句:《世说新语·容止》载东晋王珣、郗超均有奇才,分别任大司马桓温主簿和记室参军。"超为人多须,珣状短小。于时荆州为之语曰:'髯参军,短主簿,能令公喜,能令公怒。'"

⑧ "我见"句:言我见青山秀美可爱。《新唐书·魏征传》载唐太宗语:"人言征举动疏慢,我但见其妩媚耳。"

⑨ "一尊"三句:东窗把酒踌躇,想必当年渊明吟成《停云》诗,其情怀当即如此。陶渊明《停云》:"静寄东轩,春醪独抚。良朋悠邈,搔首延伫。"

⑩ "江左"二句:当年晋宋名士以醉酒求名,怎知浊酒之妙理。苏轼《和陶诗·和饮酒》:"江左风流人,醉中亦求名。渊明独清真,谈笑得此生。"浊醪妙理,杜甫《晦日寻崔戢李封》:"浊醪有妙理,庶用慰沉浮。"江左,即江东。东晋及宋、齐、梁、陈建都金陵,偏居江东。

⑪ "回首"二句:《史记·高祖本纪》载刘邦自为歌诗曰:"大风起兮云飞扬,威

加海内兮归故乡,安得猛士兮守四方。"

⑫ "不恨"二句:我不怨见不到古人,只怨古人见不到我的狂放。此用南朝张

融语:"不恨我不见古人,所恨古人又不见我。"(《南史·张融传》)

⑬ "知我者"二句:真知我心者只有两三人而已。二三子,用孔子对弟子的称

谓,如《论语·述而》:"子曰:二三子以我为隐乎? 吾无隐乎尔。吾无行而

不与二三子者,是丘也。"何晏集解引包咸曰:"二三子,谓诸弟子。"

评析

据邓广铭《稼轩词编年笺注》考证,这首词作于嘉泰元年(1201)。稼轩时

年六十二,闲居瓢泉。

词作题咏停云山水,寄寓思友之情,乃因"停云"一名本自渊明"思亲友"

之诗《停云》。稼轩有"櫽括渊明《停云》诗"之《声声慢》,多袭用其语,见出对

渊明此诗的爱赏。本词则立足于自身情怀,取渊明诗意相呼应。起笔怅然浩

叹:自身已衰老,故友多零落。迟暮之悲、伤友念友之情溢于言表。"白发"

句承"吾衰","空垂三千丈"则以夸饰笔调传达出无尽的悲怨和无奈,"一笑"

句又作突转之笔,超然笑对世间万事,其意脉亦暗承"交游零落"语。摆脱叹

老思友之情,自问何以娱悦情怀? 青山妩媚,相知相悦。此即关合词序"水声

山色,竞来相娱"之意。

过片遥承"怅平生交游",落笔思友之情。把酒临窗,心念故友,仿佛当

年渊明吟咏《停云》诗情状。此笔关合词序"独坐停云"语,自身情怀与渊明

风味比附映衬,而渊明与酒又引出对饮酒妙理的感慨。"江左"二句,即取

苏轼《和饮酒》诗意:"江左风流人,醉中亦求名。渊明独清真,谈笑得此

生。"浊醪之妙理在令人超脱得失名利,清真率性,笑谈平生。渊明即得其

妙理者,稼轩亦识其妙理,呼风唤云,笑傲古今。然而知音甚少,结末二句

回到念友之意："知我者，二三子。"既为有二三知己而欣慰，又为知己寥寥而感叹，意味悠然。

岳珂《桯史》载稼轩甚爱此词，每自诵其警句"我见青山""不恨古人"数句，"拊髀自笑，顾问坐客何如。皆叹誉如出一口"。此数句在全词起伏跌宕的情调变化中有似双峰对峙，展现出稼轩超脱嗟老伤世、念故思友之情的洒落狂放情怀。

贺 新 郎

别茂嘉十二弟。鹈鴂、杜鹃实两种，见《离骚补注》①

绿树听鹈鴂。更那堪、鹧鸪声住，杜鹃声切。②啼到春归无寻处，苦恨芳菲都歇。③算未抵、人间离别。马上琵琶关塞黑④，更长门、翠辇辞金阙⑤。看燕燕，送归妾。⑥　　将军百战身名裂。向河梁、回头万里，故人长绝。⑦易水萧萧西风冷，满座衣冠似雪。正壮士悲歌未彻。⑧啼鸟还知如许恨，料不啼清泪长啼血。谁共我，醉明月？

注释

① 茂嘉十二弟：稼轩族弟，十二为其行第。生平不详。鹈鴂（tíjué）、杜鹃：皆鸟名。杜鹃，又名子规。洪兴祖《楚辞补注·离骚》"恐鹈鴂之先鸣兮"句补注："子规、鹈鴂二物也。"

② "更那堪"二句：鹧鸪，鸟名，俗谓其啼声似说："行不得也哥哥。"杜鹃，又名杜宇，传说为古蜀国望帝杜宇之精魄所化，至春则啼，哀怨凄切。

③ "啼到"二句：意谓鹈鴂啼鸣而春归无迹，芳草衰歇，令人哀伤。《楚辞·离

骚》："恐鹈鴃之先鸣兮,使夫百草为之不芳。"《禽经》："鵙鴃鸣而草衰。"鵙,同"鹈"。

④ "马上"句：言昭君出塞,马上琵琶哀怨,关塞悠远昏黑。《汉书·匈奴传下》载汉元帝"以后宫良家子王嫱字昭君赐单于"。石崇《王明君辞》序："王明君者,本是王昭君,以触文帝讳改之。匈奴盛请婚于汉,元帝以后宫良家子昭君配焉。昔公主嫁乌孙,令琵琶马上作乐以慰其道路之思。其送明君亦必尔也。"

⑤ "更长门"二句：言汉武帝陈皇后失宠,辞别皇宫,退居冷宫长门。《汉书·外戚传上》载陈皇后"擅宠骄贵十余年而无子",后失宠,退居长门宫。司马相如《长门赋》序："孝武皇帝陈皇后时得幸,颇妒,别在长门宫,愁闷悲思。"翠辇,指宫车。金阙,指皇帝宫阙。

⑥ "看燕燕"二句：言春燕飞舞,送别侍妾归去。《诗经·邶风·燕燕》毛序："《燕燕》,卫庄姜送归妾也。"郑笺："庄姜无子,陈女戴妫生子名完。庄姜以为己子。庄公薨,完立,而州吁杀之。戴妫于是大归。庄姜远送之于野,作诗见己志。"诗云："燕燕于飞,差池其羽。之子于归,远送于野。瞻望弗及,泣涕如雨。"

⑦ "将军"三句：河梁,桥梁。后代指分别之地。此用李陵、苏武别离典故。《汉书·李广苏建传》载李陵"善骑射,爱人,谦让下士,甚得名誉。武帝以为有广之风"。拜骑都尉,屡与匈奴战,后兵败而降,声名毁裂。苏武使匈奴被拘十九年后归汉。李陵置酒饯别,有云："异域之人,一别长绝。"又起舞而歌曰："径万里兮度沙幕,为君将兮奋匈奴。路穷绝兮矢刃摧,士众灭兮名已隤。"《文选》卷三十九载李陵《与苏武诗》："携手上河梁,游子暮何之。"

⑧ "易水"三句：易水,在今河北保定易县。此用燕太子丹别荆轲典故。《史记·刺客列传》载荆轲为燕太子丹刺秦王,"太子及宾客知其事者,皆白衣

冠以送之。至易水之上,既祖,取道。高渐离击筑,荆轲和而歌,为变徵之声。士皆垂泪涕泣。又前而为歌曰:'风萧萧兮易水寒,壮士一去兮不复还。'复为羽声忼慨。士皆瞋目,发尽上指冠"。

评析

这首词作年难以确考。蔡义江、蔡国黄《辛弃疾年谱》推定为嘉泰四年(1204)暮春所作,大体可信。稼轩时年六十五,知镇江。

离别为词中常见题材,稼轩此类词作亦不少,本词即其名作,章法别具一格。全词打破通常的分片定格,将上下片融为一体。起五句点明送别时在暮春,以鹈鴃、鹧鸪、杜鹃等春鸟哀啼、春归花谢,渲染出凄楚悲切的别离氛围。"更那堪""春归无寻处""苦恨芳菲都歇"等语句,笔墨浓重,情调哀怨,笔法上为人间别恨作铺垫。"算未抵"句收束上文,落笔到人间送别情事,开启下文。"马上琵琶关塞黑"至下片"壮士悲歌未彻"十句,铺排五则有关离别的典故。上片三则均为宫妃之别,哀婉凄怨;下片两则为将军、壮士之别,慷慨悲壮。"啼鸟"二句与起笔数句遥相呼应,"如许恨"三字则紧承上述人间别离情事。啼鸟若能感知人间别恨,都将"不啼清泪长啼血",则别离之人,其情何以堪!末二句暗承此意,关合送别茂嘉题旨,谓别后无人相伴醉赏明月。笔脉由啼鸟转到离人,字面上有些突兀,然意脉暗通,结以问句,于豪宕笔调中寄寓深切的离思别恨,情韵振荡悠长。

通观全词,首尾扣合题意,中间列述人间离别典故。收放转合,章法井然,别恨之意贯通全篇。前人谓其似江淹《恨赋》《别赋》、李白《拟恨赋》,即就其首尾述意、中段铺叙典故之章法而言。

唐 河 传

效《花间》①体

　　春水,千里,孤舟浪起。②梦携西子③。觉来村巷夕阳斜。几家,短墙红杏花④。　　晚云做造些儿雨。折花去,岸上谁家女。太狂颠。那边,柳绵,被风吹上天⑤。

注释

① 《花间》:指《花间集》,五代时后蜀赵崇祚编,录温庭筠、韦庄等十八位词人的五百首词作,为现存最早的文人词总集,题材以男女情思、伤春怨别等为主,格调婉美幽约。

② "春水"三句:苏轼《次韵王定国南迁回见寄》:"桃花春涨孤舟起。"张耒《村晚》:"孤舟春水路,芳草夕阳村。"

③ 西子:指西施。春秋时越国美女,入吴宫助越灭吴后,随范蠡泛舟五湖。

④ "短墙"句:叶绍翁《游园不值》:"春色满园关不住,一枝红杏出墙来。"

⑤ "柳绵"二句:苏轼《蝶恋花》:"枝上柳绵吹又少。"

评析

　　这首词作年不详。词作仿效《花间》格调,抒写春思情怀。词以梦境开始,梦中与西子相伴,泛舟于碧波荡漾的千里春江之上。梦醒时分,夕阳映照村巷,几家院落,红杏花枝探出矮墙。傍晚微雨,一位佳人摘下一枝花翩然离去,不远处柳絮在风中飞舞。四幅画面组合成杏花春雨江南的图景,景中那位梦携西施泛舟春江之人和岸边雨后摘花的女子,寄托着青春男女间的相思,而浩荡的春水碧波、夕阳下的杏花、雨水滋润的杏花、风中狂颠的柳绵,也喻示青春情思之美妙韵味。词中的意象情事与《花间集》相类似,且脉络清晰,令读者如临其境,与花间代表词人之一的韦庄词风相近。

浪　淘　沙

山寺夜半闻钟

身世酒杯中。① 万事皆空。古来三五个英雄。雨打风吹何处是？汉殿秦宫。② 　梦入少年丛③。歌舞匆匆。老僧夜半误鸣钟。④惊起西窗眠不得,卷地西风。

注释

① "身世"句:言开怀畅饮中度过平生。《世说新语·任诞》载西晋张翰性情旷达,曾说:"使我有身后名,不如即时一杯酒。"

② "古来"三句:古往今来三五位英雄,豪华富丽的汉殿秦宫,历经世间风吹雨打,无处觅影踪。其意趣即稼轩《永遇乐》所云:"千古江山,英雄无觅,孙仲谋处。舞榭歌台,风流总被,雨打风吹去。"

③ 少年丛:指少年聚游。

④ "老僧"句:张继《枫桥夜泊》:"姑苏城外寒山寺,夜半钟声到客船。"欧阳修《六一诗话》认为张继有误,"说者亦云:句则佳矣,其如三更不是打钟时"。

⌈评析⌋

　　这首词作年不详。词题作"山寺夜半闻钟"，或许与"醉宿崇福寺"所作《临江仙》（莫向空山吹玉笛）大略同时，疑作于淳熙十四年（1187）之前闲居带湖期间。

　　夜宿山寺，梦入少年欢游，却被夜半钟声惊醒，梦破难续，窗外风声呼啸，想到人世间多少英雄豪杰、盛事壮举，都在历史的风吹雨打中销声匿迹，由此兴感而赋词。起笔二句盖从醉宿山寺起兴，感慨人生世事之虚幻空无。"古来"三句直承"万事皆空"。"三五个英雄""汉殿秦宫"为世间豪杰盛事，仍不免归于沉寂，则平常人事怎能不终成空无？

　　词作上片抒发感慨，先声夺人；下片补叙感发情境背景，夜半寺钟惊梦、窗外秋风呼啸之境况，为上片的理趣感发——作了情景上的铺垫：梦境中的少年欢游，为"身世酒杯中"作铺垫；寺钟破梦，为"万事皆空"作铺垫；"卷地西风"，为世事变迁中的"雨打风吹"作铺垫。全词情景理趣相融一体，内在脉理贯通。

浣　溪　沙

壬子春，赴闽宪，别瓢泉①

　　细听春山杜宇②啼。一声声是送行诗。朝来白鸟背人飞。③　　对郑子真岩石卧④，趁陶元亮菊花期⑤。而今堪诵《北山移》⑥。

注释

① 四卷本题作"泉湖道中赴闽宪别诸君"。壬子，宋光宗绍熙三年(1192)。闽宪，福建提点刑狱。宪，提点刑狱的简称。

② 杜宇：指杜鹃鸟，亦名子规，传说为战国时蜀王望帝杜宇魂魄所化。

③ "朝来"句：早上白鸥背离人而飞去。稼轩初至带湖之时曾与白鸥结盟(《水调歌头·盟鸥》)，如今却背盟赴闽宪之任，暗含愧疚、自嘲之意。杜甫《归雁》："双双瞻客上，一一背人飞。"温庭筠《渭上题》："桥上一通名利迹，至今江鸟背人飞。"按，稼轩《鹧鸪天》(水底明霞十顷光)："背人白鸟都飞去，落日残鸦更断肠。"

④ "对郑子真"句：郑子真，汉成帝时人，隐居于云阳(今陕西咸阳淳化县西北)谷口。扬雄《法言·问神》："谷口郑子真，不屈其志而耕乎岩石之下，名震于京师。"

⑤ "趁陶元亮"句：陶渊明，字元亮。爱菊，其《饮酒》诗有云："采菊东篱下，悠然见南山。"萧统《陶渊明传》载渊明"尝九月九日出宅边菊丛中坐，久之，满手把菊"。

⑥ 《北山移》：指南齐孔稚珪《北山移文》。北山，指钟山(今江苏南京市东紫金山)，因位于都城之北，故称。孔稚珪与周颙同隐北山，后周颙应诏出仕，返京路过北山，稚珪乃作此文，假托山灵讽刺周颙，拒绝其入山。移文，檄文，一种晓谕、申讨性文体。

评析

这首词作于绍熙三年(1192)春。稼轩时年五十三，赴任福建提点刑狱。

宋初有隐士名种放，不事举业，隐居终南山，自称"退士"。后应召出山，官左司谏，直昭文馆。数年后告归终南山，"是日召见，宴钱于龙图阁。上作诗赐放，命群臣皆赋且制序。杜镐辞以素不属文，诏令引名臣归山故事，镐因诵《北山移文》，其意盖讥放也"（《续资治通鉴长编》）。稼轩词谓"而今堪诵《北山移》"，乃以自嘲之笔调抒写告别瓢泉的情形及感受。上片言"别瓢泉"，起笔二句谓杜鹃声声送行，其悲啼中似有怨愤，如孔稚珪《北山移文》所述"蕙帐空兮夜鹤怨，山人去兮晓猿惊"。"朝来"一句即明言白鸟愤然离去。稼轩闲居期间有"盟鸥"词作《水调歌头》云："凡我同盟鸥鹭，今日既盟之后，来往莫相猜。白鹤在何处，尝试与偕来。"此处"白鸟"亦即鸥鹭白鹤之类，其"背人飞"即对稼轩不守盟约、应召出山之举的失望。

词作下片借古人郑子真、陶渊明自喻带湖闲居之生活情状：林泉高卧，把酒赏菊。如今却应召赴官，不免令人想到孔稚珪《北山移文》所讥刺的周颙。词作结末遂云"而今堪诵《北山移》"。此与上片结句"白鸟背人飞"相呼应，笔调中流露出自嘲意味。然而自嘲之外更见出稼轩的功业心志，抗金复国为其平生之志，南渡以来壮志未酬，中年罢居十年，与宋廷和议时局有关。叶绍翁《四朝闻见录》载："上（孝宗）每侍光尧（高宗），必力陈恢复大计以取旨。光尧至曰：'大哥，俟老者百岁后，尔却议之。'上自此不复敢言。"可见高宗赵构堪称主和派之靠山。淳熙十四年（1187）高宗驾崩，抗金志士即感到转机来临，如稼轩挚友陈亮便于次年春至金陵、京口察看形势，旋即上书孝宗皇帝："今者高宗皇帝既已祔庙，天下之英雄豪杰皆仰首以观陛下之举动"，并奏请孝宗"命东宫为抚军大将军，岁巡建邺，使之兼统诸司，尽护诸将，置长史、司马以专其劳。……兵虽未出，而圣意振动，天下之英雄豪杰靡然知所向矣"。（《戊申再上孝宗皇帝书》）是年冬陈亮往上饶访稼轩，并约朱熹相聚，盖意欲联手当时文臣、武将之翘楚朱熹、稼轩合力完成恢复大业。朱熹爽约，辛、陈二人"长歌相答，极论世事"（辛弃疾《祭陈同父文》）。所谓"世事"当即恢复之事。至绍熙元年(1190)十二月,朝中反对起用稼轩的两位重臣左丞相周必大、枢密使王蔺先后被罢黜,力主恢复、反对和议的留正任左丞相,时局呈现有利于抗金恢复之气象。稼轩应召出山,其意图当在恢复大计,一年后奉诏入朝,遂奏进《论荆襄上流为东南重地疏》。综合时局变化及稼轩平生志向而言,本词"堪诵《北山移》"之言外寓意颇似北宋王安石"被召将行作"《松间》诗所云:"偶向松间觅旧题,野人休诵《北山移》。丈夫出处非无意,猿鹤从来不自知。"

浣　溪　沙

瓢泉偶作

新葺茅檐次第成①。青山恰对小窗横。去年曾共燕经营。　　病怯杯盘甘止酒②,老依香火苦翻经③。夜来依旧管弦声。

注释

① "新葺"句:新茅屋渐次建成。葺,用茅草修盖房屋。
② "病怯"句:因病而甘愿戒酒,不敢碰酒杯。病怯,原作"病却",兹从四卷本。苏轼《次韵乐著作送酒》:"少年多病怯杯觞,老去方知此味长。"
③ "老依"句:老来烧香拜佛,苦读佛经。秦观《题法海平阇黎》:"因循移病依香火,写得弥陀七万言。"

评析

这首词作于庆元二年(1196)。稼轩时年五十七,移居瓢泉。

　　词题"瓢泉偶作",为瓢泉闲居的偶感之作。稼轩罢官而归,再到期思卜居,经营瓢泉新舍,如今即将落成,当赋词志喜。词作上片叙及新舍将成,窗对青山,并说明新舍经营始于去年春天。叙事简括而完整,笔调中也见出历经一年多的努力而修盖的新舍给稼轩带来的欣慰。然而新舍落成之喜,却不能消融近来因病而生发的烦恼,词作下片遂转言"病""老"之怀。因病而止酒,止酒则难消忧愁,苦读佛经,夜听管弦,似不无消忧解愁之意。词作旨趣不只在为新舍落成而志喜,更在感慨近况,故词题"偶作"。

浣　溪　沙

常山①道中即事

北陇田高踏水②频。西溪禾早已尝新,隔墙沽酒煮纤鳞③。
忽有微凉何处雨,更无留影霎时云。卖瓜声④过竹边村。

注释

① 常山:衢州常山县,因境内有常山而得名。在今浙江衢州常山县。

② 踏水:脚踏水车灌溉。

③ 纤鳞:小鱼。

④ 卖瓜声:声,原作"人",兹从四卷本。

评析

　　这首词作于嘉泰三年(1203)初夏。稼轩时年六十四,在赴任绍兴知府兼浙东安抚使途中经过常山。

词写常山道中所见，描述了江南乡村的初夏农事景象和生活风情。江南入夏转热，地势高的陇田易旱，农作物需人力供水抗旱。词作起句所言即此情景。溪边稻田灌水充足，水稻成熟早，初夏即已收割。词中"西溪"二句言"尝新""沽酒煮纤鳞"，大概是稼轩受到当地农家的热诚款待。上片展现的农民田野劳作和农家沽酒待客场景，令人真切感受到乡村农家的辛苦耐劳和纯朴热情。

下片描述阵雨忽来，霎时雨停云散。午后阵雨是江南夏日的常见天气。阵雨过后，农事一切照常。此时，稼轩把笔触落到卖瓜声，夏日为瓜熟季节，瓜可去暑解渴，卖瓜人村前村后的吆喝当是乡村夏日的一道特色风景。词作以此风景作结，村野风情悠然。

全词呈现出一片自然祥和景象，也透露出稼轩此次赴任的轻松愉悦心情。

添字浣溪沙

病起独坐停云①

强欲加餐竟未佳，只宜长伴病僧斋。②心似风吹香篆过，也无灰。③山上朝来云出岫④，随风一去未曾回。次第前村行雨了⑤，合归来。

注释

① 停云：稼轩瓢泉所建堂名。其《临江仙》有云："偶向停云堂上坐。"

② "强欲"二句：想勉强多吃些却感觉不好，只能如病僧长吃斋。《古诗十九

首·行行重行行》："弃捐勿复道，努力加餐饭。"

③ "心似"二句：言心境空寂。香篆，燃香器具，香炷点燃时烟缕缭绕形似篆文。《庄子·齐物论》："形固可使如槁木，而心固可使如死灰乎？"郭象注："死灰、槁木，取其寂漠无情耳。"稼轩反其语而用其意。

④ "山上"句：山上，原作"山下"，兹从四卷本。陶渊明《归去来兮辞》："云无心以出岫。"岫（xiù），山谷。

⑤ "次第"句：言前村风雨渐次停歇。次第，依次。莫，同"暮"。

评析

　　词题"病起"，与《六州歌头》(晨来问疾)序中"属得疾""小愈"语相应，应为庆元五年(1199)前后之作。稼轩时年约六十，闲居瓢泉。

　　词中所言，可题作"病起独坐看云"。起二句言病起。病体初愈，未能勉强加餐，仍宜斋食素淡。"心似"二句言独坐，盖暗用《庄子·齐物论》中"南郭子綦（qí）凭几而坐"之事，字句上则反用其"心如死灰"之喻，而用意相通，均喻心境超然。

　　下片言看云，亦照应题中"停云"。陶渊明《归去来兮辞》："云无心以出岫，鸟倦飞而知还。"万物各适其性，自由自得之气象充溢于字里行间。稼轩笔下的朝云则似有所为而出岫，非"无心以出岫"，故其随风而去，久未归来。末二句点明朝云出岫乃为行雨，待前村雨过，则当归来。词笔与物谐谑，别具雅趣。

破　阵　子

为陈同父赋壮词以寄之①

　　醉里挑灯看剑，梦回②吹角连营。八百里分麾下炙③，五十弦翻塞外声④。沙场秋点兵⑤。　　马作的卢⑥飞快,弓如霹雳弦惊⑦。了却君王天下事⑧,赢得生前身后名。可怜白发生。

① 陈同父:名亮(1143—1194),字同甫,亦作同父,号龙川。婺州永康(今属浙江)人。才气超迈,喜谈兵事,与稼轩志同道合,有《中兴五论》。壮词:豪放雄壮的词作。

② 梦回:梦中回到。

③ "八百里"句:谓宰牛犒劳部下官兵。八百里,指牛。《世说新语·汰侈》载,西晋王恺有牛名八百里驳,恺与王济比试射箭,以牛为赌物。王恺输,杀牛为炙。麾下,军旗之下,指部下官兵。

④ "五十弦"句:谓演奏雄浑悲壮的瑟曲。五十弦,指瑟。《史记·封禅书》:"太帝使素女鼓五十弦瑟,悲。帝禁不止,故破其瑟为二十五弦。"翻,演奏。

⑤ 点兵:检阅军队。

⑥ 的卢:一种额头有白色斑点的快马。《三国志·蜀志·先主传》载刘备曾骑这种马逃过刘表部下的追杀。

⑦ "弓如"句:弯弓射箭,惊弦声如霹雳。《南史·曹景宗传》载景宗称:"我昔在乡里,骑快马如龙,与年少辈数十骑,拓弓弦作霹雳声。"

⑧ 天下事:指抗金复国大业。

　　这首词作年难以确考,疑作于淳熙十五年(1188)辛、陈鹅湖相会之后。

稼轩时年约五十,闲居带湖。

题曰"壮词",即抒发激情壮志之词。辛、陈二人为志同道合、性情相投的挚友,其共同的人生壮志就是抗金复国,即词中所谓"了却君王天下事"。辛弃疾二十岁出头就曾是一名英勇的抗金义军将领,那段驰骋疆场的经历,伴随着抗金复国的壮志豪情,在其英雄失路的抑郁心怀中不时回旋激荡。本词即假托梦境,展开想象,生动形象地抒发其激荡心怀的抗金理想。

词作章法别具一格,先以大段笔墨极力张扬渲染,最后点醒,一落千丈。起笔至"赢得生前身后名"句,写梦中的抗敌战争场景,意脉相贯,令读者如临其境。"挑灯看剑",透出激战前的杀气;上片"吹角连营"以下,展现出临战前的高涨士气和阵势军威,预示战斗必胜。过片"马作的卢"二句,描写激战场面,战马飞奔、弓箭雷鸣;"了却"二句,结束战斗,完成收复大业。词笔至此,题中"壮词"意蕴写尽,理想完美实现。然而,这一切都是在梦中,结尾"可怜白发生"一笔,以残酷的现实将梦幻击碎,留下无限悲凉的回味。

清 平 乐

博山道中即事①

柳边飞鞚②,露湿③征衣重。宿鹭窥沙孤影④动,应有鱼虾入梦。
一川淡月⑤疏星,浣纱人影娉婷。⑥笑背行人归去,门前稚子啼声。

> 注释

① 博山:在今江西上饶市广丰区。参见《丑奴儿》(烟芜露麦荒池柳)注释①。
② 鞚(kòng):马笼头。此代指马。

③ 露湿：四印斋本作"雾湿"。

④ 窥沙孤影：四卷本作"惊窥沙影"。

⑤ 淡月：原作"明月"，兹从四卷本。

⑥ "浣纱"句：描写浣纱女身影绰约。娉婷，形容女子身姿柔美。

评析

这首词见于四卷本甲集，词题"博山道中即事"，当作于淳熙十五年(1188)正月结集之前闲居带湖期间。

飞马穿行柳边，露湿征衣，令人难测其情，似乎有驰骋受阻之意，即"露重飞难进"（骆宾王《在狱咏蝉》）。驻马静观，眼前的情景是那般的自然恬淡，清婉秀美，风情纯真而充满生趣：沙洲上睡醒的水鸟窥寻梦中的鱼虾，疏星淡月倒映在清澈的溪水中，溪边身影绰约的浣纱女嬉笑着转身归去，呼应着不远处门前幼童的啼唤，洋溢着月光般纯洁而温馨的人间情韵。

词境如同一幅美妙的乡村月夜图，可以想象稼轩驰骋的心志在此情境中渐趋宁静而安详。

清 平 乐

茅檐低小，溪上青青草。醉里吴音相媚好①，白发谁家翁媪②？

大儿锄豆溪东，中儿正织鸡笼。最喜小儿亡赖③，溪头卧剥莲蓬。

注释

---

① 吴音相媚好：相互操吴音亲昵交谈。吴音，吴地方音，辛弃疾当时闲居的

带湖属吴地。四卷本作"蛮音"。

② 翁媪:老翁与老妇。

③ 亡(wú)赖:顽皮。

评析

这首词见于四卷本甲集,当作于淳熙十五年(1188)正月之前闲居带湖期间。

词作呈现出一幅情趣盎然的农家生活和劳动图景。通观全词,读者可以构想出清晰的场景:一条南北流向的小溪穿过青青草地,溪水里长满莲藕。小溪西边有一间矮小的茅屋,屋檐下一对醉意微醺的白发老夫妇,操着本地方言在亲密谈笑。老人的大儿子在小溪东边的豆苗地里锄草,二儿子在屋前草地上编织鸡笼,最小的儿子则躺在溪边剥着莲蓬玩耍。水乡村舍的人情物态,在春天的怀抱里显得那般温情恬适、自然纯朴。

在章法结构上,起笔两句推出茅舍、溪流、草地,铺设下空间全景。下文则移步换景,渐次推出一个个小画面:"醉里"二句写茅舍里的"白发翁媪",先闻其声,后见其人;下片以溪流、草地为背景,呈现出三个儿子的画面。他们静静地劳作或玩耍,与老夫妇在茅舍的亲切谈笑相映成趣,洋溢着农家绵延不息的天伦之乐。

清 平 乐

检校山园,书所见①

断崖修竹②,竹里藏冰玉③。路转清溪三百曲④,香满黄昏雪屋⑤。

行人系马疏篱,折残犹有高枝。⑥留得东风数点,只缘娇懒春迟⑦。

① 原无题,兹从四卷本。

② 修竹:修长的竹子。原作"松竹",兹从四卷本。

③ 冰玉:指梅花。

④ "路转"句:路随溪流曲折伸延。三百曲,指曲曲折折。苏轼《梅花》:"幸有清溪三百曲,不辞相送到黄州。"路转,四卷本作"路绕"。

⑤ "香满"句:化用林逋《山园小梅》诗句:"暗香浮动月黄昏。"雪屋,指稼轩瓢泉居所。其《水调歌头》(日月如磨蚁):"风雨瓢泉夜半,花草雪楼春到。"

⑥ "行人"二句:暗用陆凯折梅寄友之典。《太平御览》卷十九引《荆州记》载南北朝时期陆凯在江南,思念在长安的好友范晔,折梅相寄,并赠诗曰:"折梅逢驿使,寄与陇头人。江南无所有,聊赠一枝春。"

⑦ "只缘"句:只因娇懒的春天迟迟不来。娇懒,原作"娇嫩",兹从四卷本。

评析

　　这首词见于四卷本甲集,当作于淳熙十五年(1188)正月结集之前闲居带湖期间。

　　词作题咏梅花。上片移步换景,依次呈现出竹林里的梅花、溪水边的梅花、雪屋旁的梅花,各具风韵。"断崖"二句,突出梅花的高洁品性,点缀于翠竹林中,如玉石般晶莹闪耀;"路转"二句则突出梅花的绰约风姿和幽香冷韵,其境界与林逋的咏梅名句"疏影横斜水清浅,暗香浮动月黄昏"相通。

　　上片所写为梅花盛开时的风度神韵,下片笔触则转到高枝残梅。过片以折梅情事承上启下,梅花之美令人爱而欲折,梅被来往行人攀折,只剩高枝残留数点。同时,折梅又是寄托思念之情的常用典故,即陆凯折梅寄范晔。稼轩虚用其事,撇开折梅寄相思,而就被折之后的高枝残梅别出新意,在残留的梅花中寄托新春生趣:顽强执着的梅花,在东风里等待着娇懒迟疑的春天。

本词上片取散点式描绘,以修竹、清溪为映衬,落笔于梅花之冰清玉洁、幽韵冷香;下片作定点勾画,以"行人系马疏篱"为陪衬,落笔于折梅寄远、残梅迎春之情思理趣。其构思及笔法均堪称不俗。

清 平 乐

独宿博山王氏庵①

绕床饥鼠,蝙蝠翻灯舞。屋上松风吹急雨,破纸窗间自语。

平生塞北②江南,归来华发苍颜。布被秋宵梦觉,眼前万里江山。

注释

① 博山:在今江西上饶市广丰区。参见《丑奴儿》(烟芜露麦荒池柳)注释①。
② 塞北:北疆边塞。稼轩南渡前曾两度北抵燕山(在今北京西南)。

评析

这首词见于四卷本甲集,当作于淳熙十五年(1188)正月结集之前闲居带湖期间。

全词上片写景,下片抒怀。狂风急雨、秋夜独宿,特定的氛围激荡起稼轩对平生坎坷经历的回忆和感慨。一位曾经驰骋疆场、以抗金复国为抱负的志士豪杰，无奈地退居林泉，一个风雨交加的秋夜，独宿于山中一庵舍，看着室内饥饿的老鼠奔忙寻食，蝙蝠在昏暗的灯光里上下飞舞，听着室外的狂风暴雨吹打窗门，心中怎能不感慨悲愤！那"破纸窗间自语"，分明就是稼轩的内心独白。呼啸的风声、鼓点似的雨声，令稼轩回想起曾经的战火纷飞的疆场，对眼下的归退生涯顿生无限悲哀。年仅四十余而自叹"华发苍颜"，其中的人生悲慨不言而喻。而梦醒时眼前浮现的"万里江山"，正是其魂牵梦萦的失土。壮志未酬便被迫闲居山林，正是其最深切的人生幽愤。

　　本词章法上，上片结句"自语"二字引发下片身世感慨，下片"梦觉"二字则逆摄上片场景，即梦醒所见。上片写实，下片所言"塞北江南""万里江山"均为虚笔，虚实相映，触景感怀，且以幻景结情，苍茫浩叹，忧愤无尽。

清　平　乐

检校山园①，书所见

连云松竹，万事从今足。拄杖东家分社肉②，白酒床③头初熟。

西风梨枣山园，儿童偷把长竿。莫遣旁人惊去，老夫静处闲看。

注释

① 检校：本义为查核，这里指巡视游赏。山园：指带湖宅第园林。

② 分社肉：春、秋社日祭祀所供之肉，又称福肉，祭祀后分给各户。这里指秋社。

③ 床：指糟床，榨酒器具。

评析

这首词见于四卷本甲集,当作于淳熙十五年(1188)正月结集之前闲居带湖期间。

词题"检校山园,书所见",即指下片所写情事,上片为铺垫。起笔二句,一景一情,开启全词。松竹如云,为全景式描写;万事知足,为总结式感触。分领社肉,白酒初熟,为生活琐事,语调笔意间流露出知足情怀。

词作下片写梨枣山园所见,大概在酒后漫步山园之时,见农家小孩扑打山园梨枣,实则算不得偷盗行为,而是调皮天真的野性表现,也许还有饥饿的原因。稼轩深知个中情由,因而以慈爱的眼光在静处守护,不让旁人去惊动。细品"静处闲看"四字,其情趣意味难以尽言,对天真孩童的慈爱、欣羡之外,恐怕还有对自己童年童趣的回味。若作深层解读,此四字或可作为稼轩壮志未酬而被迫退居林泉的心态写照,即面对身处其中的山水美景、风土人情,尚不能全身心地融入其间,不自觉地持有"静处闲看"之态。

清 平 乐

书王德由主簿扇①

溪回沙浅,红杏都开遍。鹨鹕不知春水暖②,犹傍垂杨春岸。

片帆千里轻船,行人想见敧眠。谁似先生高举③?一行白鹭青天。④

注释

① 王德由:不详。主簿:主管文书事务的官员。

② "鸂鶒"句：鸂鶒(xīchì)，水鸟名，俗称紫鸳鸯。温庭筠《黄昙子歌》："红淴荡融融，莺翁鸂鶒暖。"

③ 高举：超凡脱俗。

④ "一行"句：杜甫《绝句四首》其三："两个黄鹂鸣翠柳，一行白鹭上青天。"

评析

这首词作年不详。邓广铭《稼轩词编年笺注》据广信书院本编次断为庆元年间(1195—1200)所作。

词题"书扇"，结合词意，当为题扇面绘画之作。词作以形象的笔调再现出扇面境界：溪水弯弯曲曲流过浅滩，遍野红杏绽放。岸边春风拂柳，水鸟依偎柳岸。远处江面片帆漂浮，湛蓝的天空上，一行白鹭翱翔。色泽明丽，浓淡相间，远近相衬，疏密错落，整体意境春趣盎然。此外，稼轩又间以虚笔，如"鸂鶒"句、"行人"句，均为想象揣度之语，堪称画外之趣。末二句关合词题，巧妙地将扇画主人与画境关联，以白鹭上青天喻超然高洁之品性，贴切而雅致。

菩 萨 蛮

金陵赏心亭为叶丞相①赋

青山欲共高人语。联翩万马来无数。②烟雨却低回。③望来终不来。　　人言头上发。总向愁中白。拍手笑沙鸥。一身都是愁。④

注释

① 叶丞相：指叶衡(1122—1183)，字梦锡，婺州金华(今属浙江)人。绍兴十八年(1148)进士及第。时任建康知府兼江东安抚使，为著名抗金人物。

② "青山"二句：言群山如万马驰骋，联翩而来，想和高人聚谈。此用苏轼《越州张中舍寿乐堂》诗意："青山偃蹇如高人，常时不肯入官府。高人自与山有素，不待招邀满庭户。"高人，超世脱俗之人，多指隐士。联翩，连续不断。

③ "烟雨"句：言青山烟雨弥漫，若隐若现。

④ "人言"四句：化用白居易《白鹭》诗句："人生四十未全衰，我为愁多白发垂。何故水边双白鹭，无愁头上亦垂丝。"向，偏爱。

评析

这首词作于淳熙二年(1175)春。稼轩时年三十六，任江东安抚司参议官。

《宋史·辛弃疾传》载其"辟江东安抚司参议官，留守叶衡雅重之"，又载"衡入相，力荐弃疾慷慨有大略"，稼轩因此由江东安抚司参议官迁仓部郎中。可见，叶衡对稼轩而言，不仅是上司，更是知己。本词为叶衡而作，起笔即以拟人手法将赏心亭上所见景象与叶衡相关合，词中"高人"即指叶衡。上片四句展现的客观景致是：群山青翠明丽，绵延起伏，继而烟雨弥漫，山色迷蒙。在描写的笔调上拟人和比喻融为一体，既把连绵起伏的山势譬为万马驰骋，又把青山拟作能言语的人，要来和叶衡"共语"，并生动地描述出其始则联翩涌来、继而在烟雨中徘徊不前、最终未能来到的变化过程，展露出一种欲说而不能的心境。此番想象情境,与稼轩自身情志和人生体验相关。邓广铭先生《辛稼轩年谱》"淳熙元年"条考证"稼轩渡江初年,虽尚沉沦下僚,而已屡遭摈挤"。稼轩南渡后数年来的壮志难酬、知音难觅之境遇可以推知,词中青山为烟雨所阻而未能同高人畅谈之情状,实则寄托着稼轩的自身情怀。

上片景中寓情,其情调当属人生愁情,下片因而言愁。下片前两句借"人言"(头上发,愁中白)引入人生之愁。后两句以风趣之笔笑白鸥全身都是愁,字面上与前两句顺接,其内在含义则不然。正如白居易《白鹭》诗所云:"何故水边双白鹭,无愁头上亦垂丝。"沙鸥之白羽并非愁情所致,稼轩"笑沙鸥一身都是愁",则是对"人言"的戏谑。自然,人之白发与沙鸥之白羽不可相提并论,稼轩由人言愁中发白推知沙鸥全身皆愁,纯属风趣笑谑之笔。若作深一层品味,稼轩撇开愁情本身、以沙鸥为例调笑发因愁白之常言,其构思和写法或许来自当时实景的触发,但眼见沙鸥便想到愁情与白发,正因其内心郁积难以排解的愁情。稼轩可以笑谑"发向愁中白"之论,而直面人生愁情恐怕就难以超然了。

菩 萨 蛮

书江西造口①壁

郁孤台②下清江水,中间多少行人③泪。西北望长安,可怜无数山。④ 青山遮不住,毕竟东流去。⑤江晚正愁余,山深闻鹧鸪。⑥

注释

① 江西造口:在今江西吉安市万安县西南,有皂口溪,入赣江。造口,亦作

皂口。

② 郁孤台：在今江西赣州市西南，因其郁然孤起而得名。唐代李勉为虔州刺
　 史时，曾登临台上北望长安，表示心系朝廷，并改郁孤台为"望阙"。(《方
　 舆胜览》卷二十"赣州")虔州，南宋绍兴二十三年改名赣州。

③ 行人：指靖康之难后流亡南逃者。史载靖康元年(1126)十一月，金兵攻陷
　 开封，次年三、四月掳掠宋徽宗、钦宗及宫妃等北去，北宋灭亡。建炎三
　 年(1129)，金兵攻入江西，隆祐太后等南逃，金兵一路追杀到赣州造口，不
　 及而还。

④ "西北"二句：遥望西北故都，可惜群山重重隔阻。此用唐虔州刺史李勉改
　 "郁孤"为"望阙"之事。长安，借指北宋都城汴京(今河南开封)。西北望，
　 四卷本作"东北是"。

⑤ "青山"二句：青山挡不住，滔滔江水终归东流去。

⑥ "江晚"二句：江上的日暮景象正令我惆怅，耳边又传来深山里的鹧鸪声。
　 愁余，使我愁。《楚辞·九歌·湘夫人》："目眇眇兮愁予。"苏轼《和邵同年
　 戏赠贾收秀才》："莫向洞庭歌楚曲，烟波渺渺正愁予。"鹧鸪，鸟名，叫声似
　 "行不得也哥哥"，啼声凄苦。此借鹧鸪声寄寓故土之思。

> 评析

　 这首词作于淳熙二、三年(1175、1176)间。稼轩时年三十六七，任江西
提刑。

　 词为登郁孤台感时而作。起笔二句，俯视台下江水，忆想起金兵南侵时
南逃流亡者乱离之悲。"西北"二句为遥望，用唐虔州刺史李勉改"郁孤"为
"望阙"之事，寄托中原故国之深思和收复失土之宏愿，而目断重重群山之情
景则流露出壮志难酬之无奈和忧愤。

上片前二句写水,后二句写山,笔意层次分明。下片同样两句一层,但两句中一句言山,一句言水,山、水交互连贯,章法与上片略有变化。前二句以江水穿越群山滔滔东流,喻示抗金恢复之势不可阻挡,终将成功。情调振荡而起,后两句复又跌落。江水滔滔东流令稼轩重振对恢复大业的信心,而江天暮色及深山鹧鸪啼鸣,又令其面对宋金和议时局,感到恢复之业前途茫茫,故土沦陷,收复难期,忧愁郁愤之情融入暮色在江上飘浮,伴随鹧鸪声在山间回荡。全词情调沉郁忧愤。

词题"书江西造口壁",但其内容实为郁孤台登临感怀。造口、郁孤台相距二百余里。《建炎以来系年要录》载建炎三年十一月,"金人追至太和县。太后乃自万安舍舟而陆,遂幸虔州",郁孤台即在虔州(后改名赣州),造口即在万安。又有传说"虏人追隆祐太后御舟至造口,不及而还"(《鹤林玉露》甲编卷之一)。可见造口、赣州两地意义非凡,这大概就是稼轩将登郁孤台所赋词书于造口壁的背景原因。

菩　萨　蛮

稼轩日向儿童说:带湖买得新风月。头白早归来①,种花花已开。　　功名浑是错,更莫思量着。见说小楼②东,好山千万重。

$$\boxed{\text{注释}}$$

① "头白"句:用杜甫《不见》诗句:"匡山读书处,头白好归来。"宋人引录或移用有作"头白早归来",如苏轼《书李公择白石山房》:"若见谪仙烦寄语,匡山头白早归来。"

② 小楼：指带湖新居之集山楼。洪迈《稼轩记》："集山有楼，婆娑有堂，信步
有亭。"

评析

这首词作于淳熙八年(1181)带湖新居初成。稼轩时年四十二，知隆兴府
兼江西安抚使。

词作对家人儿辈吐露心声，以亲切的笔调叙说带湖山水美景，感叹功名
仕宦误其人生，期盼尽早归退新居。

带湖的新风月、好山水、花草芬芳，固然使稼轩想到归去，但更深切的缘
由是多年的仕宦经历令其感悟到"功名浑是错"，并自我告诫："更莫思量着。"
笔调中见出对官场的失望之情，而"头白早归来"便是其唯一解脱之路。刚过
四十而自叹"头白"，深深的人生失意之情溢于言表。

菩 萨 蛮

送祐之弟归浮梁①

无情最是江头柳，长条折尽还依旧。②木叶下平湖③，雁来书有
无？　雁无书尚可，好语凭谁和？风雨断肠时④，小山生桂枝⑤。

注释

① 祐之：指辛助，字祐之。稼轩族弟。浮梁：县名，在今江西景德镇市浮
梁县。

② "无情"二句：江边柳不近人情，枝条被送别之人折尽，依然如故。白居易《青门柳》："为近都门多送别，长条折尽减春风。"韦庄《台城》："无情最是台城柳，依旧烟笼十里堤。"

③ "木叶"句：屈原《九歌·湘夫人》："袅袅兮秋风，洞庭波兮木叶下。"

④ "风雨"句：韦庄《应天长》："夜夜绿窗风雨，断肠君信否。"

⑤ "小山"句：谓山中桂花绽放。《楚辞·招隐士》："桂树丛生兮山之幽，偃蹇连蜷兮枝相缭。……攀援桂枝兮聊淹留。"王逸章句云："《招隐士》者，淮南小山之所作也。"

评析

这首词当与《临江仙·再用韵送祐之弟归浮梁》为同时之作，即淳熙十四年（1187）之前上饶闲居期间，具体作年不详。

词题送别，起笔扣题，由折柳赠别想到柳本无情之物，转而借江柳之无情反衬人间离别之愁苦。笔调突兀刻峭（如"无情最是""折尽"语），而情韵跌宕。相见时短暂，别后的时光漫长，词中"木叶"句以下料想别后情状。秋风落叶，见到空中的飞雁，内心所发出的"书有无"一问，透露出对亲人来信的期盼，过片却反承其意，谓"无书尚可"，笔调跳出别情而转到对祐之弟文才的称誉，但所称"好语"又同样可指相思情怀的抒写，其内在旨趣仍在别后的思念。末二句"风雨断肠"语归结到相思之苦，若参读同一题旨的《临江仙·再用韵送祐之弟归浮梁》"记取小窗风雨夜，对床灯火多情"二句，则断肠之愁思更因眼前的寂寥风雨勾引起兄弟风雨夜话的美好回忆，一样的风雨，别样的心情！同时，兄弟风雨夜话又令人想到苏轼兄弟相约早退之事（参见《临江仙·再用韵送祐之弟归浮梁》注释⑥），因而结句"小山生桂枝"，不只照应前文"木叶下""雁来"等秋景，更借淮南小山《招隐士》

语句寄寓归隐情趣。

送别而多言别后情事,折柳送别而怨江柳无情,期盼飞雁传书而称"雁无书尚可",风雨断肠而转归到小山桂枝丛生之幽趣。短短令曲,笔触跳脱逆转,抒发出曲折跌宕的复杂情怀。

菩 萨 蛮

昼眠秋水①

葛巾自向沧浪濯,朝来漉酒那堪着。②高树莫鸣蝉③,晚凉秋水眠。　竹床能几尺,上有华胥国④。山上咽飞泉,梦中琴断弦。⑤

注释

① 秋水:指秋水观,稼轩瓢泉所建一堂阁。

② "葛巾"二句:意谓早上滤酒的头巾,当在溪水中洗净再裹头。《宋书·陶潜传》:"郡将候潜,值其酒熟,取头上葛巾漉酒,毕,还复着之。"漉酒,滤酒。《孟子·离娄上》:"有孺子歌曰:'沧浪之水清兮,可以濯我缨;沧浪之水浊兮,可以濯我足。'"沧浪,泛指隐居之溪水。

③ "高树"句:《吴越春秋》卷三:"夫秋蝉登高树,饮清露,随风挥挠,长吟悲鸣。"

④ 华胥国:指梦境。《列子·黄帝》:"(黄帝)昼寝而梦游于华胥氏之国。……其国无帅长,自然而已。其民无嗜欲,自然而已。不知乐生,不知恶死,故无夭殇。不知亲已,不知疏物,故无爱憎。不知背逆,不知向顺,故无利害。"

⑤ "山上"二句：化用伯牙破琴典故。章谦亨《摸鱼儿·过期思稼轩之居，漕
　　留饮于秋水观，赋一词谢之》："秋水观，环绕滔滔瀑布。参天林木奇古。
　　云烟只在阑干角，生出晚来微雨。"

评析

　　这首词具体作年不详，题云"昼眠秋水"，又有"葛巾""漉酒"语，与《哨
遍·秋水观》《哨遍》(一壑自专)"从今自酿躬耕米"相应，大概亦为庆元五
年(1199)或稍后所作。稼轩时年约六十，闲居瓢泉。

　　早上用葛布头巾滤酒，再到溪边清洗头巾，似不及陶渊明"取头上葛巾漉
酒，毕，还复着之"那般洒脱不拘，但"沧浪濯"三字又透出林泉幽隐情趣。近
晚天气凉爽，树上蝉声鸣唱，在秋水堂竹床上散发闲躺，渐入梦乡，为林泉闲
居之生活画面。词笔至此，情调大体闲适自得，然而"那堪""莫""能"等字眼
又见出其内心某种不平静，至结末二句遂呈现出飞泉幽咽、琴弦断裂的悲怨
情境。山上飞泉，盖为实景，与"梦中琴断弦"虚实相融，结尾处化用伯牙、子
期知音典故，或许暗寓对某挚友的悼念之情。

朝　中　措

　　夜深残月过山房①。睡觉②北窗凉。起绕中庭③独步，一天星斗文
章④。　　朝来客话："山林钟鼎⑤，那处难忘？""君向沙头细问，白鸥知我
行藏⑥。"

注释

① 山房：山中屋舍，后多指僧道山寺精舍。

② 睡觉：睡醒。

③ 中庭：庭院。

④ "一天"句：满天星光灿烂。杜牧《华清宫》："雷霆驰号令，星斗焕文章。"文章，错杂绚烂的色彩。

⑤ 山林钟鼎：指隐居山林和在朝为官。钟鼎，指钟鸣鼎食，形容奢华富贵。

⑥ 行藏：出仕与退隐，即出处。《论语·述而》："用之则行，舍之则藏。"

评析

　　这首词见于四卷本甲集，当作于淳熙十五年(1188)正月结集之前带湖闲居期间，具体作年不详。

　　词作描述了醉宿崇福寺，深夜醒来独步庭院和早晨客话问答两个场景。深夜时分，残月辉映，从醉眠中醒来，独自漫步于寂静的山寺庭院中，仰望满天闪耀的星光。寺院之静、佛理之空、醉梦之幻以及大自然的浩渺、神奇和绚丽，都使稼轩超脱俗世间的名利富贵而归心于自然山水。

　　词作下片与客问答，或为虚设，或为写实，其主旨为承前深夜寺院独步而抒发人生出处之感慨。客之问话引发稼轩对退居山林、出仕朝堂两种人生境遇的思量。稼轩《临江仙·再用韵送祐之弟归浮梁》云："钟鼎山林都是梦，人间宠辱休惊。只消闲处过平生。"本词答客问称"白鸥知我行藏"，因稼轩《水调歌头·盟鸥》有言："凡我同盟鸥鹭，今日既盟之后，来往莫相猜。"即以鸥为知友。而白鸥所知稼轩之"行藏"，实则偏指"藏"，亦即超脱人间荣辱，退隐江湖，"闲处过平生"。

最 高 楼

吾拟乞归，犬子以田产未置止我，赋此骂之①

吾衰矣②，须富贵何时③？富贵是危机。④暂忘设醴抽身去⑤，未曾得米弃官归⑥。穆先生，陶县令，是吾师。 待葺个、园儿名佚老。⑦更作个、亭儿名亦好⑧，闲饮酒，醉吟诗，千年田换八百主⑨，一人口插几张匙⑩。便休休⑪，更说甚，是和非。

注释

① 题原作"名了"，兹从四卷本。乞归，请求归退。犬子，谦称己子。

② 吾衰矣：《论语·述而》："子曰：甚矣吾衰也！"

③ "须富贵"句：意谓富贵不可期待。须，等待。此用西汉杨恽《报孙会宗书》语："人生行乐耳，须富贵何时。"

④ "富贵"句：富贵隐伏祸害。此用东晋诸葛长民语："贫贱常思富贵，富贵必履危机。"（《晋书·诸葛长民传》）苏轼《宿州次韵刘泾》："晚觉文章真小技，早知富贵有危机。"

⑤ "暂忘"句：偶被遗忘便抽身隐退。此用西汉穆生典故。《汉书·楚元王传》："初，元王敬礼申公等。穆生不耆（同'嗜'）酒，元王每置酒，常为穆生设醴。及王戊即位，常设。后忘设焉。穆生退，曰：'可以逝矣。醴酒不设，王之意怠。不去，楚人将钳我于市。'"醴，甜酒。

⑥ "未曾"句：言未获俸禄即弃官归家。此用陶渊明辞官归田典故。《宋书·

陶潜传》载潜为彭泽令,"郡遣督邮至,县吏白应束带见之。潜叹曰:'我不能为五斗米折腰向乡里小人。'即日解印绶去职,赋《归去来》"。

⑦ "待葺个"二句:葺(qì),修建。佚老,安逸养老。佚,通"逸"。"佚老"语出《庄子·大宗师》:"夫大块载我以形,劳我以生,佚我以老,息我以死。"

⑧ 亦好:取自唐代戎昱《中秋感怀》诗句"在家贫亦好"。宋人诗中多有引用,稼轩《水调歌头》(折尽武昌柳)亦用此句。喻良能有亦好园、亦好亭,其《题亦好亭集句》即录戎昱此句。

⑨ "千年"句:意谓世事变迁,人不可能世代传承固守家产。《五灯会元》载:"韶州灵树如敏禅师,闽人也。广主刘氏奕世钦重,署知圣大师。僧问:'佛法至理如何?'师展手而已。问:'如何是和尚家风?'师曰:'千年田,八百主。'曰:'如何是千年田八百主?'师曰:'郎当屋舍没人修。'"

⑩ "一人"句:意谓一人吃穿所需有限。范成大《丙午新正书怀十首》其四:"口不两匙休足谷,身能几屐莫言钱。"自注:"吴谚云:一口不能著两匙。"

⑪ 便休休:四卷本作"休休休"。休休,算了,罢了。

评析

这首词大概作于绍熙五年(1194)。稼轩时年五十五,知福州兼福建安抚使。

赋词骂子,此举不无戏谑,其用意不在责骂其子,而在借其子所言"田产未置"借题发挥,引发对人生富贵的感悟。词作扣题起笔,"吾拟乞归"因"吾衰矣"。次句落到富贵,扣合题中"田产"。人老未富,则今生无须再待富贵,自当乞归。此二句即已驳倒其子"田产未置"之由,同时为下文作铺垫。"富贵是危机"一句,笔调暗藏曲折,意谓富贵即便可求,也是危机潜伏。西汉穆生退归时言："不去，楚人将钳我于市。"东晋陶渊明因"不能为五斗米折腰向乡里小人"而归来，亦见出官场逢迎中的凶险危机。稼轩对此当有亲身体验，故谓"穆先生，陶县令，是吾师"。词的上片述自己年已衰老，无力置备田产，当告老归休，况且求富求贵面临危机重重，即便身未衰老亦愿辞官退归。至此，"吾拟乞归"之理由已写足，儿子的劝止说辞也被驳回。

下片承"乞归"而拟设归后生活。园名"佚老"，寄寓老而安乐之情；亭名"亦好"，显露安贫自得之怀。诗酒自乐，为预想中的归后生活情形，与佚老园、亦好亭之场景相映成趣。此外，亦好亭之名又照应题中"田产未置"之意，"千年"二句再回笔到田产之事。上句言人世递变，田产随易其主，从根本上无法置备占有；下句言人之生活所需不多，何须置备田产？末三句以归休作结，世间是是非非，全都置之度外。细品言语情调，颇觉话中有话，大概稼轩正为官场是非所扰，其乞归之真正缘由当在此，因不便明言，遂以衰老为托辞。

本词上片思理堪称谨严，下片笔致灵动照应，可谓稼轩以论入词之佳作。

摸 鱼 儿

观潮上叶丞相①

望飞来、半空鸥鹭②，须臾动地鼙鼓③。截江组练驱山去，鏖战未收貔虎。④朝又暮⑤。悄惯得、吴儿不怕蛟龙怒。风波平步。⑥看红旆惊飞，跳鱼直上，蹴踏浪花舞。⑦　　凭谁问，万里长鲸吞吐⑧，人间儿戏千弩⑨。滔天力倦知何事，白马素车东去。堪恨处：人道是、子胥冤愤终千古。⑩功名自误。⑪谩教得陶朱,五湖西子,一舸弄烟雨。⑫

注释

① 叶丞相:指叶衡(1122—1183),见《菩萨蛮》(青山欲共高人语)注释①。

② "望飞来"二句:形容潮水翻涌似半空鸥鹭翱翔。枚乘《七发》:"波涌而涛起。其始起也,洪淋淋焉,若白鹭之下翔。"

③ "须臾"句:片刻间如战鼓动地。须臾,片刻间。鼙(pí)鼓,军鼓。

④ "截江"二句:潮涌如身穿甲胄的精锐兵卒横截江面,驱逐层峦叠嶂的山峰,又如貔虎般的猛士酣战未休。组练,指将士衣甲,后亦借指精锐部队。鏖(áo)战,激战。貔(pí)虎,喻勇猛之士。貔,一种豹类猛兽。

⑤ 朝又暮:指早潮和晚潮。白居易《潮》:"早潮才落晚潮来,一月周流六十回。"

⑥ "悄惯得"二句:吴地健儿任情放纵,不怕蛟龙发怒,风波里腾挪如平地信步。悄,直;全然。惯得,放任。吴儿,指吴地(今江浙一带)少年。

⑦ "看红旆"三句:弄潮儿像鱼儿纵身腾跃,踏着浪花起舞,手中红旗飞旋。红旆(pèi),红旗。蹙,踩。周密《武林旧事》卷三"观潮"条载:"吴儿善泅者数百,皆披发文身,手持十幅大彩旗,争先鼓勇,溯迎而上,出没于鲸波万仞中,腾身百变,而旗尾略不沾湿,以此夸能。"

⑧ "万里"句:狂涛起伏如万里长鲸吞吐潮汐,形容潮涨潮退的气势。

⑨ "人间"句:言人间千弩射潮如同儿戏。《宋史·河渠志》载吴越王钱镠筑堤阻挡海潮,潮水日夜冲击,难以筑就。钱镠遂命数百士卒以强弩射潮头,潮流为之改道。

⑩ "滔天"四句:滔天潮涌不知何故力倦势衰,如白马素车缓缓东流。人们传说伍子胥含冤沉江,怨愤如潮终千古。此用伍子胥沉江典故。子胥

冤,原作"属镂怨",兹从四卷本。子胥,伍子胥,名员,吴国大夫,忠而见谤,被吴王夫差赐属镂剑自尽,沉尸江中。据《太平广记》卷二九一"伍子胥"条记载,伍子胥临终时要他的儿子将自己的头颅挂在南门上,他要目睹越国来灭吴国;将自己的身体以皮囊包裹置于江潮中,他要乘潮来观看吴国的败亡。其后,钱塘潮起时,"时有见子胥乘素车白马在潮头之中"。

⑪ "功名"句:言伍子胥功成而不知身退,终致被吴王赐剑自尽。

⑫ "谩教得"三句:伍子胥之遭遇只让范蠡懂得功成身退,携西施泛舟五湖烟雨之中。伍子胥被吴王赐死,曾悲叹:"狡兔死,良犬烹。敌国破,谋臣亡。"后范蠡功成身退并劝文种离去,亦有此言。文种未听,落得与伍子胥同等结局。(见《吴越春秋》卷六)陶朱,即陶朱公范蠡,越国大夫。《史记·越王勾践世家》载范蠡辅佐越王勾践灭吴后,携带珠玉财宝,泛海离去,定居于陶(今山东菏泽市定陶区),自称陶朱公。五湖,指太湖。西子,西施,越国美女,被越王勾践献给吴王夫差,助越灭吴。相传勾践灭吴后,西施随范蠡泛舟五湖。

评析

这首词作于淳熙二年(1175)。稼轩时年三十六,任仓部郎官。

词题曰"观潮上叶丞相",词中所写即观潮的所见所感。上片展现观潮所见景象:先写潮起、潮涌之壮观,如群鹭翱翔蔽空、战鼓惊天动地、甲兵鏖战未休;再写吴儿踏浪弄潮的腾跃飞舞情景,潮涌之狂势衬托出弄潮儿的豪迈胆识和非凡能力,而奔涌的狂涛及驾浪飞舞的弄潮儿都映衬出稼轩内心的豪情壮志,笔调中融注了其曾经驰骋战场的独特情怀。

词作下片抒发观潮之感。如果说上片观潮而想到鼓声雷鸣的鏖战场景是一种直感,那么下片所发则是一种具有理性思致的感慨。"凭谁问"三句用钱王射潮典故,"滔天"四句用子胥沉江典故,两则与钱塘江潮直接相关的典故以"滔天力倦"四字相贯通。此四字既是对江潮的写实,又兼合千弩射潮和子胥怒潮传说。其"凭谁问""儿戏""知何事"等用语透露对钱王射退狂潮之事的疑惑不解以及对子胥千古怨恨的深切愤慨。"功名自误",则是愤慨之余的叹惋,慨叹伍子胥未能如其后范蠡功成身退、明哲保身。史载子胥死后,范蠡、文种辅佐越王勾践攻灭吴国。范蠡功成身退,并劝文种隐退,文种未听,后被越王赐剑自尽,落得与子胥同等结局。由此而言,子胥、文种未能功成身退,均可谓"功名自误"。在稼轩看来,子胥遭遇,对范蠡而言堪作前车之鉴,故谓"谩教得"。

词题"上叶丞相",时任右丞相的叶衡对稼轩颇为赏识,多有扶持,堪称稼轩政坛知己。词中观潮感触实则寄寓对政坛时局的疑惑和忧虑,对钱王千弩射退狂潮的戏谑、对"滔天力倦"的疑惑,隐含对宋廷抗金热潮渐趋消沉的无奈和怨愤。宋孝宗即位之初,锐意恢复,起用张浚主持北伐,隆兴元年(1163)符离之战溃败,与金再订和约。其后朝议倾于主和,虽仍有虞允文等人谋划恢复,但终无成效。淳熙元年(1174),虞允文卒,宋廷抗金之声归于沉寂。稼轩平生志在恢复,面对宋金和议时局不免感慨怅然。词中合用子胥、范蠡两则堪作对比的典故,透露出壮志难酬境遇下的进退忧虑情怀。

摸 鱼 儿

　　淳熙己亥①,自湖北漕移湖南②,同官王正之置酒小山亭③,为赋

　　更能消、几番风雨?④匆匆春又归去。惜春长怕⑤花开早,何况落红无

数。春且住⑥。见说道、天涯芳草无归路。⑦怨春不语。算只有殷勤,画檐蛛网,尽日惹飞絮。　　长门事⑧,准拟佳期又误⑨。蛾眉曾有人妒。⑩千金纵买相如赋,脉脉此情谁诉?⑪君莫舞。君不见、玉环飞燕⑫皆尘土!闲愁最苦。休去倚危楼,斜阳正在,烟柳断肠处。

注释

① 淳熙己亥:淳熙六年(1179)。

② "自湖北"句:从湖北转运副使调任湖南转运副使。漕,漕司,转运使的别称。

③ "同官"句:同僚王正之在小山亭设酒饯别。王正之,名正己,时任湖北转运判官。小山亭,在湖北转运副使官署内。

④ "更能消"二句:还能经受得了几场风雨?

⑤ 长怕:总怕。四卷本作"长恨"。

⑥ 春且住:春天请暂作停留。欧阳修《蝶恋花·庭院深深深几许》:"无计留春住。泪眼问花花不语,乱红飞过秋千去。"周邦彦《六丑·落花》:"愿春暂留,春归如过翼,一去无迹。"

⑦ "见说道"二句:听说芳草遍及天涯,归路迷失。无归路,四卷本作"迷归路"。此句化用苏轼《蝶恋花·春景》"天涯何处无芳草"(袭用《楚辞·离骚》"何所独无芳草兮"语意)、《点绛唇》"归不去,凤楼何处? 芳草迷归路"。

⑧ 长门事:指陈皇后失宠于汉武帝,被幽禁在长门宫之事。(参见《文选》所收司马相如《长门赋序》)

⑨ "准拟"句:拟定了佳期又被耽误。此句化用屈原《离骚》诗意:"曰黄昏以为期兮,羌中道而改路。"

⑩ "蛾眉"句：言美貌从来遭人妒忌。此句化用屈原《离骚》语"众女嫉余之蛾眉兮"。

⑪ "千金"二句：即使用千金求得司马相如为赋，脉脉深情能向谁倾诉？脉脉(mòmò)，含情不语的样子。此二句反用陈皇后千金买赋典故。《文选·长门赋序》称陈皇后失宠后，奉黄金百斤，请司马相如写成《长门赋》。汉武帝读赋后颇为感动，复宠幸陈皇后。

⑫ 玉环飞燕：指杨玉环、赵飞燕。杨玉环，即唐玄宗宠妃杨贵妃(小字玉环)。安禄山反叛，玄宗西逃至马嵬坡，护驾的六军兵变，玄宗被迫赐杨贵妃自尽。(参见《新唐书·后妃传》)赵飞燕，汉成帝皇后，体态轻盈善歌舞，号飞燕，受宠十余年。汉平帝时被废为庶人，自杀身死。(参见《汉书·外戚传》)

评析

这首词作于淳熙六年(1179)暮春。稼轩时年四十，自湖北转运副使转任湖南转运副使。

稼轩离开湖北赴任湖南转运副使，同僚钱别，时逢暮春，伤春惜别自是词中当然情事。词作上片抒写伤春之情。起笔两句言春归，先写摧损春天的风雨，又以反问语起调，伤怨之情，力透纸背，诚如陈廷焯所评："起处'更能消'三字，是从千回万转后倒折出来，真是有力如虎。"(《白雨斋词话》)"更""又"二字见出一场又一场无情的风雨，摧残了一个又一个美好的春天，令人无限伤感。"惜春"以下数句写春归触发的惜春、留春、怨春、叹春等种种情怀，而笔调曲折跌宕，情感之律动在"长怕""何况""且住""见说道""算只有"数语调度中荡漾回旋。

张炎《词源》"制曲"条云："最是过片不要断了曲意，须要承上接下。"本词过片"长门事",似乎有些突兀,实则似断非断,其意脉仍与上片相通,即由惜春别春而过渡到人间别离,且上片拟人化的笔调亦与下片相协调。其些许突兀之感源于别离情事中寓托的身世感慨。稼轩同年所作《论盗贼札子》有言:"臣孤危一身久矣。……但臣生平,刚拙自信,年来不为众人所容,顾恐言未脱口,而祸不旋踵。"词中"长门事"数句将陈皇后失宠典故与《离骚》诗意融合化用,实乃稼轩自我境遇的写照,透露出其胸怀报国之雄才大志而"不为众人所容"的深沉忧愤和无奈;"君莫舞"两句则是忧怨难耐中的愤激,也是"刚拙自信"真性情的灵光闪现;结尾又跌入无可奈何的悲怨之中,亦关合伤春惜别之情。

　　词作将伤春惜别、身世感慨融为一体,出以沉郁顿挫之笔,词境浑厚沉雄。

鹊 桥 仙

己酉①山行书所见

　　松冈避暑,茅檐避雨,闲去闲来几度。醉扶怪石②看飞泉,又却是、前回醒处。　　东家娶妇,西家归女③,灯火门前笑语。酿成千顷稻花香,夜夜费、一天风露。④

注释

① 己酉:宋孝宗淳熙十六年(1189)。四卷本无"己酉"二字。

② 怪石:四卷本作"孤石"。

③ 归女:嫁女。

④ "酿成"二句：夜夜清风白露酿成了千顷稻花飘香。

评析

这首词作于淳熙十六年(1189)初夏。稼轩时年五十,闲居带湖。

题曰"山行书所见",是一首纪游词作。上片写"山行",但并非叙述具体某一次,而是泛述闲居生活中不断重复的情景,这从"几度""前回"二语可以见出。稼轩是一位心怀抗金复国大志的英雄豪杰,他又怎能在如此的闲居生活中体味到真正的闲情逸致?"醉扶怪石看飞泉"的神态中,当不无失志英雄难以言表的悲慨和愤激! 这是醉态中的真情展露,待到酒醉醒来,现实依旧。这种醉而醒、醒复醉,体现出稼轩内心深处的报国热望与现实生活的闲居无聊之间的冲突。

下片写山行所见乡村嫁娶风情画面及稻花飘香景象。嫁、娶为人间喜事,灯火辉映中,飘荡欢声笑语。稻花飘香则为丰年的预兆,为农家乐事。丰年嫁娶,最能展现农家生活的美好祥和。这对壮志未酬、闲居无聊、醒醉看风景的稼轩,不失为一种精神慰藉。

鹊 桥 仙

赠鹭鸶

溪边白鹭,来吾告汝:溪里鱼儿堪数。主人怜汝汝怜鱼,要物我、欣然一处。　　白沙远浦,青泥别渚,剩有虾跳鳅舞①。听②君飞去饱时来,看头上、风吹一缕。

注释

① "剩有"句：剩有，更有。鳅，指泥鳅。

② 听：任凭。

评析

这首词作年不详，据词意可推知为闲居期间所作。

词作以和白鹭对话的戏谑笔调，抒写物我欣然相处之情怀和愿望。起笔二句总摄全词，"溪里"句直至末句皆为"吾告汝"之语。溪边白鹭正欲捕食水中游鱼，稼轩见溪鱼面临杀身之祸，遂招呼白鹭过来，告诉它物我欣然相处之理。话题即从白鹭意欲捕食的溪鱼引入。溪水清澈，鱼儿欢游，令人想到柳宗元《小石潭记》对潭中游鱼的描绘："潭中鱼可百许头，皆若空游无所依。日光下澈，影布石上，佁然不动，俶尔远逝，往来翕忽，似与游者相乐。"这便是物我快乐相处的美妙境界。"主人怜汝汝怜鱼"，人与物、物与物之间都应怜爱共处，才是稼轩所称的"物我欣然一处"。

下片向白鹭描画"物我欣然一处"之情景。上片已说过溪鱼之乐，下片则言虾、鳅之乐，皆各得其所，各得其乐。白鹭则如一缕清风，在清溪白沙之上自由飞翔，心无捕食鱼虾之念，和鱼虾相安相乐。这就是稼轩对白鹭的期望。

本词大概是稼轩闲居期间目睹溪边白鹭捕食鱼虾所生发的感触，透露出亲历官场艰险之后的心境和向往。

蓦 山 溪

赵昌父①赋一丘一壑,格律高古,因效其体

　　饭蔬饮水,客莫嘲吾拙。②高处看浮云,一丘壑、中间甚乐③。功名妙手④,壮也不如人,今老矣,尚何堪!⑤堪钓前溪月。　　病来止酒,辜负鸱鹉杓。⑥岁晚念平生,待都与、邻翁细说。人间万事,先觉者贤乎⑦?深雪里,一枝开,春事梅先觉。⑧

注释

① 赵昌父:名蕃,参见《水调歌头》(我志在寥阔)注释①。

② "饭蔬"二句:粗茶淡饭,来客莫要笑我拙于谋生。《论语·述而》:"子曰:饭疏食,饮水,曲肱而枕之,乐亦在其中矣。"

③ "一丘壑"二句:言山林隐居之乐。《汉书·叙传》载班嗣有言:"渔钓于一壑,则万物不奸其志;栖迟于一丘,则天下不易其乐。"

④ "功名"句:犹言经纶妙手,指治政建功之才能。

⑤ "壮也"三句:《左传·僖公三十年》:秦、晋围郑,郑伯使烛之武赴秦,烛之武辞曰:"臣之壮也,犹不如人,今老矣,无能为也已。"

⑥ "病来"二句:近来因病戒了酒,有负于酒具。鸱鹉杓,酒具。

⑦ "先觉"句:《论语·宪问》:"子曰:不逆诈,不亿不信,抑亦先觉者,是贤乎!"意思是:不预先怀疑别人的欺诈,也不无根据地猜测别人的不老实,却能及早发觉,这样的人是一位贤者吧!亿,同"臆",猜测。

⑧ "深雪"三句:一枝梅花绽放于深雪中,最先知觉春消息。唐代齐己《早梅》诗:"前村深雪里,昨夜数枝开。"郑谷《咸通十四年府试木向荣》:"庾岭梅先觉,隋堤柳暗惊。"

评析

这首词具体作年不详。词中提及"病来止酒",参读《水调歌头》(我亦卜居者)序"时以病止酒",疑作于庆元二、三年(1196、1197)间。稼轩时年五十七八,闲居瓢泉。

历经宦海坎坷,退居山林,饭蔬饮水,闲看浮云,月溪垂钓,稼轩似可自得其乐,然而平生功名壮志并未泯灭,故有"功名妙手"数句叹老惜壮之感伤。"今老矣,尚何堪!"语调中透出壮心未已而徒唤奈何的悲愤之情。

下片旨趣在"岁晚念平生"一句,抒写人生世事感慨。因病止酒,把酒遣怀则均不可得。杜甫寓居浣花草堂,有《客至》诗云:"肯与邻翁相对饮?隔篱呼取尽余杯。"如今稼轩不能与邻翁相对饮,只有相对话平生,而其和邻翁的真诚无间则与杜甫相仿佛。"人间"二句,即其"与邻翁细说"的"念平生"之感触。孔子曰:"不逆诈,不亿不信,抑亦先觉者,是贤乎!"(《论语·宪问》)北宋邢昺疏:"此章戒人不可逆料人之诈,亦不可亿度人之不信也。抑,语辞也,言先觉人者是宁能为贤乎?言非贤也。"稼轩屡遭弹劾、蒙冤受诬,反思追想,遂对《论语》中这段话颇有感慨:平生坦荡磊落,亦可谓"不逆诈,不亿不信",自非先觉者,然而先觉又岂是贤者所当为?"深雪里"三句即景作结,梅之先觉春事,为其自然物性,与人为智巧之"先觉"有别。人之"不逆""不亿"非先觉,梅之先觉,均可归于率性任真,自然坦诚。这也是稼轩山中闲居与邻翁等相处的体验。

词序称效赵昌父"格律高古"之体,表现在词作上,一则丘壑之乐、人生感慨融为一体,意境高妙而深刻;二则语辞上用及《论语》《左传》《汉书》及前人诗句,笔调雅致。

蓦 山 溪

停云竹径初成①

　　小桥流水,欲下前溪去。唤取②故人来,伴先生、风烟杖屦③。行穿窈窕,时历小崎岖④,斜带水,半遮山,翠竹栽成路。　　一尊遐想,剩有渊明趣⑤。山上有停云,看山下、濛濛细雨。⑥野花啼鸟,不肯入诗来⑦,还一似,笑翁诗,自没安排处。

注释

① 停云:稼轩瓢泉所建堂名,来自陶渊明《停云》诗。

② 唤取:原作"唤起",兹从四卷本。

③ 风烟杖屦(jù):拄杖漫步游赏山水风光。屦,麻鞋。

④ "行穿"二句:窈窕,幽深的样子。崎岖,坎坷不平。陶渊明《归去来兮辞》:"既窈窕以寻壑,亦崎岖而经丘。"

⑤ "剩有"句:剩有,更有。渊明趣,指陶渊明笔下的山水之趣,如"窈窕以寻壑,崎岖而经丘"等。

⑥ "山上"二句:陶渊明《停云》:"霭霭停云,濛濛时雨。"

⑦ "野花"二句:言鸟语花香之趣,诗笔难以呈现。王安石《送程公辟得谢归姑苏》:"白傅林塘传画去,吴王花鸟入诗来。"苏轼《归宜兴留题竹西寺》:"山寺归来闻好语,野花啼鸟亦欣然。"

评析

　　词题"停云竹径初成",应与"检校停云新种杉松"之《永遇乐》大略作于同时，即庆元二年(1196)前后。

竹径初成，稼轩邀来好友，拄杖游赏，并赋词记游。起笔写景，潺潺流水中透出热情欢快之趣，令稼轩想到流水向前溪奔去，似要为我约来好友同游，遂有"唤取故人来，伴先生"云云。下文全承"风烟杖屦"。穿窈窕，历崎岖，斜带水，即杖屦游历半山竹径之概述。竹径之窈窕、山路之崎岖，又令稼轩想起陶渊明《归去来兮辞》所言"既窈窕以寻壑，亦崎岖而经丘"，故谓"剩有渊明趣"。"山上"二句，为竹径上仰望、俯视之景，"停云"一语双关，实指停云堂，虚指静止的浮云，如陶渊明《停云》诗所言。野花啼鸟，自为竹径游历见闻，笔调戏谑，谓花鸟不肯入诗，笑稼轩笔下没有其安适之处。此盖借花鸟之语，喻美景难以言状，言语中亦有自谦之意。其实，此种拟人笔调，更展现出稼轩与花鸟间的谐趣，与起笔呼应，令全词笔致轻松洒落。

感 皇 恩

读《庄子》，闻朱晦庵即世[①]

案上数编书，非《庄》即《老》。会说忘言始知道。[②]万言千句，自不能忘堪笑。[③]朝来梅雨霁[④]，青天好。　　一壑一丘[⑤]，轻衫短帽[⑥]。白发多时故人少。子云何在？应有《玄经》遗草。[⑦]江河流日夜，何时了！[⑧]

注释

① 朱晦庵：即朱熹(1130—1200)，字元晦，号晦庵。徽州婺源(今属江西)人，著名理学家。即世：去世。

② "会说"句：领会学说、忘记言辞才能领悟妙理。《庄子·外物》："言者所以

在意,得意而忘言。"

③ "万言"二句:庄子著书立说,万言千句,可笑自己却不能忘言。自不,原作"不自",兹从四卷本。

④ 梅雨霁:梅雨转晴。梅雨,江淮流域初夏连绵阴雨,时值梅子黄熟,故称。

⑤ "一壑"句:指闲居林泉之趣。《汉书·叙传》:"渔钓于一壑,则万物不奸其志;栖迟于一丘,则天下不易其乐。"

⑥ "轻衫"句:一种轻便闲散衣装。

⑦ "子云"二句:言朱熹当如扬雄(字子云)有遗作留存世间。此以扬雄喻朱熹。《玄经》,指扬雄著作《太玄》。

⑧ "江河"二句:言悲哀如江流不息。谢朓《暂使下都夜发新林至京邑赠西府同僚》:"大江流日夜,客心悲未央。"

评析

词题有云"闻朱晦庵即世",当作于朱熹去世之初,即庆元六年(1200)三月。稼轩时年六十一,闲居瓢泉。

庄周齐万物、达死生,妻亡,鼓盆而歌。稼轩读《庄子》时,闻听友人去世,哀伤之情或有所化解,然终归难以平静。词作清晰显露出这种情调变化。

上片言读《庄子》。案上之书只有《庄》《老》,可见喜爱之深,但并不称赏其要言妙道,而笑其言行不合,大谈忘言始能悟道,自己却不能忘言,著书立说,千言万语。此种轻松笑谑的心态,与梅雨过后天朗气清之境相得益彰。

下片笔意转到"闻朱晦庵即世"。在思想主张上,稼轩与朱熹有分歧,但二人交情真挚,《宋史·辛弃疾传》载:"熹殁,伪学禁方严。门生故旧至无送葬者。弃疾为文往哭之,曰:'所不朽者,垂万世名。孰谓公死,凛凛犹生!'"

初闻朱熹去世,稼轩必深感悲伤,付诸词笔,则情绪有所调整,将悲伤转为感慨,从自身到故友,语淡而情深。"子云何在"一问,情调回到对朱熹去世的伤痛,称其遗著传世,将名垂千古。末二句化用谢朓诗句,抒发无尽哀思。

词作上下片情调迥异,但其内在意脉似不无相通之处。如上片对庄子之论的笑谑,隐含对其言行的置疑,对其妻死鼓盆而歌之举,想必难以认同。这便在情理上对下片伤悼朱熹去世有所铺垫。就笔脉而言,过片承上启下,过渡自然,"一壑"二句所言情事与上片末二句可以相承,同时与其后"白发"一句亦衔接顺当,长期闲居林泉,故人渐零落,又自然转到故友朱熹去世。全词展现出了"读《庄子》"与"闻朱晦庵即世"两事相遇在稼轩内心引发的情感波荡。

瑞 鹤 仙

南剑双溪楼①

片帆何太急!望一点须臾,去天咫尺。舟人好看客。②似三峡风涛,嵯峨剑戟③。溪南溪北。正遐想、幽人泉石。看渔樵、指点危楼,却羡舞筵歌席。　　叹息。山林钟鼎④,意倦情迁,本无欣戚。转头陈迹⑤。飞鸟外,晚烟碧。⑥问谁怜旧日,南楼老子⑦,最爱月明吹笛⑧。到而今、扑面黄尘,欲归未得。

注释

① 南剑:指南剑州,治所在今福建南平市。

② "舟人"句:船夫好好照看船客。《唐摭言》载,令狐楚镇扬州,张祜常与狎

宴。楚视祜,改令曰:"上水船,风又急。帆下人,须好立。"祜答曰:"上水
船,船底破。好看客,莫倚柂。"苏轼《送杨杰》:"过江风急浪如山,寄语舟
人好看客。"

③ "嵯峨"句:溪岸耸立如剑戟。

④ "山林"句:山林隐居和钟鸣鼎食。

⑤ "转头"句:世间万事转瞬即为陈迹。

⑥ "飞鸟"二句:暮云中,飞鸟归林。

⑦ 南楼老子:稼轩自称。此用晋庾亮秋夜与僚佐南楼赏月典故。《世说新
语·容止》载庾亮在武昌,秋夜登南楼,对佐吏殷浩等说:"老子于此处兴
复不浅。"

⑧ "最爱"句:黄庭坚《念奴娇》:"老子平生,江南江北,最爱临风笛。"

评析

这首词作于绍熙三年(1192)末。稼轩时年五十三,奉诏入朝途经南
剑州。

词由双溪起笔,亦为楼上所见。"片帆"六句,描写溪流迅猛,崖岸陡峭。
笔势则并非一气直下,而是收放有节:起句收束;"望"字引出二句,放笔;"舟
人"句收束;"似"字引出二句,放笔。"溪南"三句,言登楼遐想林泉间的幽居
生活;"看渔樵"二句,言林泉相伴的渔父樵夫却欣羡楼上人的酒筵歌席。两
种人生状态之拥有者的心态对照,蕴含令人会心的人生理趣。数句均登楼所
见所想,渔樵之"羡舞筵歌席",乃为揣想语。

过片"叹息"二字,承上启下。其感慨情绪总摄下片,又自上片"遐想幽人
泉石"及渔樵"却羡舞筵歌席"而引发,"山林"四句即是对两种不同人生心态
的解悟:人们对于山林隐居和钟鸣鼎食两种生活,本无所谓欣喜或忧戚,不

过是意倦于此则情迁于彼而已，"转头陈迹"则是其共同的归宿。洞达的人生观照之中，也透露出稼轩的内心幽愤。山林、钟鼎，均非稼轩所求，自无所谓欣戚，而其深深的忧戚源于恢复大业难以实现，其无奈的"欲归"之情亦缘于此，而眼前夕阳下的飞鸟，又令其想起陶渊明笔下的"山气日夕佳，飞鸟相与还"，想到退归，慨叹自身的"欲归未得"。"问谁怜旧日"云云，言语间显露出人生失意的怨愤和无奈。"南楼老子"一典，融合稼轩荆湖之仕宦经历，且"月明吹笛"与前"晚烟碧"在时间上相承接，堪称佳妙。结尾自叹，又与起笔的惊叹相映成趣。

瑞鹧鸪

京口①有怀山中故人

　　暮年不赋短长词，和得渊明数首诗。君自不归归甚易②，今犹未足足何时③。　　偷闲定向山中老，此意须教鹤辈知。④闻道只今秋水⑤上，故人曾榜《北山移》⑥。

注释

① 京口：宋镇江府（治所在今江苏镇江市），三国时名京口。

② "君自"句：归隐山林其实很容易，但您自己却不知道归去。崔涂《春夕旅怀》："自是不归归便得，五湖烟景有谁争。"苏轼《和子由与颜长道同游百步洪相地筑亭种柳》："剑关大道车方轨，君自不去归何难。山中故人应大笑，筑室种柳何时还。"

③ "今犹"句：言至今尚不知足，知足要待何时。《老子》四十六章："祸莫大于

不知足,咎莫大于欲得,故知足之足常足矣。"

④ "偷闲"二句:意谓一定得让山中猿鹤等知道,我一旦赋闲即往山中养老。南齐孔稚珪《北山移文》言北山隐士周颙应诏出仕,"蕙帐空兮夜鹤怨,山人去兮晓猿惊"。

⑤ 秋水:指稼轩瓢泉居宅秋水堂。

⑥《北山移》:指《北山移文》。南齐孔稚珪与周颙同隐北山(即钟山,今江苏南京市东紫金山)。后周颙应诏出仕,返京路过北山。孔稚珪乃作此文,假托山灵拒绝其入山。

评析

这首词作于嘉泰四年(1204)秋。稼轩时年六十五,知镇江府。

词题"怀山中故人",抒发归退之情。起笔二句言不赋词而和陶渊明诗,表达出对陶诗中田园闲趣的向往,笔意指向退归。心想归,而身何故不能归?或许恢复之业未成,心有不甘。是年夏,程珌赴任建康府府学教授,途经京口,稼轩与之相谈恢复之事,提出创建北伐新军、派遣间谍之策(参见程珌《丙子轮对札子》)。然而这些提议均不为决策者所重,稼轩难免心生归念。"君自"二句以故人或自我劝归笔调曲达心意,令人感受到其内心的犹豫和无奈。

过片乃对故人表白归老山中之情,笔意承上劝归而来。词中托故人将此意告知山中"鹤辈",盖欲得到"鹤辈"谅解和接纳,不致如《北山移文》中周颙被山灵拒绝入山。结末谓其秋水堂上,故人张贴《北山移文》,似乎是故人对稼轩出山的讥嘲,实则更是稼轩的自嘲。

瑞鹧鸪

京口病中起，登连沧观偶成①

　　声名少日畏人知，老去行藏与愿违。②山草旧曾呼远志，故人今又寄当归。③　　何人可觅安心法？④有客来观杜德机。⑤欲笑使君那得似，清江万顷白鸥飞。⑥

注释

① 连沧观：在镇江府治(今江苏镇江)，为城中最高处。原名望海楼，绍兴三、四年间，胡世将知镇江，取王存中诗句"连山涌沧江"，改名连沧观(参见《北固山志》卷二)。

② "声名"二句：年少时的声名怕人知晓，老来出处行止与愿相违。行藏，出仕与隐退。嵇康《忧愤诗》："事与愿违，遭兹淹留。"

③ "山草"二句：远志，药草名。此双关远大志向。当归，药草名。此双关应当归去。《三国志·蜀志》卷十四《姜维传》裴松之注引孙盛《杂记》："初，姜维诣亮，与母相失，复得母书，令求当归。维曰：'良田百顷，不在一亩。但有远志，不在当归也。'"

④ "何人"句：《五灯会元》卷一《东土祖师》：慧可曰："我心未宁，乞师与安。"祖(初祖菩提达摩)曰："将心来，与汝安。"可良久曰："觅心了不可得。"祖曰："我与汝安心竟。"

⑤ "有客"句：言客来见我心如土灰。杜，杜塞。杜德机，杜绝、关闭生机。《庄子·应帝王》载郑之神巫季咸知人生死祸福，与列子见壶子，"出而谓列子曰：'嘻！子之先生死矣，弗活矣……'列子入，泣涕沾襟以告壶子。壶子曰：'乡吾示之以地文，萌乎不震不正，是殆见吾杜德机也。'"

⑥ "欲笑"二句：自笑不能如万顷江上之白鸥自由飞翔。使君，汉代刺史之俗

　　称，此为稼轩自称。

评析

　　这首词作于嘉泰四年(1204)秋。稼轩时年六十五，知镇江府。

　　词作起笔自慨身世。稼轩可谓年少成名，二十出头聚义抗金，杀叛僧，

闯金营，擒叛贼，"章显闻于南邦"，"壮声英概，懦士为之兴起，圣天子一见

三叹息"(洪迈《稼轩记》)。如今老来回想平生，南渡数十年来，屡遭弹劾，

大半闲居无为，壮志难酬，不免为年少之声名感到愧憾，"畏人知"即表露此

情。老而出山，乃为实现平生之志作最后的努力，以期弥补人生遗憾，却终

归于失望。词言"老去行藏与愿违"，自是谓老而复出与闲居林泉之愿相

违，此种悔怨慨叹笔调中见出稼轩复出一年来的失意情怀，心生归念。"山

草"二句，借物喻志，以昔日之"远志"与今日之"当归"相对衬，令人感受到

其内心的不平静。

　　心境难平，故欲觅得"安心法"，能使心如止水。过片二句即言此意。然

而问诘笔调则又显露出欲安心而心难安。结末二句自笑不能如江上白鸥那

般自由超然，在自嘲中收束欲归而不能之境况，章法上则关合题中"登连沧

观"之意。连沧观为镇江城中最高处，杨万里《题连沧观呈太守张几仲》诗

这样描述："开窗纳尽大江秋，天半飞楼不是楼。独立南徐鳌绝顶，下临北

固虎回头。"稼轩"病中起登"，并无放眼畅怀之感，却满怀身世感慨和归退

之情，自然与其年老体病有关，但更重要的缘由恐怕是对韩侂胄主持北伐

的失望。

瑞　鹧　鸪

期思溪①上日千回。樟木桥边酒数杯。人影不随流水去，醉颜重带少年来。　　疏蝉响涩林逾静②，冷蝶飞轻菊半开。不是长卿终慢世，只缘多病又非才。③

注释

① 期思溪：在铅山期思，瓢泉附近。

② "疏蝉"句：疏落而滞涩的蝉声更显山林之静。此化用南朝王籍《若耶溪》"蝉噪林逾静"诗句。

③ "不是"二句：反用司马相如典故，自嘲身世境遇。长卿，指西汉辞赋家司马相如，字长卿。慢世，玩世不恭。《世说新语·品藻》"长卿慢世"注引《高士传》："长卿慢世，越礼自放。犊鼻居市，不耻其状。托疾避官，蔑此卿相。"

评析

这首词作于开禧元年（1205）秋。稼轩时年六十六，罢居瓢泉。

词作上片自述山水间闲游醉饮之情状。稼轩闲居带湖时赋词《水调歌头·盟鸥》有言："先生杖屦无事，一日走千回。"此谓"溪上日千回"，同样是闲散无事之举。溪上漫步，水中倒影相随不离。桥头畅饮，醉颜映水，自视有返老还童之感。"人影"句与首句相承，"醉颜"句与次句相承，舒缓回环的笔调中展现出悠然闲适之趣。

过片二句景语，一为听觉，一为视觉，渲染出山间清秋的幽冷气韵。秋蝉、秋菊自是清高脱俗,同时又岂非孤芳自赏、傲世独立?稼轩也许联想到此,结末二句遂反用"长卿慢世"之意,自谓并非倨傲玩世,闲居山林只因多病而又无才。长卿"托疾避官,蔑此卿相",稼轩乃被弹劾而罢官闲居,自与长卿不同。"多病"之称虽非假托,知镇江时"已多病谢客"(岳珂《桯史》),然而数月前镇江任上赋词自喻廉颇(《永遇乐·京口北固亭怀古》),如今自称"非才",则深含怨愤。

虞 美 人

赋虞美人草①

当年得意如芳草。日日春风好。拔山力尽忽悲歌。饮罢虞兮从此奈君何。② 人间不识精诚苦。贪看青青舞。③蓦然敛袂却亭亭。怕是曲中犹带楚歌声。④

注释

① 美人草,草名。张泊(jì)《贾氏谭录》:"褒斜山谷中有虞美人草,状如鸡冠,大而无花,叶皆相对。行路人见者,或唱《虞美人》,则两叶渐摇动,如人抚掌之状,颇应节拍。或唱他辞,即寂然不动也。"

② "拔山"二句:《史记·项羽本纪》载项羽兵败垓(gāi)下,"夜起饮帐中。有美人名虞,常幸从;骏马名骓,常骑之。于是项王乃悲歌忼慨,自为诗曰:'力拔山兮气盖世,时不利兮骓不逝。骓不逝兮可奈何!虞兮虞兮奈若何!'"

③ "人间"二句:世人不知虞美人草乃虞姬之悲苦精魄所化,只知观赏其应歌

起舞。

④ "怕是"句:《史记·项羽本纪》载项羽困于垓下,"夜闻汉军四面皆楚歌。项王乃大惊曰:'汉皆已得楚乎?是何楚人之多也!'"《史记正义》引《楚汉春秋》载虞姬和歌:"汉兵已略地,四方楚歌声。大王意气尽,贱妾何聊生。"楚歌,楚地之歌。

评析

这首词与稼轩另一首词《虞美人·送赵达夫》同调同韵,大略作于同时。考赵达夫(1134—1218)绍熙五年(1194)知吴兴,后退归铅山,庆元(1195—1200)末复出。稼轩时闲居瓢泉,二词大概为当时所作。

虞美人草因其闻《虞美人》曲即应拍起舞而得名。此曲见于唐代崔令钦《教坊记》,其名则源于项羽及其宠妾虞姬垓下唱和,虞姬生前、死后情事为题咏虞美人草的题中之意。本词便从虞姬生前得宠起笔,以春风抚爱芳草喻项王宠爱虞姬,扣题而入,美妙切当,且应合虞姬死后精魄化作芳草之传说。"拔山"二句,笔调陡转,由春风得意跌入悲歌死别,简括的词句依然传达出英雄末路的悲壮和柔情。前二句言虞姬,后二句笔调转到项羽,相辅相成,显示出二人间生死相依之深情,暗示出虞姬死后的精魂悲苦。

词作下片写虞姬死后化作芳草、闻曲起舞之事。过片句中"精诚苦"三字承上片词情而发,"人间不识"则更显其苦。闻曲起舞,寄托着世人未知的精魂之怨;敛袂罢舞,似为曲中的楚歌声情所惊怔,重忆当年垓下那幕死别情景。结末"楚歌声"与上片后两句呼应,又归结到词题虞美人草的灵性所在,即闻《虞美人》曲而摇曳起舞。

全词笔脉贯通人、草、曲,三者以"精诚"之情相融一体。此情超越生死,寓于曲中,亦为本词情韵所在。

满 江 红

暮 春

　　家住江南,又过了、清明寒食①。花径里、一番风雨,一番狼藉②。红粉暗随流水去③,园林渐觉清阴密。算年年、落尽刺桐④花,寒无力。　　庭院静,空相忆。无说处,闲愁极。怕流莺乳燕,得知消息。尺素⑤如今何处也?彩云依旧无踪迹。⑥谩教人、羞去上层楼,平芜碧。⑦

注释

① 寒食:节气名,在清明前一、二日。

② 狼藉:凌乱。

③ "红粉"句:四卷本作"流水暗随红粉去"。红粉,指落花。

④ 刺桐:落叶乔木,又名海桐、山芙蓉。

⑤ 尺素:书信。

⑥ "彩云"句:言所思念的人依然无音信。

⑦ "谩教人"二句:空使人害怕登上高楼,只见碧野无际,见不到所念之人。谩,徒然。羞,羞怯。此二句情境颇似欧阳修《踏莎行》(候馆梅残)词句:"楼高莫近危栏倚,平芜尽处是春山,行人更在春山外。"

评析

　　邓广铭《稼轩词编年笺注》据"家住江南,又过了、清明寒食",断定此词为稼轩"南归后之第二个暮春",即隆兴二年(1164)所作。此说虽难确信,"又"字未必确指第二次,但大致可断为稼轩南归后的前几年所作。

词作上片伤春。异乡客居,几度暮春。起笔二句中已深含愁思。接下来呈现出花径狼藉、流水漂红、园林清阴三幅暮春图景,由动而静,也暗示出伤春情绪的波动变化。"算年年"二句特写刺桐花,"寒无力"又令人想起李商隐《无题》中的"东风无力百花残",隐约浮现出年年花落尽、春料峭、人惜别的场景。

下片承上片结句,写怀人。"庭院静"四个三字短句,直写相思愁极,无处诉说。"怕流莺"四句,言女子思念入痴而向流莺乳燕探询消息;"谩教人"二句为女子心里独白语,也可理解为女子对莺燕倾诉心声。"羞"字极为细腻深切地传达出矛盾心态:思念难耐而希望登上高楼能遥望思念之人,但一次次的失望又使她害怕登楼,害怕望极茫茫碧野而不见思念之人。

稼轩南归当年,即绍兴三十二年(1162),曾向建康府帅兼行宫留守张浚建议分兵击金而未被采纳。隆兴元年(1163)夏,张浚率师北伐,初战小胜而终溃败于符离(今属安徽宿州),朝廷主和势盛。次年十一月,宋金达成和议。稼轩怀抱抗金复国壮志南归,面临此般局势,其伤春伤别之中,盖不无对时局的深切忧虑。

满 江 红

中秋寄远①

快上西楼,怕天放浮云遮月。但唤取玉纤横管,一声吹裂。②谁做冰壶凉世界③,最怜玉斧修时节④。问嫦娥孤令有愁无?应华发。⑤　　云液满⑥,琼杯滑。长袖舞⑦,清歌咽。叹十常八九,欲磨还缺。⑧但愿长圆如此夜⑨，人情未必看承别⑩。把从前离恨总成欢，归时说。⑪

注释

① 寄远：寄怀远方的亲友。

② "但唤取"二句：唤来美人吹笛驱散浮云。但，只有，原注"平声"。玉纤，指
美人纤纤玉指。横管，指竹笛。四卷本作"横笛"。按，此二句用北宋王琪
《中秋赏月》诗意："只在浮云最深处，试凭弦管一吹开。"（见叶梦得《石林
诗话》卷上）又相传"昔有善吹笛者，能为穿云裂石之声"。（见何薳［yuǎn］
《春渚纪闻》卷七）

③ 冰壶凉世界：喻中秋月夜清凉皎洁如冰壶。

④ 玉斧修时节：指月圆皎洁。传说月亮由七种宝石合成，常有八万二千名工
匠持玉斧修磨。（见唐段成式《酉阳杂俎·天咫》）

⑤ "问嫦娥"二句：嫦娥独处清冷的月宫，一定因忧愁而鬓发斑白。嫦娥，传
说原本为上古有穷氏国君后羿之妻，因偷吃灵药而飞入月宫成仙女。孤
令，即孤零。四卷本作"孤冷"。此二句用李商隐《嫦娥》诗意："嫦娥应悔
偷灵药，碧海青天夜夜心。"

⑥ 云液满：指斟满美酒。

⑦ 长袖舞：四卷本作"长袖起"。《韩非子·五蠹》载有谚语："长袖善舞。"

⑧ "叹十常八九"二句：感叹天上明月十有八九是将圆还缺。磨，指修圆
磨亮。

⑨ "但愿"句：只愿明月能永远如今夜一样圆满。但愿，只愿。四卷本作"若
得"。此句意同苏轼《水调歌头》（明月几时有）："但愿人长久，千里共
婵娟。"

⑩ "人情"句：人们未必在意离别。看承，看待。郭应祥《鹧鸪天》："自缘人意

看承别,未必清辉减一分。"

⑪ "把从前"二句:把过去的离愁别恨融化为欢欣,待归来时倾诉衷肠。

评析

这首词见于四卷本甲集,作于淳熙十五年(1188)正月结集之前,具体作年不详。邓广铭《稼轩词编年笺注》将此词及同调词作"美景良辰""点火樱桃"系于乾道中期(1169年前后)。

词为中秋寄怀远方亲友之作,从登楼赏月入笔,语调跳荡。"但唤取"以下四句,由"浮云遮月"语引出:浮云散灭,圆月当空,清凉澄澈如冰壶玉洁。"问嫦娥"二句化用李商隐诗意:"嫦娥应悔偷灵药,碧海青天夜夜心。"(《嫦娥》)同时暗合"寄远"题意。

过片写把酒对月,轻歌曼舞,美如仙境。"叹十常八九"二句一转,明月常缺,亦喻人间离多聚少,用东坡"人有悲欢离合,月有阴晴圆缺"之意,而略带伤感。"但愿"二句也从东坡词句"不应有恨,何事长向别时圆""但愿人长久,千里共婵娟"化出,"人情"句字面上反用郭应祥词句"自缘人意看承别",而意趣则承东坡词中的豁达情怀,意谓在美妙圆满的月光下,人们能淡然看待离别,故结末以归时的欢悦融化离愁别恨,也是对离愁别恨的一种超脱。

词题为"中秋寄远",佳节思亲,但笔调疏快,多用虚字调度,情致洒脱。

满 江 红

点火樱桃①,照一架、荼蘼②如雪。春正好,见龙孙③穿破,紫苔苍壁。乳燕引雏飞力弱,流莺唤友娇声怯。问春归、不肯带愁归,肠千结。　　层楼望，春山叠。家何在，烟波隔。把古今遗恨，向他谁说。蝴蝶不传千里梦④，子规叫断三更月⑤。听声声、枕上劝人归⑥，归难得。

① 点火樱桃：红红的樱桃像点点火苗。

② 荼蘼：花名，色白，春末开花，亦作"酴醾"。苏轼《杜沂游武昌以酴醾花菩萨泉见饷》："酴醾不争春，寂寞开最晚。"

③ 龙孙：指竹笋。北宋释赞宁《笋谱·杂说》："俗闻呼笋为龙孙。"

④ "蝴蝶"句：梦不到千里之外的故乡。此用庄周梦蝶典故。《庄子·齐物论》："昔者庄周梦为蝴蝶，栩栩然蝴蝶也。"

⑤ 子规：鸟名，又名杜鹃。陆佃《埤雅·释鸟》："杜鹃，一名子规，苦啼，啼血不止，一名怨鸟。夜啼达旦，血渍草木。凡始鸣皆北向，啼苦则倒县于树。"

⑥ "听声声"句：枕上听杜鹃啼声如劝人归去。俗谓子规啼声似说"不如归去"。吴曾《能改斋漫录》卷四"子规"条："此鸟昼夜鸣，土人云：不能自营巢，寄巢生子。细详其声，乃是云'不如归去'，此正所谓子规也。"梅尧臣《子规》："不如归去，春山云暮。"

这首词作年不详。邓广铭《稼轩词编年笺注》据广信书院本编次及词中思归山东之情，推测为乾道（1165—1173）中期所作。

词为春暮思乡之作。上片主要描绘暮春景象。火红的樱桃，雪白的荼蘼，呈现出春色之绚烂明丽。樱桃、荼蘼均为暮春的典型景物，樱桃亦暮春三月时成熟,而以"点火"状"樱桃",既切合樱桃"其颗如璎珠""小而红者谓之樱珠"(《本草纲目·果二·樱桃》),也透露出春意盛旺气象。"春正好"之赞叹便是承前两句而来,也导引出下文。

竹笋穿破山壁,挺拔而出,显示了春天勃发坚强的生命力,呈现出刚健的力度,这也是暮春的特色。同时,春燕缓缓飞,黄莺娇声啼,又是暮春的另一种韵味,似乎透露出春天将归而未归时的留恋依依。

春归惹人忧愁,更何况是异乡送春归!上片结尾写春归而倾吐愁情,笔调上先曲后直,跌宕有情致。"问春归"句为曲笔,意趣即作者《祝英台近》(宝钗分)中的"是他春带愁来。春归何处?却不解带将愁去"。"肠千结"为直笔,而情调沉郁有力度。

下片写思乡。登楼遥望,眼前绵延重叠的山峦、弥漫飘荡的烟波隔断望乡的视线,也在稼轩心中引发出茫茫沧桑之感。抚今追昔,多少遗恨,却无人倾诉。想到梦里或许能回到亲友身边一吐衷曲,然而梦也不成;夜听子规苦苦劝人归去,然而归又难成。如此境况,何以为怀!按,唐末崔涂《春夕旅怀》名句"蝴蝶梦中家万里,杜鹃枝上月三更",宋时颇为流传,稼轩本词"蝴蝶"两句当亦从崔诗化出,但加入"不传""叫断"二语,情调之深刻峭劲远胜于崔诗。

通观词作全篇,起笔色调绚丽,气韵勃发,与下文暮春思归、感时伤世的沉郁顿挫情调反差对衬,感人至深。

满 江 红

建康史致道留守席上赋①

鹏翼垂空②,笑人世、苍然无物。还又向、九重③深处,玉阶山立④。袖里珍奇光五色,他年要补天西北。⑤且归来、谈笑护长江,波澄碧。⑥　　　佳丽地⑦，文章伯⑧。金缕唱⑨，红牙拍⑩。看尊前飞下，日边消息⑪。料想宝香黄阁梦，依然画舫青溪笛。⑫待如今、端的约钟山，长相识。⑬

注释

① 建康史致道留守：指建康（今江苏南京）行宫留守史正志，字致道，扬州人。乾道三年（1167）至六年间知建康府，兼建康行宫留守。留守，官名，即行宫留守。

② 鹏翼垂空：大鹏展翅翱翔。《庄子·逍遥游》："有鸟焉，其名为鹏。背若泰山，翼若垂天之云。"

③ 九重：指皇宫。《楚辞·九辩》："君之门以九重。"

④ 山立：庄严耸立。陆云《逸民赋》："俨焉山立。"

⑤ "袖里"二句：借女娲补天喻史致道有收复中原之才。司马贞《补史记·三皇本纪》载，共工氏与祝融战，头触不周山，"天柱折，地维绝。女娲乃炼五色石以补天"。史正志绍兴末撰有《恢复要览》。

⑥ "且归来"二句：指史正志回到建康任知府兼沿江水军制置使。史正志隆兴元年（1163）曾奉诏到建康与张浚议事，故云"归来"。

⑦ 佳丽地：指建康，古称金陵。谢朓《入朝曲》："江南佳丽地，金陵帝王州。"

⑧ 文章伯：文坛宗主。

⑨ 金缕唱：指歌妓唱曲。唐有《金缕衣》曲，金陵歌妓杜秋娘善唱此曲。

⑩ 红牙拍：调节乐器节奏的拍板。俞文豹《吹剑续录》载苏轼幕士云："柳郎中（柳永）词，只好十七八女郎，按执红牙拍，歌'杨柳岸，晓风残月'。学士（苏轼）词，须关西大汉，执铁绰板，唱'大江东去'。"

⑪ 日边消息：指皇帝诏令。日边，指京城或皇帝身边。

⑫ "料想"二句：意谓史氏擢迁卿相之后，依然会在梦里重温青溪画船听笛情

景。宝香黄阁,指卿相官署。青溪笛,用晋桓伊在青溪岸上为王徽之吹笛
典故(参见《晋书·桓伊传》)。青溪,遗址在今南京市,三国时吴大帝孙权
赤乌四年(241)开凿,发源钟山,流入秦淮河。

⑬ "待如今"二句:如今果真要与钟山分别,相约彼此莫相忘。端的,的确。
钟山,又名蒋山,在南京市东。

评析

这首词作于乾道六年(1170)三月。稼轩时年三十一,任建康府通判。

稼轩乾道四年至六年(1168—1170)任建康府通判期间,屡有词作奉呈府
帅史正志,如《念奴娇》(我来吊古)、《千秋岁》(塞垣秋草),前者悲慨时局,后
者以抗金复国相勉。《宋诗纪事》录有史氏《新亭》诗:"龙盘虎踞阻江流,割据
由来起仲谋。从此但夸佳丽地,不知西北有神州。"字里行间隐约讥讽当朝主
和派苟且偏安、不思恢复。可以见出二人志趣投合。词中"袖里珍奇光五色,
他年要补天西北。且归来、谈笑护长江,波澄碧",指史氏所撰《恢复要览》及
其知建康府兼沿江水军制置使;"看尊前飞下,日边消息""宝香黄阁梦",指其
升任都大发运使;"约钟山,长相识",乃与钟山辞别语。

从上述创作背景看,本词为庆贺升迁兼送别,然而上片对此却只字未提,
而是借庄子笔下的大鹏展翅翱翔,喻示史留守傲然超群的雄才大略,笔调亦
鹏亦人:俯瞰苍茫人世,立于九重天宫,怀持珍奇的五色补天之石,一派壮志
凌云、蓄势待发之势充溢于字里行间。"且归来"三字笔调一顿,言史氏知建
康府兼沿江水军制置使之政绩。"谈笑护长江"二句,一则见出史氏才能高
超,同时隐含史氏所任未尽其才;二则谈笑于澄江碧波之上也见出史氏颇有
风雅韵致,为下片开启意脉。

"佳丽地"四句上承"谈笑护长江"二句来,亦与下文"画舫青溪笛""约钟

山,长相识"相照应:正是建康的美景良辰、赏心乐事令不无风情的史留守难以忘怀,别后将会梦里重温,分别之际才会与钟山相约莫相忘,而稼轩的送别之情亦在不言中。"尊前飞下"二句及"宝香黄阁"语点出史氏升迁之事,也照应了上片对史氏的颂赞,庆贺之意自在言外。

词作上片颂赞史氏,笔调豪迈壮阔,言外也能见出稼轩本人的怀抱志向;下片言欢宴、贺升迁、叙别离,笔调洒落流转,而僚友间的诚挚情谊也溢于言表。

满　江　红

汉水①东流,都洗尽、髭胡②膏血。人尽说、君家飞将③,旧时英烈。破敌金城雷过耳,谈兵玉帐冰生颊。④想王郎、结发赋从戎⑤,传遗业⑥。腰间剑,聊弹铗。⑦尊中酒,堪为别。⑧况故人新拥,汉坛旌节。⑨马革裹尸当自誓,蛾眉伐性休重说。⑩但从今、记取楚楼⑪风,装台月⑫。

注释

① 汉水:又称汉江,长江支流,源出陕西西南部,流经湖北至武汉汉阳入长江。

② 髭胡:指北方金兵,因胡人多须髯故有此称。髭(zī),唇上边的胡子。

③ 飞将:西汉名将李广,英勇善战,屡败匈奴,被匈奴称为"汉之飞将军"。

④ "破敌"二句:摧毁敌军堡垒如迅雷震耳,军帐里谈兵论战似齿颊生冰。金城,指防御坚固的城池。玉帐,指主帅军帐。冰生颊,形容言辞锋利,如齿颊间喷出冰霜。苏轼《浣溪沙》:"论兵齿颊带冰霜。"

⑤ "想王郎"句：借汉末王粲喻指友人。王郎，指王粲(177—217)，字仲宣，"建安七子"之一，才识卓异。少年时避乱荆州，后随曹操西征汉中，赋《从军诗》五首。结发，束发戴冠。古代男子年二十行冠礼，结发加冠。《汉书·李广传》载李广自言"结发而与匈奴战""结发与匈奴大小七十余战"。

⑥ 传遗业：传继先祖李广的业绩。

⑦ "腰间"二句：聊且弹剑而歌。此用战国时齐国孟尝君门客冯谖典故。《战国策·齐策四》载冯谖为孟尝君门客，初不为用，屡次弹铗作歌，抒发怀才不遇之情，后为孟尝君所重。聊，姑且。铗(jiá)，剑把。

⑧ "尊中酒"二句：言把酒饯别。尊，酒器。堪，可。

⑨ "况故人"二句：借汉王刘邦设坛拜韩信为大将军典故，喻指友人新任重要军职。况，正。旌节，将帅所持的旌旗符节。

⑩ "马革"二句：此化用东汉马援语，激励友人征战疆场，休恋儿女情事。《后汉书·马援传》载马援自请抗击匈奴，说："男儿要当死于边野，以马革裹尸还葬耳，何能卧床上在儿女子手中耶!"马革，马皮。蛾眉，指美女。伐性，残害性命。枚乘《七发》："皓齿蛾眉，命曰伐性之斧。"

⑪ 楚楼：在江陵沙市(在今湖北荆州市)。稼轩同时人袁说友《楚楼》诗题下自注："楼在沙市，规模宏广，东西皆见江山，郡中以之为酒肆。"

⑫ 裴台：在江陵(今属湖北)。邓广铭《稼轩词编年笺注》疑为唐代荆南节度使裴胄所建台榭。

评析

这首词作于淳熙四年(1177)。稼轩时年三十八，任湖北安抚使。

词为送别一李姓友人赴任之作，从眼前滚滚东流的汉水落笔，顺水流之势展开两层联想：一为汉代飞将军李广抗击匈奴的英勇业绩，一为汉末才杰王粲。其中的关联是：一是李广与友人同姓；二则王粲曾避乱荆州，又曾随曹操西征汉中，在荆山赋诗《从军行》；三则友人将拥兵掌帅（下文所谓"况故人新拥，汉坛旌节"），与李广讨伐匈奴、王粲从军可相拟比。在语词表达上，汉水洗尽胡虏膏血是因水流而生发的想象，也是汉水与飞将军李广间的过渡句。这一句既是想象中对李广当年抗击匈奴的形象再现，与下文"破敌"两句呼应；同时也隐含作者对友人抗金立功的期望，与下文"传遗业"相呼应。

上片由汉水触发对李家飞将军的怀念和敬仰，对友人李氏的赞誉和期望，字面上不及送别，但此景此情已透出送别之意。下片即从送别入笔，"腰间剑"两句用典取象颇有壮志难酬之无奈，"尊中酒"两句聊作宽慰之词，而下文所言"故人新拥旌节"更是令人欣慰的事，所以道别之语全无伤感之情，只有对友人的劝勉和激励："马革"两句嘱其当舍身报国，不要拘于儿女之情；"但从今"两句嘱其当长记两人荆州相处的这段情谊，而这情谊所激发的恐怕也多是抗金报国之志。

全词首尾均落笔在江陵，中间无论是上片之怀古（李广、王粲），还是下片之送别，都归结于对友人的激励和期望。这便既关合送别之地，又突出了送别之意，可以见出作者在章法结构上的用心。

满 江 红

老子当年，饱经惯、花期酒约①。行乐处、轻裘缓带，绣鞍金络。②明月楼台箫鼓夜，梨花院落秋千索。③共何人、对饮五三钟，颜如玉④。　　嗟往事，空萧索。怀新恨，又飘泊。但年来何待，许多幽独。海水连天凝望远，山风吹雨征衫薄。向此际、羸马独骎骎⑤，情怀恶⑥。

注释

① 花期酒约：指聚欢宴游。

② "行乐"二句：意谓率性行乐，无拘无束。《晋书·羊祜传》："祜在军，常轻裘缓带，身不被甲。"

③ "明月"二句：白居易《宴散》："小宴追凉散，平桥步月回。笙歌归院落，灯火下楼台。"晏殊《寓意》："梨花院落溶溶月，柳絮池塘淡淡风。"

④ 颜如玉：指美人。《古诗十九首》："燕赵多佳人，美者颜如玉。"

⑤ 骎骎（qīnqīn）：马行急迫的样子。

⑥ 情怀恶：杜甫《北征》："老夫情怀恶，呕吐卧数日。"

评析

据蔡义江、蔡国黄《辛弃疾年谱》，这首词作于绍熙三年（1192）岁末。稼轩时年五十三，自福建提刑任上奉诏入京。

稼轩任福建提刑间政绩颇佳，但与安抚使林枅不睦。后林枅病卒，稼轩兼代安抚使，与僚属亦不甚融洽，"弃疾尚气，僚吏不敢与可否"（《宋史·赵希怿传》），"提点刑狱辛公弃疾摄帅事，厉威严，轻以文法绳下。官吏惴栗，惟恐奉教条不逮得谴"（真德秀《少保成国赵正惠公墓志铭》）。其上疏论经界、钞盐二事又为朝议所阻。代理安抚使数月未能获得正式任命却被召离任，当与此种种有关。词中说"怀新恨，又飘泊。但年来何待，许多幽独"，见出怅然奉诏入京之际感慨福建任职一年来的幽愤孤独境遇。雄才难展，幽独郁愤之际不禁想到退出官场的狂放行乐，词作遂以追怀往日游赏宴欢之乐入笔，上片忆想当年花期酒会、楼台赏月、夜夜笙歌、佳人伴饮之行乐情境，其中或有虚张之笔,而言语间充溢的豪兴意气则为稼轩性情之真。

　　下片回到现实处境。嗟往叹今,情怀萧索。如此心境,凝目远望海水连天,山风吹雨侵袭单薄衣衫,羸马伴行于茫茫征途,幽愤落寞情怀难以言状,只能迸出“情怀恶”三字,然情韵亦回荡不尽。

满　江　红

山居即事

　　几个轻鸥,来点破、一泓澄绿。^①更何处、一双鸂鶒,故来争浴^②。细读《离骚》还痛饮^③,饱看修竹何妨肉^④。有飞泉、日日供明珠,五千斛。　　春雨满,秧新谷。^⑤闲日永,眠黄犊。看云连麦陇^⑥,雪堆蚕簇^⑦。若要足时今足矣,以为未足何时足?^⑧被野老、相扶入东园,枇杷熟。

注释

① “几个轻鸥”二句:几只鸥鸟轻灵地飞来,掠过一泓清澈碧绿的湖面。

② “更何”处二句:鸂鶒(xīchì),水鸟名,俗称紫鸳鸯。杜甫《春水》:“已添无数鸟,争浴故相喧。”

③ “细读”句:《世说新语·任诞》载王恭语:“名士不必须奇才,但使常得无事,痛饮酒,熟读《离骚》,便可称名士。”

④ “饱看”句:意谓赏竹、食肉两不相妨。此反用苏轼《於潜僧绿筠轩》诗意:“可使食无肉,不可居无竹。无肉令人瘦,无竹令人俗。”

⑤ “春雨”二句:春雨丰足,播种新稻。

⑥ “看云”句:大片麦陇如云。王安石《陂麦》:“陂麦连云惨淡黄。”叶梦得《满

庭芳》:"麦陇如云。"

⑦ "雪堆"句:蚕簇上蚕茧堆积如雪。蚕簇,供蚕做茧的工具。

⑧ "若要"二句:知足则足,不知足则未有足时。《老子》四十六章:"祸莫大于不知足,咎莫大于欲得,故知足之足,常足矣。"

$$\boxed{\text{评析}}$$

这首词作于闲居期间,具体作年不详。词中"飞泉""一泓澄绿",与《沁园春》(叠嶂西驰)中"惊湍直下,跳珠倒溅""偃湖",景致相近,疑为庆元间居瓢泉时所作。

词写山居所见所感,故题"山居即事"。时属春季,雨水丰足,湖水漫涨,轻鸥飞掠湖面,水鸟在湖中追逐嬉戏。山上涌泉飞泻,水珠倒溅飘洒。这是上片所呈现的自然风景。稼轩身临其境,悠闲无事,意惬神爽,尽情任性,饮酒吃肉,细读《离骚》,饱看修竹,恍如魏晋名士。

下片笔调转到山村农事。漠漠水田间,农家在插秧忙碌,牛犊在春日下闲眠。麦垄相连,弥望如云,蚕簇上蚕茧堆积如雪。一切都透出丰足恬适气象,令人由衷地感到人生的知足妙境。结末二句,与老农相扶进入东园,品尝成熟的枇杷,既是对下片所言农事的归结,更显示出稼轩与乡村农家的情感交融。

稼轩罢职后闲居山中,寄情山水田园,与乡村野老交游同乐,虽不无自我宽慰排解之意,但词中展现出的自足自乐之情则是真切的,依然见出其性情中的洒脱。

满 庭 芳

和洪丞相景伯韵①

倾国无媒②,入宫见妒,古来翚损③蛾眉。看公如月,光彩众星稀。

袖手高山流水④,听群蛙、鼓吹⑤荒池。文章手,直须补衮⑥,藻火粲宗彝⑦。 痴儿公事了⑧,吴蚕缠绕,自吐余丝⑨。幸一枝粗稳,三径新治⑩且约湖边风月,功名事、欲使谁知。都休问,英雄千古,荒草没残碑。

注释

① 洪丞相景伯:即洪适(1117—1184),字景伯,与其弟洪遵、洪迈文名满天下,时称"三洪"。

② 倾国无媒:绝代佳人无人举荐,喻贤能之士报国无门。此句反用汉武帝李夫人典故。《汉书·外戚传》载李夫人兄李延年曾为汉武帝歌曰:"北方有佳人,绝世而独立。一顾倾人国,再顾倾人城。宁不知倾国与倾城,佳人难再得。"武帝感叹,问:"世岂有此人乎?"平阳主遂荐举李夫人,夫人由此入宫得幸。韩愈《县斋有怀》:"谁为倾国媒,自许连城价。"

③ 颦损:愁损。颦,皱眉,愁苦的样子。

④ "袖手"句:言赋闲无事,寄情山水。高山流水,暗用伯牙鼓琴典故。《列子·汤问》载伯牙善鼓琴,以琴声寄托高山流水之情,惟有钟子期善听。洪适原词《满庭芳·辛丑春日作》有云:"人生何处乐? 楼台院落,吹竹弹丝。""漫道游鱼听瑟,弦绿绮、山水谁知?"

⑤ 群蛙鼓吹:群蛙鸣叫。鼓吹,鼓吹曲。《南齐书·孔稚珪传》载孔稚珪不乐世务,隐居山水间,庭院杂草丛生,蛙鸣其中。稚珪谓人曰:"我以此当两部鼓吹。"

⑥ "直须"句:只当补救帝王过失。直须,只应当。衮(gǔn),帝王龙服,代指帝王。《诗·大雅·烝民》:"衮职有阙,维仲山甫补之。"

⑦ "藻火"句:藻火,古时官服上的水藻、火焰图饰。宗彝(yí),宗庙礼器。

⑧ "痴儿"句:意谓摆脱了政事。《晋书·傅咸传》载杨济与傅咸书曰:"生子

痴,了官事。"意谓生了痴儿才能避免为官,了却公家事。

⑨ "吴蚕"二句:言鬓发斑白。曾极《往舂陵作》:"鬓丝半是吴蚕吐,襟血全因蜀鸟流。"陆游《生查子》:"鬓边千缕丝,不是吴蚕吐。"

⑩ "幸一枝"二句:意谓带湖新居已次第落成。一枝,指栖身之所。《庄子·逍遥游》:"许由曰:'鹪鹩巢于深林,不过一枝。'"三径,指归隐之处。东汉赵岐《三辅决录·逃名》载西汉末年兖州刺史蒋诩辞归乡里,在宅院中辟出三条小路,只与好友求仲、羊仲来往。

评析

洪适原唱题作"辛丑春日作",即作于淳熙八年(1181)春,本词和其韵,当为同时之作。稼轩时年四十二,任江西安抚使。

洪适为博学宏词科出身,曾入翰林、居相位,然而洪氏拜相仅三月便罢去,后闲居十余年,内心不无感慨,故其原唱《满庭芳》有云:"奈壮怀销铄,病费医治。漫道游鱼听瑟,弦绿绮、山水谁知?"言语间透露出壮志未酬、知音恨少之无奈。稼轩和词即承此起笔,"倾国无媒"可谓直答"弦绿绮、山水谁知","入宫"二句喻指洪氏遭同僚嫉妒而被罢黜。"古来"二字,笔触由今及古,古今感慨之中透出超然襟怀。只有此种心境才能呈现出光彩如月、袖手听琴听蛙之精神风度。然而,本为国之英才的文章妙手却落得寄情山水、袖手听蛙,又怎不令人愤激?"文章手"三句,笔调突转,上文潜伏的怀才抱屈之情在"直须"二字中倾吐而出,笔直而情曲,颇堪玩味。

上片言洪氏,为和答词作题中之义;下片自抒退归之意,亦应合洪氏之闲居。稼轩时任江西安抚使而言"公事了",乃是心中意愿。白发渐多,新居初成,退隐则为情理中事。"且约湖边风月"云云,抒发的便是退隐情怀:寄情山水间,休问功名事。然而语调口吻中却隐含难言的无奈和悲慨:如今功名之事,无人可谈! 再说那些成就功名的千古英雄,埋没在荒草丛中,无人理会! 满腔感慨之中实则透露出其内心对功名事业的难以忘怀,这也是稼轩的英雄本色。

满 庭 芳

和章泉赵昌父①

西崦②斜阳,东江流水,物华不为人留。铮然一叶,天下已知秋。③屈指人间得意,问谁是、骑鹤扬州④? 君知我,从来雅意⑤,未老已沧洲⑥。　　无穷身外事,百年能几,一醉都休。⑦恨儿曹抵死,谓我心忧。⑧况有溪山杖屦,阮籍辈、须我来游。⑨还堪笑,机心早觉,海上有惊鸥⑩。

注释

① 章泉赵昌父:即赵蕃,号章泉。参见《水调歌头》(我志在寥阔)注释①。

② 西崦(yān):西山。

③ "铮然"二句:铮然,本指金玉撞击声,此喻落叶声。《淮南子·说山训》:"见一叶落,而知岁之将暮。"

④ 骑鹤扬州:喻人间美事兼备。南朝梁《殷芸小说》载:"有客相从,各言所志,或愿为扬州刺史,或愿多赀财,或愿骑鹤上升。其一人曰:'腰缠十万贯,骑鹤上扬州。'欲兼三者。"

⑤ 从来雅意:素来的意愿;本意。

⑥ 沧洲:滨水之地,泛指退隐闲居之地。

⑦ "无穷"三句：用杜甫《绝句漫兴九首》其四诗意："莫思身外无穷事，且尽生前有限杯。"

⑧ "恨儿曹"二句：儿辈总说我心怀忧虑。抵死，总是。《诗经·王风·黍离》："知我者，谓我心忧。"

⑨ "况有"二句：正有性情似阮籍的友人待我同游山水。杖屦(jù)，拄杖漫步。阮籍(210—263)，字嗣宗，"竹林七贤"之一，《晋书·阮籍传》称其"容貌瑰杰，志气宏放，傲然独得，任性不羁，而喜怒不形于色。或闭户视书，累月不出；或登临山水，经日忘归。博览群籍，尤好《庄》《老》。嗜酒能啸，善弹琴。当其得意，忽忘形骸。时人多谓之痴"。须，等待。

⑩ "机心"二句：机诈之心早被觉察，海上鸥鸟惊飞而去。典出《列子·黄帝》："海上之人有好沤(同'鸥')鸟者，每旦之海上从沤鸟游，沤鸟之至者百住(同'数')而不止。其父曰：'吾闻沤鸟皆从汝游，汝取来，吾玩之。'明日之海上，沤鸟舞而不下也。"机心，巧诈之心。《庄子·天地篇》："有机械者必有机事，有机事者必有机心。机心存于胸中，则纯白不备。"

评析

这首词与《鹧鸪天·和章泉赵昌父》(万事纷纷一笑中)大略为同时之作，即庆元二、三年(1196、1197)间所作。稼轩时年近六十，闲居瓢泉。

时光流逝，繁华衰歇，落叶惊秋。稼轩身临其境而感慨人生：谁能兼备人间美事？说到自身际遇，年仅四十余即罢职闲居带湖，所谓"未老已沧洲"。词中虽称此为"从来雅意"，然而"谁是、骑鹤扬州"一句反诘语气中，仍隐含仕宦失意之悲，故而下片言"儿曹抵死，谓我心忧"。《诗经·王风·黍离》云："知我者，谓我心忧。"实则儿曹乃"知我者"。

过片从身外功名落笔,暗承上片隐伏的仕宦失意之情。"一醉都休",痛饮欢醉中抛弃身外功名,亦即借酒消忧,儿曹的屡屡提醒则又令其生恨,可幸的是正有放达洒脱之友相待同游山水林泉。忘怀得失,放浪形骸,一片纯朴心怀才能与自然融洽无间,些许功利机诈之欲念都将隔阻自然真趣。这大概是稼轩寄心山水的体悟,因而想到《列子》所载惊鸥之事而不禁发笑。

蝶 恋 花

继杨济翁韵,饯范南伯知县归京口①

泪眼送君倾似雨。不折垂杨,只倩愁随去②。有底③风光留不住。烟波万顷春江橹。　　老马临流痴不渡。应惜障泥,忘了寻春路。④身在稼轩安稳处。书来不用多行数。⑤

注释

① 杨济翁:即杨炎正,字济翁,杨万里族弟。范南伯,即范如山(1130—
　　1196),字南伯,稼轩妻兄。京口:即镇江府(治所在今江苏镇江市),三国
　　时名京口。

② 倩:请;愿。

③ 有底:所有的。

④ "老马"三句:老马应是爱惜障泥而不肯渡过溪流,呆立岸边,忘了寻春之
　　路。障泥,垂于马腹两侧用以遮挡泥土之物。《世说新语·术解》:"王武
　　子善解马性,尝乘一马,着连钱障泥。前有水,终日不肯渡。王云:'此必
　　是惜障泥。'使人解去,便径渡。"

⑤ "书来"句：来信不用详说细述。此即黄庭坚《新喻道中寄元明用觞字韵》

"但知家里俱无恙，不用书来细作行"之义。

评析

这首词具体作年不详，邓广铭《稼轩词编年笺注》疑作于淳熙九年(1182)

退居带湖之初，大体可信。词中有言"身在稼轩安稳处"，知作于居带湖之时。

本词题为"饯范南伯知县归京口"，应是范南伯江陵公安县令任满归京口，途

经上饶与稼轩短聚而别，稼轩以词相送。

范南伯为稼轩之妻兄，二人均为中州豪杰，志趣投合。数年前，范南伯

被征召为卢溪令而犹豫迟迟未行，稼轩作词勉之云："万里功名莫放

休！"(《破阵子》"掷地刘郎玉斗")实有共勉之意。如今稼轩自己为人弹劾

而罢职退居，念及南伯年逾五旬仍局促于小小知县，不免深为悲慨。"泪眼

送君倾似雨"，更多的是英雄相惜之情，而不只是通常的离情别绪。词中

"不折垂杨"而"只情愁随去"，则颇为奇崛：送别本当给对方以宽慰，此则以

悲愁相赠。不合常理的别语中见出两人相知之深切：两人心照不宣，只有

悲愁，不必客套相劝。

"有底"二句写春光、春江景象，暗示出南伯即将乘船离去。上句言风光

难驻，含时光流逝之义，有"子在川上曰"之感慨，而"留不住"则更增叹惋之

情；下句状烟波浩渺之春江，则亦包含空间茫无边际之义，衬托出行船的渺

小。同时，两句以无限之时空映衬有限之人生，以超脱的眼光审视人生，消解

其失意之悲愁。

下片料想南伯回到镇江的情景。杨济翁原词《蝶恋花·别范南伯》云：

"君到南徐芳草渡，想得寻春，依旧当年路。"(南徐即镇江府，南朝刘宋时旧

名)稼轩继韵之作承其思路而又笔起波澜，借用恰当的典故，呈现出老马痴立

不渡情景,饶有意趣。结末二句言及别后二人间的书信联系,淡淡的话语中蕴含深情关切。

全词情调由起笔的泪倾如雨而渐趋舒缓,至末尾淡然而洒脱地辞别,其转折点在于"有底"二句映衬出的超然襟怀。

蝶 恋 花

送祐之弟①

衰草斜阳三万顷②。不算③飘零,天外孤鸿影④。几许凄凉须痛饮,行人自向江头醒⑤。　　会少离多⑥看两鬓。万缕千丝,何况新来病。不是离愁难整顿⑦,被他引惹其他恨。

注释

① 祐之:辛助,字祐之。稼轩族弟。

② 三万顷:泛言广阔无际。顷,百亩。

③ 不算:不停息。

④ "天外"句:苏轼《卜算子》:"谁见幽人独往来,缥缈孤鸿影。"

⑤ "行人"句:离人酒醒时分将独对江岸。其意趣有似柳永《雨霖铃》"今宵酒醒何处? 杨柳岸,晓风残月"。

⑥ 会少离多:李白《长干行》:"去来悲如何,见少别离多。"

⑦ 整顿:整治,此指排遣。原作"顿整",兹从四卷本。

评析

这首词见于四卷本甲集,知作于淳熙十五年(1188)正月结集之前,具体作年不详。

词作起笔融情入景,为送别渲染出无边无际的感伤孤凄色调。衰草连天,夕阳斜照,孤独的鸿影在杳远迷茫间飘忽。别离中人,触景生情,不免想到人生天地间的漂泊情形,有似衰草斜阳映衬下的天外孤鸿,生命仿佛就在无休止的飘零中衰歇消逝,其中的凄凉情味何以化解?"几许凄凉须痛饮",然而醉饮只能暂解凄凉,待到江头酒醒时,行人更觉凄凉,送行之人亦更加思念。

上片言临别场景及别宴饯行,下片感慨身世。过片上承别离,"会少离多",故愁白两鬓。愁中又添新病,其愁苦何以堪!然而词笔在此一跌,谓"不是离愁难整顿",即言离别之愁、病体之苦都不难消解,而真正无法消解的是离愁"引惹其他恨"。此所谓"其他恨",词中未有明示,恐怕主要是指抗金壮志难成、家国之仇难报而郁积的人生幽愤。

全词情调颇为沉郁伤感,对性情豪爽且识略高远的稼轩而言,忧伤并非来自离情别绪,而是别有其恨,末二句堪称曲终点旨。

蝶 恋 花

月下醉书雨岩石浪①

九畹芳菲兰佩好。②空谷无人③,自怨蛾眉巧④。宝瑟泠泠千古调,朱丝弦断知音少。⑤　　冉冉年华吾自老。⑥水满汀洲⑦,何处寻芳草⑧。唤起湘累⑨歌未了,石龙⑩舞罢松风晓。

注释

① 雨岩石浪：雨岩，在信州永丰县（今江西上饶市广丰区）博山。石浪，稼轩题咏雨岩之词《山鬼谣》（问何年此山来此）自注："石浪，庵外巨石也，长三十余丈。"

② "九畹"句：指佩饰芳香兰草。九畹，泛指大片田地。古时以十二亩为一畹。此句化用屈原《离骚》"余既滋兰之九畹兮""纫秋兰以为佩"诗句。

③ "空谷"句：此用杜甫《佳人》诗意："绝代有佳人，幽居在空谷。"

④ "自怨"句：自怨美貌。屈原《离骚》："众女嫉余之蛾眉兮，谣诼谓余以善淫。"

⑤ "宝瑟"二句：瑟调清越高古，知音恨少。泠泠，象声词，形容声音清脆。此意类似岳飞《小重山》："欲将心事付瑶筝，知音少，弦断有谁听。"

⑥ "冉冉"句：年华流逝，我自衰老。冉冉，渐渐。此用屈原《离骚》"老冉冉其将至兮"诗句。

⑦ 汀洲：水中小洲。

⑧ "何处"句：此句反用屈原《离骚》"何所独无芳草兮"诗句。

⑨ 湘累：指屈原。扬雄《反离骚》："钦吊楚之湘累。"李奇注："诸不以罪死曰累。屈原赴湘死，故曰湘累也。"

⑩ 石龙：指词题中的石浪。

评析

　　词作言及博山雨岩，又见于四卷本甲集，知作于淳熙十五年（1188）正月结集之前闲居带湖期间，具体作年不详。

　　词题"月下醉书雨岩石浪",但只有末句点到"石浪",其余笔墨全为月下抒怀。上片借空谷佳人形象,寄托孤芳自赏、幽艳自哀、曲高和寡之情。幽寂的山谷中,一位绝色佳人身佩芳兰,怀抱宝瑟,自哀自怨地弹奏千古高调,曲高弦断,余音回荡,无人知赏。此情此境,蕴含多少难以言表的幽怀深怨!

　　过片叹老嗟生,仍承"知音少"而感慨。哀怨渐至激愤,便有呼唤千古知音屈原高歌唱和之想。放歌未尽,石浪舞罢,松风中天色渐晓。走出月夜,一段幽深的心灵独白在晓风中结束。

　　词作融合屈原《离骚》的芳草美人和杜甫《佳人》笔下的空谷佳人,精妙地创造出寄情寓怀之境,其情孤高幽怨,其境芳艳幽洁,情与境相得益彰。

蝶　恋　花

　　洗尽机心随法喜。①看取尊前,秋思如春意。谁与先生宽发齿②?醉时惟有歌而已。　　岁月何须溪上记。③千古黄花,自有渊明比。④高卧石龙呼不起⑤,微风不动天如醉⑥。

注释

① "洗尽"句:去除机巧功利之心,诚悦佛法。机心,机巧功利之心。《庄子·天地》:"吾闻之吾师,有机械者必有机事,有机事者必有机心。机心存于胸中,则纯白不备。"法喜,佛教语,谓闻法悟法而喜悦。《维摩诘经·佛道品第八》:"法喜以为妻,慈悲以为女。"

② 宽发齿:指宽延发白齿落之期,即延年益寿。

③ "岁月"句：隐居山水间，不必关心世间岁月变迁。

④ "千古"二句：从来只有陶渊明似的田园隐士堪与菊花相比拟。

⑤ "高卧"句：此言雨岩石浪如巨龙高卧不起。石龙，指雨岩石浪，《山鬼谣》(问何年此山来此)原注："石浪，庵外巨石也，长三十余丈。"

⑥ "微风"句：微风拂不动，天色昏如醉。黄庭坚《二月丁卯喜雨吴体为北门留守文潞公作》："微风不动天如醉，润物无声春有功。"

评析

据词中"高卧石龙"句，本词当与题赋雨岩之作《山鬼谣》(问何年此山来此)、《念奴娇·赋雨岩效朱希真体》、《蝶恋花·月下醉书雨岩石浪》等大略为同期之作，但具体作年不详，参照同调同韵之《蝶恋花》(何物能令公怒喜)，可推断为淳熙十四年(1187)之前数年间所作。

词作主要抒发超脱尘世功利机巧之后的欣然恬淡心态，从"高卧石龙呼不起"看，当为游雨岩时有感于石浪超然高卧之态而洞悟人生妙境。起笔即点明其感悟出的人生妙理，下文均顺承此理而发。因"洗尽机心随法喜"，故而能有"秋思如春意"之感，能心无忧虑，欢醉歌舞，延年益寿。

下片引入退隐田园如秋菊般高洁的陶渊明，即"洗尽机心"之人。"岁月"一句自可理解为稼轩自述实境，但下接渊明典故，谓其暗用桃花源中人"不知有汉，无论魏晋"之事，亦未尝不可。末尾二句落笔到眼前雨岩石浪，而"高卧石龙"之用语，令人想到在稼轩心中被融为一体的卧龙诸葛、渊明形象，如《贺新郎》(把酒长亭说)所云："看渊明、风流酷似，卧龙诸葛。"雨岩石浪映衬出稼轩的本色性情。

踏 莎 行

赋稼轩，集经句①

进退存亡②，行藏用舍③。小人请学樊须稼。④衡门之下可栖迟⑤，日之夕矣羊牛下⑥。　　去卫灵公⑦，遭桓司马⑧。东西南北之人也。⑨长沮桀溺耦而耕⑩，丘何为是栖栖者⑪。

> 注释

① 稼轩：辛弃疾上饶带湖居所。参见《沁园春》(三径初成)注释②。经句：儒家经典著作语句。

② "进退"句：出仕和退归。此用《易·乾·文言》语："知进退存亡而不失其正者，其惟圣人乎！"

③ "行藏"句：被任用则前往，被舍弃则隐居。此用《论语·述而》孔子语："用之则行，舍之则藏，唯我与尔有是夫。"

④ "小人"句：我愿像樊须一样学习种地。此用《论语·子路》所载樊须学稼事：樊须(字子迟)向孔子请求学习种庄稼，孔子不以为然。樊须走后，孔子说："小人哉，樊须也！"

⑤ "衡门"句：安心居住简陋屋舍。此用《诗经·陈风·衡门》诗句："衡门之下，可以栖迟。"衡门，横木门。栖迟，栖息。

⑥ "日之夕矣"句：日近黄昏，羊牛下山归来。此用《诗经·王风·君子于役》诗句："日之夕矣，羊牛下来。"

⑦ 去卫灵公：离开卫灵公。卫灵公，春秋时卫国君王。《论语·卫灵公》载卫灵公问孔子战阵之事，孔子对曰："俎豆之事则尝闻之矣，军旅之事未之学也。"便离开了卫国。两人道不同不相为谋。

⑧ 遭桓司马：指遭到宋国司马桓魋(tuí)的追杀。《孟子·万章上》载："孔子
不悦于鲁、卫，遭宋桓司马将要而杀之。微服而过宋。是时孔子当阨。"司
马，春秋时诸侯国的军事长官。

⑨ "东西"句：四方漂泊之人。此用《礼记·檀弓上》所载孔子语："今丘也，东
西南北之人也。"

⑩ "长沮"句：此用《论语·微子》语。长沮、桀溺，均为春秋时隐士。耦而耕，
两人并耕。

⑪ "丘何为"句：孔丘为何如此奔忙不定？栖栖，奔忙而不能安居。此用《论
语·宪问》语：微生亩谓孔子曰："丘何为是栖栖者与？无乃为佞乎？"

评析

　　这首词大概作于淳熙八年(1181)冬带湖新居落成之初。稼轩时年四十
二，自江西安抚使罢归带湖。

　　洪迈《稼轩记》记载辛弃疾经营带湖新居，"意他日释位而归，必躬耕于
是，故凭高作屋下临之，是为稼轩"。可见以"稼"名轩，寓意即释位归耕，与仕
进济世相对，代表士人两种不同的基本人生情状。词作即由此起笔，借儒家
经句表达出对仕宦进退的超然洒落态度，因而释位躬耕，自得其趣，"小人"三
句勾勒出一幅田园牧歌式的隐居退耕图景，同时也落实"稼"字。

　　自谓"用之则行，舍之则藏"的孔子曾为推行其道而游走列国，自称"东西
南北之人"，为此遭到隐者微生亩、长沮、桀溺等人的质疑。词作下片即以东
西南北奔波劳顿的孔子与耦而耕的长沮、桀溺形成对比，又借隐者微生亩之
语表达出稼轩对田园归隐的倾向，也归结到"稼"字。

　　词作虽集经句而成，但择取精当，意脉贯通，尤其是"衡门之下"二句和
"长沮桀溺耦而耕"的归耕之意与孔夫子"去卫灵公，遭桓司马"的奔波狼狈形

成鲜明对比,且具有画面感,形象而生动地展示出稼轩以"稼"名轩所寄托的人生志趣。

踏 莎 行

和赵国兴知录韵①

吾道悠悠②,忧心悄悄③。最无聊处秋光到。西风林外有啼鸦,斜阳山下多衰草。　　长忆商山,当年四老。尘埃也走咸阳道。④为谁书到便幡然,至今此意无人晓。⑤

注释

① 赵国兴:不详。知录:官名,即知录事参军。

② "吾道"句:悠悠,漫长。杜甫《发秦州》:"大哉乾坤内,吾道长悠悠。"

③ "忧心"句:悄悄,形容忧虑。《诗经·邶风·柏舟》:"忧心悄悄,愠于群小。"

④ "长忆"三句:当年商山四老也曾出山行走在尘埃飞扬的咸阳道。商山四老,即商山四皓,东园公、角里先生、绮里季、夏黄公。汉高祖时先隐居在商山,后下山辅助太子刘盈,事见《史记·留侯世家》。

⑤ "为谁"二句:商山四老幡然改变初衷,入朝辅佐太子,其意图至今无人知晓。《殷芸小说》载张良与商山四皓书有云:"想望翻然,不猜其意。"幡然,剧变貌。幡,同"翻"。

评析

这首词具体作年不详。据词意，当为闲居时所作，又云"忧心悄悄"，或与庆元党禁之朝局有关，邓广铭《稼轩词编年笺注》系于庆元中（1195—1200）所作，大体可信。

词为和作，情感内容为秋日感怀。起笔沉重，或与赵氏原词有关。心怀惆怅茫然，置身于秋风落叶、啼鸦哀飞、斜阳漫山、衰草连天之境，其志士悲秋之情溢于言表，此即所谓"最无聊"也。

忧心忡忡，慨叹"吾道悠悠"，盖因壮志难酬。知难而退，隐居林泉，不失为穷则独善其身。稼轩由此想到商山四老，但笔触却落在四老出山辅佐汉高祖太子之举。四老此举，后世有不以为然者，如张志和《渔父》、元稹《四皓庙》，但也有赞赏者，如李白《商山四皓》、白居易《答四皓庙》，稼轩则着眼于四老此举之用意。其实，此意只有四老自知，自然"至今无人晓"。稼轩的疑问，透露出其罢职闲居期间心存恢复大志而报国无门的忧愤怅惘，其中也不无对人生进退出处的困惑之情。此与起笔"忧心悄悄"相呼应，大概与庆元间韩侂胄打压赵汝愚、朱熹等所形成的严峻政治气氛有关。

鹧　鸪　天

离豫章①，别司马汉章大监②

聚散匆匆不偶然。二年遍历楚山川。③但将痛饮酬风月，莫放④离歌入管弦。　　萦绿带⑤，点青钱⑥。东湖⑦春水碧连天。明朝放我东归去，后夜相思月满船。

注释

① 豫章：即今江西南昌市，古称豫章，宋代称隆兴。

② 司马汉章大监：司马倬，字汉章。时任江西、京西、湖北总领。监，总领之别称。

③ "聚散"二句：两年间仕宦不定，聚散频频，足迹遍历楚地山川。稼轩自淳熙三年(1176)秋至四年(1177)冬，历任京西转运判官(治所在襄阳)、知江陵府兼湖北安抚使，古属楚地。

④ 莫放：莫使；莫教。

⑤ 萦绿带：绿水似带环绕周围。

⑥ 点青钱：荷叶如青钱点缀水面。

⑦ 东湖：在隆兴府治东南。

评析

这首词作于淳熙五年(1178)春。稼轩时年三十九，自隆兴府奉诏入京。

稼轩不到两年四改其官，故云："聚散匆匆不偶然，二年遍历楚山川。"词中蕴含对频遭迁转、疲于奔命的不满。接写聚散匆匆，盖习以为常，则今日之别，但当把杯畅饮，醉赏风月，何必离歌别曲寄愁思！有此洒脱襟怀，遂能品赏即将告别之地的美妙春景。词笔至此，一味潇洒，未着些许离愁别怨。结末二句料想"明朝""后夜"之临别及别后，收束离别题旨。月夜扁舟，思念悠悠，但色泽清丽，略无忧伤惆怅之情。全词笔调明快，词情超然潇洒而又情谊真切。

鹧 鸪 天

送 人^①

　　唱彻《阳关》^②泪未干,功名余事且加餐^③。浮天水^④送无穷树,带雨云^⑤埋一半山。　　今古恨,几千般。只应离合是悲欢。^⑥江头未是风波恶,别有人间行路难。^⑦

注释

① 原无题,兹从四卷本。

② 唱彻《阳关》:唱完别曲《阳关》。彻,结束。《阳关》,即《阳关三叠》,又名《渭城曲》,乃依王维七绝《送元二使安西》所度曲调,曲名取自诗中首尾两句"渭城朝雨浥轻尘""西出阳关无故人"。

③ "功名"句:只要保重身体,功名为次要之事。且,只。加餐,多进饮食,指保重身体。《古诗十九首·行行重行行》:"弃捐勿复道,努力加餐饭。"

④ 浮天水:指江水荡漾着天光云色。

⑤ 带雨云:指雨水湿润的云雾。

⑥ "今古"三句:古今伤恨之事多种多样,只有别离最伤悲。词意犹江淹《别赋》所云:"黯然销魂者,唯别而已矣!"几千般,多种多样。离合,偏指离。悲欢,偏指悲。

⑦ "江头"二句:江上风波算不得险恶,人生旅途更为艰难。白居易《太行路》:"行路难,不在水,不在山,只在人情反复间。"

评析

　　这首词,邓广铭《稼轩词编年笺注》系于淳熙五年(1178)自豫章赴行在途中所作。稼轩时年三十九。

　　这首送别词伤离怨别，情怀怅然，题曰"送人"，起笔二句又是女子和泪嘱别情形，疑为赠别相知歌女或侍儿之作，盖与《念奴娇》（野棠花落）、《霜天晓角》（吴头楚尾）词中情事相关联。上片首二句为女子唱罢别曲，泪眼盈盈，深情相嘱：功名事小，身体为重！次二句为去程景象，有似柳永《雨霖铃》（寒蝉凄切）中"念去去、千里烟波，暮霭沉沉楚天阔"，笔墨浓重，别情沉沉。

　　过片笔调从眼前送别跳出，总览今古千般恨情。此为衬托之笔，接下来又落到别离，意谓今古千般怅恨情事之中，离别最令人伤悲，犹如江淹《别赋》所云："黯然销魂者，唯别而已矣！"末二句以"人间行路难"收束，寓意深长。前一句亦为衬托之笔，"江头风波恶"，固然也是相别之人的担忧，然而更令人忧惧的是世途之艰难。此语流露出稼轩仕宦漂泊的艰辛体验和对世路及人心险恶之感。

鹧　鸪　天

　　一片归心拟乱云，春来谙尽①恶黄昏。不堪向晚②檐前雨，又待今宵滴梦魂。　　炉烬冷，鼎香氛③。酒寒谁遣为重温？何人柳外横双笛，客耳那堪不忍闻。④

注释

①　谙（ān）尽：熟谙。范仲淹《御街行·秋日怀旧》："谙尽孤眠滋味。"

②　向晚：傍晚。

③　鼎香氛：指煮茶香飘。

④ "何人"二句：暗用西晋向秀闻笛典故。双笛，一种五孔竹笛。向秀《思旧
赋序》自述路过故友旧居，"邻人有吹笛者，发声寥亮，追思曩昔游宴之好，
感音而叹，故作赋云"。

评析

　　这首词作年不详，疑为南渡后仕宦漂泊期间所作。

　　词为游子思归之作。起笔即点明归心如乱云，下文择取黄昏、深夜这两
个令游子最易荡起思乡之情的时段，重笔抒写。上片写黄昏时的凄厉境况，
"谙尽恶黄昏""不堪""又待"等语，笔致峭拔跌宕；"今宵滴梦魂"则与下片深
夜无眠之情状呼应。

　　夜已深，香炉烟冷，茶香飘荡，孤寂的游子伴守冰凉的杯酒，听窗外笛声
幽怨，情怀之凄凉难以言表。"那堪不忍"，反诘语、否定语相重叠，以一种独
特的语气传达出心中的凄楚难耐之感。

鹧 鸪 天

鹅湖寺道中①

　　一榻清风殿影凉。涓涓流水响回廊。千章云木钩辀叫②，十里溪风
稞秅③香。　　冲急雨④，趁斜阳。山园细路转微茫。倦途却被行人笑：
只为林泉有底忙⑤？

注释

① 原无"寺"字，兹从四卷本。鹅湖寺，在铅山县（今属江西）东北鹅湖山麓。

② "千章"句：鹧鸪在高大茂盛的树林中鸣叫。千章云木，千株高耸入云的大树。章，大树。此作量词，犹棵。钩辀(zhōu)，鹧鸪鸣叫声。欧阳修《归田录》录林逋诗句："草泥行郭索，云木叫钩辀。"

③ 稞稏(bàyà)：亦作"罢亚"，稻子的别名。

④ 冲急雨：冒急雨。

⑤ 有底忙：有甚忙。

评析

这首词，邓广铭《稼轩词编年笺注》推定为淳熙十三年(1186)所作。稼轩时年四十七，闲居带湖。

词作记游鹅湖寺，时在鹧鸪啼鸣、稻花飘香的春夏之交。鹅湖寺最令游人爱赏的是清凉，宋代喻良能《鹅湖寺》云："五月人间正炎热，清凉一觉北窗眠。"稼轩的感受亦然，故起笔便赞叹："一榻清风殿影凉。"此后所写回廊中的潺潺水声、参天树丛中的鹧鸪啼鸣、十里溪风送来的稻花芳香，由近及远，融合为寺殿的山水环境，而这一切都是置身清凉寺殿所能感受到的。可见词作上片以鹅湖寺为视点，总写寺殿所在的自然境界。同时，"千章"二句，笔触已伸向"鹅湖寺道中"。

下片所写当为归途情形。其山路之难行，宋末刘学箕诗作《鹅湖道中》有言："去城十里路盘纡，幽径平冈驾小舆。""冲急雨"三句即稼轩自述在盘纡幽径上匆匆追赶，令人想到苏东坡黄州沙湖道中遇雨时截然不同的心态："何妨吟啸且徐行？竹杖芒鞋轻胜马，谁怕？一蓑烟雨任平生。"(《定风波》)而稼轩的"倦途"形象，未免如东坡词序所云"同行皆狼狈"。稼轩本词称行人笑其为林泉忙累，实则有自嘲之意，为林泉而疲于奔忙，仍为有所求而未能忘怀得失，未能如东坡那般坦然洒脱。

鹧 鸪 天

鹅湖归，病起作①

　　着意②寻春懒便回，何如信步③两三杯？山才好处行还倦，诗未成时雨早催④。　　携竹杖，更芒鞋⑤，朱朱粉粉野蒿开⑥。谁家寒食归宁女⑦，笑语柔桑陌上来。

注释

① 原无题，兹从四卷本。

② 着意：刻意专心。

③ 信步：随意闲步。

④ "诗未成"句：意谓急雨催诗。早，自注："去声。"此句用杜甫《丈八沟纳凉》诗意："片云头上黑，应是雨催诗。"

⑤ "携竹杖"二句：带上竹杖，换上草鞋。苏轼《定风波》："竹杖芒鞋轻胜马。"

⑥ "朱朱"句：艾蒿盛开红红白白的花。野蒿，艾蒿。

⑦ "谁家"句：寒食，节令名，在清明前一两天。归宁，出嫁的女子回娘家探望父母。

评析

　　本词及后两首同调之作均题"鹅湖归，病起作"，后两首见于四卷本甲集，其作年疑与《鹧鸪天》(一榻清风殿影凉)大略同时，即淳熙十三、十四年间(1186、1187)所作。稼轩时年四十七八，闲居带湖。

　　稼轩大概游鹅湖归来后即卧病多日，病起有感而赋词数阕。此次卧病或许因"着意寻春"而过度劳累所致，病起便有所领悟，谓刻意去寻春以致意懒身倦而归,不如悠然信步、把杯细酌之优游闲适为妙。刚寻得山中胜景而人已疲倦,诗未吟成而雨已来临,这便是刻意寻春常遇到的遗憾情形。

上片所言或许是此前稼轩游鹅湖山的经历,下片则是病起后信步闲游所见到的田野之春。青青的草地上,繁花盛开,红白相映;柔桑垂拂的田间小路上,回娘家的媳妇们洒下串串欢歌笑语。如此春意盎然且洋溢着纯朴乐观风情的乡村图景,怎不令病起的稼轩心悦神爽,诗兴顿生。

鹧　鸪　天

鹅湖归,病起作

翠木千寻上薜萝。①东湖②经雨又增波。只因买得青山好,却恨归来白发多。　　明画烛③,洗金荷④。主人起舞客齐歌。醉中只恨欢娱少,无奈明朝酒醒何⑤。

注释

① "翠木"句:苍翠高耸的大树上薜萝缠绕。翠木,四卷本作"翠竹"。寻,古代长度单位,一般为八尺。

② 东湖:在隆兴府治(今江西南昌)东南。

③ 画烛:有画饰的蜡烛。

④ 金荷:烛台上承烛泪的器皿,状似荷叶。

⑤ "无奈"句:四卷本作"明日醒时奈病何"。

评析

这首词与前一首《鹧鸪天》(着意寻春懒便回)为同一时期所作,稼轩时年四十七八,闲居带湖。

邓广铭《稼轩词编年笺注》认为词中的"东湖"应指带湖,此说未必然。据洪迈《稼轩记》所载,带湖在北而非东,依其方位不应称东湖。稼轩词中所言东湖皆指豫章东湖,而本词云"只因买得青山好",乃回想几年前从东湖罢归带湖之事,"却恨归来白发多",言退归以来白发增多。因此,"翠木"二句理解为追忆东湖风景,亦未尝不可。并且词作下片所言欢醉情形,恐非卧病初起时情事,而更似追述往日宴游欢赏之事。全词似可解读为稼轩病起对几年来闲居带湖生活的反思和感慨。

词作上片回想自江西罢归带湖以及退归后几年来内心忧郁,白发增多。东湖美景则是稼轩两度任职江西时心中留下的一段美好记忆,因而起笔即重现东湖风物。当年离开东湖是因买得一片好山好水,不料归来后忧心难泯,白发徒增,遂觉遗憾。下片所写乃是几年来闲居生活的缩影场景,上承"归来白发多"。歌舞欢醉,遣赏解忧,而醉醒时徒唤奈何,忧愁复来,无以排遣。此正是"归来白发多"的根源。

鹧 鸪 天

鹅湖归,病起作

枕簟①溪堂冷欲秋,断云依水晚来收。红莲相倚浑②如醉,白鸟无言定自愁。　　书咄咄,且休休③,一丘一壑也风流④。不知筋力衰多少,但觉新来懒上楼。

注释

① 簟(diàn)：竹席。

② 浑：全。

③ "书咄咄"二句：因身世遭遇而感叹疑惑，倒不如安心归隐。《晋书·殷浩传》记载殷浩被罢职后，口无怨言，但终日用手指在空中书写"咄咄怪事"。《新唐书·卓行传》载司空图隐居中条山，筑亭名"休休"，自谓："量才一宜休，揣分二宜休，耄而聩三宜休。"

④ "一丘"句：放情山水也潇洒闲适。

评析

这首词大概作于淳熙十三、十四年(1186、1187)间。稼轩时年四十七八，闲居带湖。

稼轩《沁园春·带湖新居将成》有云："东冈更葺茅斋。好都把轩窗临水开。"轩窗临水，即为溪堂。词作上片呈现出的画面，为溪堂闲卧所见到的初秋景象：初秋的傍晚，云水相依，红莲相依，白鸟无言，一切都将静静地隐没在夜色之中。病体初愈的稼轩身临其境，感受着水面清风吹来的阵阵秋凉与荷香，其内心的感触恐亦难以言表：人世间的一切温情依恋都在默无声息、无可奈何中逝去。白鸟的"无言自愁"，也透露出稼轩心中隐伏的忧愁。

一段对景沉思之后，稼轩情怀渐归洒落。过片想到东晋中军将军殷浩，一则殷浩以中原为己任，主张北征，与稼轩平生志向相类；二则殷浩亦曾遭罢黜，与稼轩经历相似。然而殷浩被废黜后终日书空"咄咄怪事"，稼轩则不以为然,觉得人生不平事尽可弃置,应超脱得失,放情山水,自得风流。词中"休休"二字甚妙,既如司空图"休休亭"寓意归隐,又承前有作罢之义,即谓"书咄咄"之举可作罢矣。末二句转到自身,谓近来筋力不济,丘壑之游亦难及矣。此结切合词题"病起",又蕴含几许英雄迟暮之感。

鹧 鸪 天

代人赋①

陌上柔桑破嫩芽②,东邻蚕种已生些③。平冈细草鸣黄犊,斜日寒林点暮鸦④。　　山远近,路横斜。青旗沽酒⑤有人家。城中桃李愁风雨,春在溪头荠菜花。

注释

① 原无题,兹从四卷本。

② 柔桑破嫩芽:四卷本作"柔条初破芽"。

③ "东邻"句:东边邻家的蚕卵已生出一些幼蚕。

④ "斜日"句:日暮点点寒鸦栖息在林梢。

⑤ 青旗沽酒:酒店卖酒。青旗,酒旗,古代卖酒的标志。沽(gū)酒,卖酒。

评析

这首词在四卷本中列在《鹧鸪天》(春入平原荠菜花)之前,所写春景相同,当为同时之作,即淳熙十三、十四年(1186、1187)间。稼轩时年四十七八,闲居带湖。

词题"代人赋",乃替人而作,全篇描述春事春景,展现了一幅充满乡野趣味和生机的江南春意图。桑树新芽透出春天的盎然生机,为蚕农带来丰收的希望,"蚕种已生些"更是祥兆。放眼平野,草地上,黄犊悠闲地鸣叫;夕阳中,寒鸦栖息在枝头。春天的生灵乐得其所,呈现出一派祥和的乡村田园图景。

过片视野推远到如波涛般错落起伏、远近叠映的群山,纵横交错的道路将视线引向远方,那招摇的酒旗既标示出乡村的风情,也暗示出稼轩的春兴,而那溪边沐浴着春风春雨盈盈绽放的荠菜花,又让其在赏悦之余,想到城里的桃李在风雨中飘零的景象,将惹得多少人伤春忧愁!此正如刘希夷《代悲白头翁》中的感慨:"洛阳城东桃李花,飞来飞去落谁家。洛阳女儿惜颜色,行逢落花长叹息。"这一联想也许是因那伸展的道路而引发,而在情感上则透露出稼轩退居田园乡村的欣慰感。

鹧 鸪 天

游鹅湖醉书酒家壁①

　　春入②平原荠菜花。新耕雨后落群鸦。多情白发春无奈,晚日青帘酒易赊③。　　闲意态,细生涯。牛栏西畔有桑麻。青裙缟袂谁家女④,去趁蚕生看外家⑤。

注释

① 题原作"春日即事题毛村酒垆",兹从四卷本。鹅湖,即鹅湖山,在今江西
　　上饶市铅山县。

② 春入：原作"春日"，兹从四卷本。

③ "晚日"句：傍晚时分可去酒店赊酒。青帘，青色的酒旗。酒易赊，容易赊

　　钱买酒。

④ "青裙"句：青裙缟袂，黑裙白衣。袂，衣袖。此化用苏轼《於潜女》诗句：

　　"青裙缟袂於潜女。"

⑤ "去趁蚕生"句：趁新蚕出生前去看望娘家。外家，女子出嫁后对娘家的

　　称呼。

评析

　　这首词题"游鹅湖"，与《鹧鸪天·鹅湖寺道中》大略作于同时，即淳熙十

三、十四年(1186、1187)间所作。

　　春风吹绿了田野，吹开了野花；春雨过后，成群的乌鸦在新耕的稻田里觅

食。万物都在春风春雨的沐浴滋润中呈现出盎然生机，然而稼轩却由群鸦之

黑联想到白发，感慨自然界的春风春雨也无法改变人生迟暮，夕阳下飘拂的

酒旗对"多情白发"的稼轩自然是一种强烈的招引。赊酒畅饮，"醉书酒家

壁"，其豪放意兴尽在其中。

　　上片因田野春景而触发人生感叹，以酒释怀。过片承前，自述人生状态，

但心境已归于淡然。正是这种闲适心态，让稼轩体味到所处平凡生活中朴实

生动的乡野风土人情。词中牛栏、桑麻、女子回娘家的穿着和时间，令读者感

受到稼轩具体的"细生涯"及其生活真趣。

　　题称"游鹅湖"，但词中所写并非鹅湖山中景象，而为山下春景，应为往返

途中所见，感触深刻，故稼轩撇开鹅湖山景，转而描绘山下田园春光人情，寄

寓其历经人生沧桑而渐归恬淡的情怀。

鹧 鸪 天

元溪①不见梅

千丈冰溪百步雷。②柴门都向水边开。乱云剩③带炊烟去,野水闲将日影来。 穿窈窕④,历崔嵬。东林试问几时栽? 动摇意态虽多竹,点缀风流却少梅。⑤

注释

① 元溪:当为带湖某山溪名。

② "千丈"句:瀑流声势如雷。冰溪,四卷本作"清溪"。

③ 剩:更。

④ 窈窕:曲折幽深。陶渊明《归去来兮辞》:"既窈窕以寻壑,亦崎岖而经丘。"

⑤ "东林"三句:虽然竹林成片,摇曳多姿,但尚需种植梅花点缀风景。此化用杜甫《舍弟占归草堂检校聊示此诗》"东林竹影薄,腊月更须栽"诗意。

评析

这首词与《鹧鸪天·重九席上作》同调同韵,疑为同时之作,在淳熙十四、十五年(1187、1188)间。又稼轩淳熙九年(1182)罢居带湖之初所作《水调歌头》(带湖吾甚爱)有言:"东岸绿阴少,杨柳更须栽",而本词言"东林试问几时栽? 动摇意态虽多竹",盖为闲居数年后竹已成林而非"绿阴少"之时。

词题"元溪不见梅",上片写元溪,下片写"不见梅"。起笔势大声洪,飞流直下千丈,水石相击,声如雷鸣。这当是元溪最为壮丽的标志性景致,由此入笔,有先声夺人之效,且在余韵回荡中导引出元溪在山间流淌的风致:飞泻轰鸣的激流回旋缓流,两岸屋舍柴门面水,倒影摇曳,袅袅炊烟随乱云飘逝,日影悠然随流荡漾。

过片"穿窈窕"二句仍写元溪曲折穿流。溪岸竹林成片,风姿摇荡,然而却见不到"疏影横斜水清浅"之梅花风度,令稼轩深感遗憾。抒写笔法上采取倒装,先从弥补这一缺憾着笔,出以问句,且未说出梅花,然后再作补笔说明,结末才以"少梅"二字关合题中"不见梅"。这一章法结构,增强了句势的跌宕韵致,避免了顺叙的平淡,同时也更好地表达出未见梅花的深切遗憾及其希望补种梅花的迫切情怀。

鹧 鸪 天

黄沙①道中即事

　　句里春风正剪裁,溪山一片画图开。②轻鸥自趁虚船③去,荒犬还迎野妇回。　　　松菊竹,翠成堆。要挐④残雪斗疏梅。乱鸦毕竟无才思,时把琼瑶蹴下来。⑤

注释

① 黄沙:指黄沙岭,在上饶县境内。《上饶县志》:"黄沙岭在县西四十里乾元乡,高约十五丈。"

② "句里"二句:笔下春风正剪裁出溪山如画新景。句里,宋人口语,言语里、诗句中。

③ 虚船：无人之船。《庄子·山木》："方舟而济于河,有虚船来触舟。"

④ 擎：托举。

⑤ "乱鸦"二句：林中栖鸦终究缺乏才情思趣,不知梅雪争艳之美,不时踏落
　　枝头残雪。韩愈《晚春》："杨花榆荚无才思,惟解漫天作雪飞。"蹴,踢。

【评析】

　　这首词作于带湖闲居期间,具体作年不详。

　　词作题咏黄沙道中初春景象。起二句概写溪山初春全景,笔意构思上承
袭贺知章《咏柳》名句："不知细叶谁裁出,二月春风似剪刀。"贺诗言春风如剪
刀裁出细细的柳叶,此则谓溪山美景在春风的剪裁中如画幅渐渐展开。"轻
鸥"二句则勾画出两段片景画面：溪上虚船飘荡,轻鸥相随;乡野村妇归来,家
犬相迎。两幅画面呈现出山水乡村的自然淳朴风情,尤其是"轻鸥""虚船"所
喻示的自由超脱理趣,透露出稼轩经历宦海风波而罢职闲居后的情怀寄托。

　　上片总写溪山如画的美景,又分别勾画出溪上和山村情景,笔调开阔闲
适。下片词笔凝聚于残雪中的松菊竹梅,残留积雪的松菊竹与疏梅相映争
辉。松菊竹之"擎"与乱鸦之"蹴"相反相成,拟人化的笔调中别生趣味。

　　全词以写景为主,其"开""去""迎""回""擎""蹴"等动词使画面以动态呈
现,又显示出空间的点面错落和节奏缓急、物象疏密之相衬,一句一景,动静
结合,景中寓情,画外有人。

鹧 鸪 天

戏题村舍

　　鸡鸭成群晚未收。桑麻长过屋山头①。有何不可吾方羡②,要底都无

饱便休③。　　新柳树，旧沙洲。去年溪打那边流。自言此地生儿女，不嫁余家即聘周。④

① "桑麻"句：桑麻高过屋脊。屋山头，即屋脊。

② "有何"句：意谓此种村居生活有何不可，我正欣羡。

③ "要底"句：只要吃饱就罢，无欲无求。黄庭坚《四休居士诗》序："太医孙君昉，……自号四休居士。山谷问其说，四休笑曰：'粗茶淡饭饱即休，补破遮寒暖即休，三平二满过即休，不贪不妒老即休。'"韩淲《次韵校官》："要底劳生醉即休。"

④ "自言"二句：意谓此地只有余、周二姓，互为婚姻。余家，四卷本作"金家"。聘，聘娶。

评析

这首词作年不详，疑为闲居带湖时所作。

词作抒写对农家村舍生活的欣羡之情。傍晚时分，鸡鸭成群，嬉戏不归，屋舍隐没于茂盛的桑麻之间，村中人的自足自乐蕴于其中，令稼轩油然而生羡慕之情。村舍这般恬适而富于生趣，稼轩罢官闲居于此，怎不由衷地叹赏："有何不可吾方羡！"而"要底都无饱便休"，则是动情之余的体悟：无欲无求则无忧无虑，眠食俱佳。

"新柳树"三句简笔勾画出村舍自然风景。柳树、沙洲、溪流，与上片的鸡鸭、桑麻，构成一幅美妙的江南水乡村舍图，农家院落的风俗人情呼之欲出。结末"自言"二句表现出质朴安定的乡俗民风，令人想起白居易《朱陈村》叙述的情形:"田中老与幼,相见何欣欣。一村唯两姓,世世为婚姻。亲疏居有族,少长游有群。黄鸡与白酒,欢会不隔旬。"白居易想到自身宦旅奔忙,于诗末感叹"一生苦如此,长羡村中民"。稼轩的感触自不无欣羡之情,但更多的恐怕是为其闲居于此而感到欣慰。

鹧 鸪 天

博山寺作①

不向长安②路上行。却教山寺厌逢迎。味无味处求吾乐③,材不材间过此生④。　　宁作我⑤,岂其卿⑥。人间走遍却归耕。一松一竹真朋友,山鸟山花好弟兄。⑦

注释

① 博山寺:故址在今江西上饶市广丰区西南。

② 长安:今陕西西安。此借指南宋都城临安(今浙江杭州市)。

③ "味无味"句:在恬淡自然处寻求我的人生乐趣。《老子》:"为无为,事无事,味无味。"

④ "材不材"句:在有用、无用之间度过我这一生。《庄子·山木》载弟子问庄子:"昨日山中之木以不材得终其天年,今主人之雁以不材死,先生将何处?"庄子笑曰:"周将处于材与不材之间。"

⑤ 宁作我:宁愿固守自我,独立不阿。此语出《世说新语·品藻》载桓温少时问殷浩:"卿何如我?"殷浩答:"我与我周旋久,宁作我。"

⑥ 岂其卿:岂可依附公卿。扬雄《法言·问神》:"谷口郑子真不屈其志而耕

乎岩石之下,名震于京师,岂其卿？岂其卿？"

⑦ "一松"二句：意谓隐居林泉,以草木花鸟为伴。此化用杜甫《岳麓山道林二寺行》诗句："一重一掩吾肺腑,山鸟山花共友于。"

评析

词题"博山寺作",当作于带湖闲居期间,具体作年不详。

词以豁达而不失谐趣的笔调,表达闲居林泉间的感触及其人生操守。起笔以长安路代指名利场,与山寺相对衬,不去长安而频频往来山寺,自然是稼轩眼下境况的写实,"不向"二字,语气断然,显示出淡泊名利之心志；"厌逢迎"语含戏谑,调侃连山寺都倦于接待,极言自己来山寺次数之多。远离官场,寄身山水,脱弃名利,任真随性,恬适自然,即"味无味"二句之理趣所在。稼轩以庄子"材不材"与老子"味无味"并称,既非系心于"材",亦非刻意于"不材",在材与不材、有味和无味之间顺应自然,任运而动。

过片自述作者独立的人格操守,退出仕宦而归耕山间,寄情于松竹花鸟,即是"宁作我"的表现。以松竹为真朋友,视花鸟为好兄弟,自然谐趣中流露出离开虚诈官场之后的轻松愉悦心境。

鹧 鸪 天

三山①道中

抛却山中诗酒窠②,却来官府听笙歌③。闲愁做弄天来大④,白发栽埋日许多⑤。　　新剑戟,旧风波。⑥天生予懒奈予何。⑦此身已觉浑无事⑧,却教儿童莫恁么⑨。

① 三山：指福州，因城中有九仙山、闽山、越王山三山，故称。

② 山中诗酒窠：山间诗酒宴游之所。此指带湖居宅。窠，鸟兽栖息之所，此喻闲居之所。

③ "却来"句：言身在官府而终日笙歌，不问政事。白居易《霓裳羽衣曲》："贪看案牍常侵夜，不听笙歌直到秋。"

④ "闲愁"句：言忧愁缠绕，弥漫天际。做弄，捉弄。

⑤ "白发"句：每日滋生许多白发。

⑥ "新剑戟"二句：官场争斗翻新，宦海风波依旧。剑、戟，两种武器，比喻官场的争斗。

⑦ "天生"句：天性懒惰奈我何。此用《论语·述而》句式："子曰：天生德于予，桓魋其如予何？"

⑧ "此身"句：此生已觉了无所求。苏轼《归宜兴留题竹西寺》："此生已觉都无事。"

⑨ 恁么：如此。

评析

题作"三山道中"，词云"抛却山中诗酒窠，却来官府听笙歌"，当作于福建任职期间（1192—1194），具体作年不详。

稼轩本以功业自许，闲居山中诗酒消遣，当非所愿。出山为官，自有其功业志向的驱动，然而"官府听笙歌"，同样是无法成就功业的虚度时光，且身在官府，难免心受拘束，远不如山中闲居那般自由。这大概便是稼轩为此次出山赴任而懊悔、眼中愁绪漫天的缘由。

面对官场的风波险恶，年逾半百的稼轩感到难有作为，只能听任生命的荒废，故以天性懒惰自嘲，而"奈予何"三字，又透出其傲岸品性以及对官场争斗的轻蔑。了无所求，并非稼轩的真实意愿，而是为现实所迫的无奈之举，自然不希望在儿辈的人生中重现。对儿童的谆谆教诲中，也寄托着稼轩未能实现的人生期望。

全词情感脉络的关节在"却来官府听笙歌"一句，其闲愁弥漫、白发日多即缘于此，"天生予懒""此身已觉浑无事"也因此而发，"新剑戟"二句则可视为"官府听笙歌"之举的原因，终日笙歌、不问政事，不失为官场避险的一种方法。然而，官府本不该是听笙歌的场所，听笙歌也不是稼轩踏入官府的初衷，所以词作的首尾均见出对此举的否定。

鹧　鸪　天

欲上高楼去避愁。愁还随我上高楼。经行几处江山改①，多少亲朋尽白头。　　归休去，去归休。②不成人总要封侯③？浮云出处元无定④，得似浮云也自由。

注释

① "经行"句：仕宦迁转中所经之处山河改颜。

② "归休去"二句：意即归去。

③ "不成"句：犹言"人总要封侯不成"。不成，助词，表示反诘。

④ "浮云"句：言白云飘浮不定。

评析

　　这首词广信书院本未收,见于四卷本丁集,邓广铭《稼轩词编年笺注》疑作于闽中。若为闽中所作,词言愁怀难遣,意欲"归休去",与此期所作《水调歌头》之"长恨复长恨""富贵非吾愿,归与白鸥盟"属同一情调,当亦作于绍熙三年(1192)。

　　稼轩心怀忧愁,词即从登楼避愁起笔。欲避愁而愁情缠身不去,便追寻此愁从何而来:"江山改","亲朋尽白头",字面上抒写沧桑变故、人生易老之慨,实则寄寓失土未复、同志萧索之悲。此即稼轩内心无法消解的深深忧虑。

　　抗金复国无望,虽心有不甘,但身已无奈,稼轩只有徒唤:归去吧!归去吧!建功封侯,在常人看来或许只是利己之名位,而在稼轩眼中则为恢复大业之成就。"不成人总要封侯"一反诘句中,蕴含壮志未成之怨愤,又是对世俗功名价值观的否定,其言下之意即古语所谓"富贵如浮云"。词笔由此转到浮云,人们常常感叹人生如浮云,漂泊不定,稼轩则别出新意,谓"得似浮云也自由",见出其身不由己带来的内心愁苦,又与起笔的"避愁"相呼应。

　　本词笔法上的一个特点是词语的重复和语调的转折交融,如起笔二句、"归休去"二句、"浮云"二句,形成往复缠绕之势,抒发出稼轩忧愁郁结难解之心境。

鹧　鸪　天

登一丘一壑偶成

　　莫殢①春光花下游。便须准备落花愁。百年雨打风吹却,万事三平二满休②。　　将扰扰,付悠悠。③此生于世百无忧。新愁次第相抛舍,要伴春归天尽头。

注释

① 殢(tì)：迷恋，滞留。

② "万事"句：言万事平平稳稳而过。三平二满，宋代常语，谓平平稳稳，日子过得去。黄庭坚《四休居士诗》序谓太医孙昉自号"四休居士"，自云："粗茶淡饭饱即休，补破遮寒暖即休，三平二满过即休，不贪不妒老即休。"

③ "将扰扰"二句：将纷扰世事付诸东流。

评析

邓广铭《稼轩词编年笺注》疑本词作于庆元二年(1196)春，瓢泉居第初成之时。此说大体可信，庆元元年所作"赋一丘一壑"之《兰陵王》似可参证，且本词所言"扰扰""新愁"情怀也与罢归之初相称。

黄庭坚《四休居士诗》序称孙昉所释"四休"为"安乐法"，稼轩本词旨趣亦在安乐，所谓"此生于世百无忧"，抒写一种超然淡泊的人生情怀。春花烂漫，春光明媚，置身其中而能不留恋，则他日落花飘零亦能无忧愁。这是面对自然盛衰、风物变故的超然心态。人生百年，世事变幻，亦如雨打风吹，花开花落。"三平二满过即休"，便是一种淡泊的处世心境。

上片自山水游赏入笔，从中感悟人生；下片则自述人生安乐情怀，以伴送春归作结，笔调首尾照应。值得细心品味的是，上片笔触偏于普遍性的人生感怀，情调较为舒缓而蕴含理趣；下片笔触转述自身，情调有所跌宕，所言"此生于世百无忧"，实乃稼轩的自我期待，其现时心境并非如此，否则又何来"扰扰"，何来"新愁"？这透露出稼轩欲摆脱世事纷扰和忧愁情怀而追求安乐闲适的情怀波荡。

鹧 鸪 天

和章泉赵昌父①

万事纷纷一笑中②。渊明把菊对秋风。细看爽气今犹在,惟有南山一似翁。③　　情味好,语言工。三贤高会古来同④。谁知止酒停云老⑤,独立斜阳数过鸿⑥。

> **注释**

① 章泉赵昌父:指赵蕃,字昌父,号章泉。参见《水调歌头》(我志在寥阔)注释①。

② "万事"句:意谓笑谈纷纷世事,超然旷达。

③ "渊明"三句:意谓渊明把菊临秋风,其超然豪爽之气韵长存,只有南山神态可与陶翁相比。爽气,超然豪爽的气韵。

④ "三贤"句:意谓今日昌父等人相聚唱和,如同当年陶渊明与庐山东林寺僧慧远、简寂观道士陆修静交游。陈舜俞《庐山记》:"流泉匝寺,下入虎溪。昔远师送客过此,虎辄号鸣,故名焉。陶元亮居栗里,山南陆修静亦有道之士。远师尝送此二人,与语合道,不觉过之,因相与大笑。"

⑤ "谁知"句:借陶渊明自喻。渊明有诗《止酒》《停云》,稼轩亦有停云堂。

⑥ "独立"句:苏轼《纵笔三首》其二:"溪边古路三岔口,独立斜阳数过人。"

评析

这首词题"和章泉赵昌父",词中提及"止酒",当与《清平乐·呈昌父》大略作于同时,即庆元二、三年(1196、1197)间。稼轩时年近六十,闲居瓢泉。

刘宰《章泉赵先生墓表》称赵昌父作诗"援笔立成,不经意而平淡有趣,读者以为有陶靖节之风",而稼轩对陶渊明亦极为称赏,这首和昌父之词遂以渊明为喻。赵昌父原词已佚。本词上片全从渊明"采菊东篱下,悠然见南山"(《饮酒》其五)诗意演绎而成。世事纷纭,"把菊对秋风",一笑超然,乃是稼轩想象中渊明东篱采菊,见南山而悠然心会的神态情状。"细看"二句,堪称对"悠然见南山"诗句意蕴的解读。

下片"情味好"三句,兼言渊明、昌父,称赞昌父诗情诗语皆妙,知友高会亦相仿佛。言语中见出稼轩对昌父诗词的称赏和对其友朋间诗酒欢会的欣羡,下文则言及自身既无友朋相聚,又不能把酒自遣,惟有独立斜阳,目数飞鸿。其情调颇耐人寻味,三贤高会对衬下的自我孤独以及"谁知"二字的反诘语气,似乎不无怅然感慨之意;"止酒停云"四字,语借渊明诗题,意切自身情状,笔意则略带自嘲;"独立"一句所呈现的情境画面,尤其是一"数"字,透出超然悠然之神态,与起笔遥相呼应。

鹧 鸪 天

石门道中①

山上飞泉万斛珠,悬崖千丈落鼪鼯②。已通樵径③行还碍,似有人声听却无。　　闲略彴,远浮屠④。溪南修竹有茅庐。莫嫌杖屦频来往,此地偏宜着老夫。

① 石门：疑指铅山蕊云洞。《江西通志》卷十一《山川·广信府》："蕊云洞，在
铅山县东三十里女城山之巅，有飞瀑临其前。洞口如门者三，中倚一石，
状如屏，可旋转。最后悬一龙首，水出不竭。旧名徐坞，宋改今名。"

② "悬崖"句：悬崖壁立千丈，鼠类无法攀援。鼪鼯（shēngwú），鼠类。

③ 樵径：打柴人走的小路。

④ "闲略彴"二句：略彴（zhuó），小木桥。浮屠，佛塔。苏轼《同王胜之游蒋
山》："略彴横秋水，浮屠插暮烟。"

这首词作于瓢泉闲居期间，即庆元三年（1197）至嘉泰二年（1202）间，稼
轩时年六十左右。

词为游石门而作，一起笔便推出石门最壮观的场景：山泉飞泻，悬崖高
耸，鼪鼯坠落。雄奇险峻中，透出人迹罕至气息。"已通"五句，笔调依次落到
山中的樵径、声息、木桥、佛塔、溪流、修竹、茅庐，简笔勾画，悠然淡雅，与浓墨
重笔描绘的飞泉峭壁之势形成对比，而其超然于尘世之外的林泉幽趣则一脉
相贯，可谓形异而神通。两种格调的景致相融一体，令人感悟到绚烂之极归
于平淡。这或许应合了本为一世豪杰、"壮岁旌旗拥万夫"的稼轩历尽仕宦挫
折、落职闲居时的心态情趣，词作结末二句旨趣大概在此。

鹧 鸪 天

石壁虚云积渐高。溪声绕屋几周遭①。自从一雨花零落,却爱微风草动摇。　　呼玉友②,荐溪毛③。殷勤野老苦相邀。杖藜忽避行人去,认是翁来却过桥。

注释

① "溪声"句:周遭,周围。刘禹锡《石头城》:"山围故国周遭在,潮打空城寂寞回。"

② 玉友:指美酒。张表臣《珊瑚钩诗话》:"以糯米药曲作白醪,号玉友。"

③ 溪毛:溪边野菜。《左传·隐公三年》:"苟有明信,涧溪沼沚之毛,蘋蘩蕴藻之菜……可荐于鬼神,可羞于王公。"杜预注:"毛,草也。"孔颖达疏:"毛,即菜也。"

评析

据词意,这首词疑作于庆元中瓢泉闲居期间。

词作记述一次应乡村老翁相邀赴宴之事。结构上用倒笔,先描述来到老翁家所见四周风景:崖间云雾弥漫,舍外流水环绕,春花飘零,春草拂荡。山水花草之幽趣暗示出此次聚宴的欢洽欣慰。

下片补述应邀赴宴之事。老翁置备酒菜,盛情相邀,"殷勤""苦相邀",见出"野老"之情真意切,同时也见出稼轩当时喜爱静处、不轻易应邀赴约的心境,下文"忽避行人去"以及翁来相迎,都与此相应合。此种心理透露出稼轩罢职闲居时的失意情怀。

鹧 鸪 天

不 寐

老病那堪岁月侵①。霎时光景值千金。②一生不负溪山债③，百药难治
书史淫④。　　随巧拙，任浮沉。⑤人无同处面如心。⑥不妨旧事从头记，要
写行藏入笑林⑦。

① 岁月侵：年老多病，不堪岁月摧损。

② "霎时"句：光景，时光。苏轼《春夜》："春宵一刻值千金，花有清香月
　　有阴。"

③ "一生"句：意谓平生大多林泉相伴，未负溪山。

④ 书史淫：爱读书史之癖好。《晋书·皇甫谧传》载皇甫谧"耽玩典籍，忘寝
　　与食，时人谓之书淫"。

⑤ "随巧拙"二句：随性之巧拙，任生平之浮沉。

⑥ "人无"句：言人之心志不同有如其面。《左传·襄公三十一年》："子产曰：
　　'人心之不同，如其面焉。'"

⑦ "要写"句：要把这些人的生平经历写入笑林中。行藏，生平出处行止。笑
　　林，泛指汇集笑话之书。《隋书·经籍志》记载后汉邯郸淳有《笑林》三卷，
　　今存一卷。

这首词当作于罢职闲居期间，具体作年无考。

　　词题"不寐",当心有所思,难以入寐。词中所言即其思虑。老病缠身,岁月不待,便深感光阴之珍贵。言语间虽不无感慨,但无感伤,且接以欣慰自足的笔调,简括平生溪山相伴、沉溺书史之经历。

　　稼轩志存远大,却落得闲居山林,读书观史度日,可谓命途沉沦,此乃因其拙于官场逢迎之道。对此,稼轩并非不明,但其"以气节自负"(范开《稼轩词序》),秉持操守,将俗世所谓巧拙、沉浮置之度外。人各有志,人各有心,并非千人一面。稼轩自有其心志,绝不会为俗论所左右。另则,人心难测,巧亦难为。一切听任自然,超然笑谈过往旧事,便是稼轩一番思虑之后的洒脱。

鹧 鸪 天

睡起即事

　　水荇参差①动绿波。一池蛇影喋群蛙。②因风野鹤饥犹舞,积雨山栀病不花③。　　名利处,战争多。门前蛮触日干戈。④不知更有槐安国,梦觉南柯日未斜。⑤

【注释】

① 水荇参差:《诗经·周南·关雎》:"参差荇菜。"荇,水草名。参差,长短不齐。

② "一池"句:池中水荇漂游如蛇,群蛙不敢出声。喋,不出声。

③ "积雨"句:栀子花因积雨而未绽开。

④ "门前"句:喻世间名利争斗。《庄子·则阳》:"有国于蜗之左角者,曰触氏,有国于蜗之右角者,曰蛮氏。时相与争地而战,伏尸数万,逐北,旬有

五日而后反。"后以"蛮触"喻为小事而争斗。

⑤ "不知"二句:意谓不知人生荣华富贵虚幻如梦。此用南柯一梦典故。唐
代李公佐《南柯太守传》载,淳于棼醉卧大槐树下,梦为大槐安国驸马,官
任南柯太守,享尽荣华富贵。醒来发现是一场梦,槐树下的大蚁穴即槐安
国,槐树南枝上的一穴即南柯郡。

> 评析

这首词作年不详。邓广铭《稼轩词编年笺注》据词意断为"庆元党禁"时
期,即庆元中(1195—1200)所作。

词为"睡起即事"之作,从写景起笔,景中隐含寓意。水荇如蛇,群蛙噪
声,饥鹤舞风,久雨不晴,山栀无花。寂静阴晦中透出肃杀,令人感到时代氛
围中的某种恐怖色彩。邓广铭先生认为"庆元党禁"时期所作,不无道理。

过片二句言官场名利争斗,"党禁"自在其中。稼轩闲居林泉,乃官场争
斗之一旁观者,故曰"门前","蛮触"之喻则见出嘲讽意味。末二句补足此意,
以"南柯之梦"明示人生名利皆虚幻如梦,不知此理却为虚幻之名利而"日干
戈",岂不可笑!

鹧　鸪　天

读渊明诗不能去手,戏作小词以送之

晚岁躬耕不怨贫。①只鸡斗酒聚比邻。②都无晋宋之间事,自是羲皇以
上人。③　　千载后,百篇存。更无一字不清真。④若教王谢诸郎在,未抵
柴桑陌上尘。⑤

注释

① "晚岁"句：晚年亲事农务，不怨清贫。陶渊明《庚戌岁九月中于西田获早稻》："但愿长如此，躬耕非所叹。"《癸卯岁始春怀古田舍》："先师有遗训，忧道不忧贫。"萧统《陶渊明集序》称渊明"贞志不休，安道苦节。不以躬耕为耻，不以无财为病"。

② "只鸡"句：杀鸡备酒，邀来邻居欢聚。陶渊明《归园田居》其五："漉我新熟酒，只鸡招近局。"《杂诗》其一："得欢当作乐，斗酒聚比邻。"

③ "都无"二句：无晋宋易代世事之扰，确似上古伏羲氏以前之人。陶渊明《与子俨等疏》："常言五六月中，北窗下卧，遇凉风暂至，自谓是羲皇上人。"羲皇，即伏羲氏，传说中的三皇之一。

④ "更无"句：言陶渊明诗文字字清新纯真。苏轼《和饮酒》："渊明独清真。"

⑤ "若教"二句：意谓王、谢豪族子弟对陶渊明望尘莫及。陶渊明《杂诗》其一："人生无根蒂，飘如陌上尘。"王谢，六朝望族王氏、谢氏。柴桑，陶渊明故里，在今江西九江市西南。

评析

这首词作年难以确考，邓广铭《稼轩词编年笺注》系于庆元中（1195—1200）所作。

稼轩读渊明诗，爱不释手，于是作小词送与渊明。上片言渊明其人，下片言渊明之诗。萧统《陶渊明集序》称渊明："贞志不休，安道苦节。不以躬耕为耻，不以无财为病。自非大贤笃志，与道污隆，孰能如此乎！余素爱其文，不能释手，尚想其德，恨不同时。"稼轩盖有同感。这首词将陶渊明的多句自道语融入词中,"躬耕非所叹""得欢当作乐,斗酒聚比邻""自谓是羲皇上人"等等,稼轩将其转作对渊明其人的评价,平实而自然。"都无晋宋之间事"一句为稼轩之断语,谓渊明超然于晋宋间世事烦扰之外。朱熹曾说:"晋宋间人物,虽曰尚清高,然个个要官职,这边一面清谈,那边一面招权纳货。渊明却真个是能不要,此其所以高于晋宋人也。"(《朱子语类》)稼轩之语或许也有此意。

　　渊明文如其人,其人安贫乐道,清雅率真,其诗亦字字清真,稼轩遂读之"不能去手"。词作末二句以"王谢诸郎"对比渊明,王、谢二氏世为望族,其富贵自非村居柴桑、家贫乃至于乞食的陶渊明所能企及,但稼轩认为"若教王谢诸郎在,未抵柴桑陌上尘",当就其人其文而论。王、谢二氏中,王氏子弟少有以诗文名世者,而谢氏子弟如谢朓、谢灵运、谢惠连等均为文坛名家,且谢灵运与陶渊明并称"陶谢",如苏轼有云"陶谢之超然"(《书黄子思诗集后》)。然陶、谢相较,陶之人品诗品均较谢灵运更为超迈,盖为宋代文人之共识,稼轩之见亦属公论,而其笔致颇为巧妙。

鹧　鸪　天

有客慨然谈功名,因追念少年时事①,戏作

　　壮岁旌旗拥万夫②,锦襜突骑渡江初③。燕兵夜娖银胡䩮,汉箭朝飞金仆姑。④　　追往事,叹今吾。春风不染白髭须。⑤却将万字平戎策⑥,换得东家种树书⑦。

注释

① 少年时事:指青年时聚众从耿京抗金,奉表归宋,突袭敌营活捉叛贼等事。

参见《宋史·辛弃疾传》。

② "壮岁"句：指青年时聚众从耿京抗金，任掌书记。稼轩《进美芹十论札子》："臣尝鸠众二千，隶耿京，为掌书记，与图恢复，共籍兵二十五万，纳款于朝。"黄庭坚《送范德孺知庆州》："春风旆旗拥万夫，幕下诸将思草枯。"

③ "锦襜"句：指绍兴三十二年(1162)擒获叛将张安国，率数千骑兵南渡归宋之事。刘祁《归潜志》："辛一旦率数千骑南渡，显于宋。"锦襜(chān)突骑，指短衣突击之骑兵。襜，遮至膝前的短衣。张孝祥《水调歌头·凯歌上刘恭父》："少年荆楚剑客，突骑锦襜红。"

④ "燕兵"二句：当言突袭金营活捉叛将张安国之事。燕兵，指金兵。娖(chuò)，整理。银胡䩮，银饰箭袋。金仆姑，箭名。

⑤ "春风"句：谓春风不染黑白须，意即不能使人回归青春。欧阳修《圣无忧》："春风不染髭须。"

⑥ 平戎策：指抗金之策。稼轩曾上《美芹十论》《九议》等详论抗金策略。

⑦ 东家：东邻。种树书：关于植树种田一类的农书。《史记·秦始皇本纪》载始皇焚书，"所不去者，医药、卜筮、种树之书"。此指退隐。

> 评析

据词中"春风不染白髭须。却将万字平戎策，换得东家种树书"，知作于瓢泉闲居期间，邓广铭《稼轩词编年笺注》编年于庆元六年(1200)，大体可信。

稼轩平生志在抗金复国，南渡之后虽多次奏论恢复大计，但不为所重，壮志未酬且步入老境，便极易追怀青年时期那段战火纷飞的抗金历程，当"有客慨然谈功名"，心中的未酬之志便驱遣记忆中的烽火冲杀场景重现于眼前。词作上片即追忆那段刻骨铭心的战斗生活。起笔二句总述，从揭举义旗聚众抗金到率部渡江归朝；"燕兵"二句则从中选取最为惊心动魄的一次壮举，即绍兴三十二年(1162)闰二月,二十三岁的稼轩率五十名骑兵突袭敌营,擒获杀害义军首领耿京的叛贼张安国。此事轰动当时,《宋史·辛弃疾传》详载此事:"绍兴三十二年,(耿)京令弃疾奉表归宋。高宗劳师建康,召见,嘉纳之,授承务郎、天平节度掌书记,并以节使印告召京。会张安国、邵进已杀京降金。弃疾还至海州,与众谋曰:'我缘主帅来归朝,不期事变,何以复命?'乃约统制王世隆及忠义人马全福等径趋金营。安国方与金将酣饮,即众中缚之以归,金将追之不及。献俘行在,斩安国于市。"词中敌我对举,生动再现出袭敌不备、迅疾勇猛之情状。

上片"追往事",下片"叹今吾",感叹如今须发斑白,抗金复国之业未成,空怀满腹平戎之策,落得山中闲居,植花种树。春风吹绿大地,万物复苏,生机盎然,本当令人意气风发,稼轩却感叹"春风不染白髭须";"万字平戎策"本该施诸疆场,赢得破敌平贼之功,稼轩却换得毫不相干的种树书。其语意不无诙谐之趣,然语调冷峻,令人透过诙谐感触到笔墨间深深的无奈和幽愤之情。

词作"追往"和"叹今"形成今昔对比,寓有深沉的感慨。词情上,追忆往事的欣喜情怀,反衬出今时的怅然郁愤,感今追昔对衬交映,展现出稼轩白发闲居的不平心境。

霜 天 晓 角

赤 壁①

雪堂迁客②,不得文章力③。赋写曹刘兴废④,千古事、泯陈迹。　望中矶岸赤⑤,直下江涛白⑥。半夜一声长啸⑦,悲天地、为予窄⑧。

注释

① 赤壁：山名，又称赤鼻，土石皆赤，故名。在黄州（今属湖北黄冈市），屹立长江边。

② 雪堂迁客：指苏轼。宋神宗元丰五年（1082），苏轼谪居黄州，建雪堂。

③ "不得"句：言苏轼未能展现文章经世之力，反因诗文致祸被贬黄州。

④ "赋写"句：言苏轼曾作《赤壁赋》《念奴娇·赤壁怀古》咏曹操与刘备、孙权赤壁战事，感慨兴亡。

⑤ 矶岸赤：指赤壁矶，在赤壁山下江岸。

⑥ 江涛白：苏轼《念奴娇·赤壁怀古》："惊涛拍岸，卷起千堆雪。"

⑦ "半夜"句：苏轼《后赤壁赋》："划然长啸，草木震动，山鸣谷应，风起水涌。……时夜将半，四顾寂寥。"

⑧ "悲天地"二句：悲叹天地狭窄，怀抱难施展。

评析

这首词作于淳熙四年（1177）。稼轩时年三十八，知江陵府兼湖北安抚使。

黄州赤壁并非当年赤壁大战之地，但宋时有此传说。稼轩游赤壁，感慨怀思的不是近千年前的赤壁之战，而是近百年前的苏轼贬谪黄州之事。乾道六年（1170）八月，陆游入蜀途经黄州，在《入蜀记》中记游东坡雪堂："自州门而东，冈垄高下，至东坡，则地势平旷开豁。东起一垄颇高，有屋三间，一龟头曰居士亭。亭下面南一堂颇雄，四壁皆画雪，堂中有苏公像，乌帽紫裘，横按筇（qióng）杖，是为雪堂。"想必七年之后，稼轩见到的雪堂当无大变。词作起笔"雪堂迁客",令人想象到稼轩瞻仰雪堂中的苏轼像时的感慨情景。"不得文章力"句慨叹苏轼虽富文才,却未能凭仗文章之力而成就功业,反因作诗获罪贬谪。曹丕《典论·论文》云:"盖文章,经国之大业,不朽之盛事。"苏轼不得展现文章经国之力,只得"赋写曹刘兴废",抒发游览怀古之情。"千古事"二句承"曹刘兴废"而言,为稼轩之感慨。

下片触景感怀。过片"望中"二句状赤壁之景,令人想到苏轼《念奴娇·赤壁怀古》"乱石穿空,惊涛拍岸,卷起千堆雪"所状景象,则此二句又暗接上片"千古事"。眼前江涛汹涌,矶岸壁立,稼轩不禁豪情迸发,"一声长啸"。想到自身抗金恢复之雄志难展,又只能悲叹天地逼仄,英雄无用武之地。末二句与李白《行路难》之"大道如青天,我独不得出"异曲同工,情怀悲愤。

霜 天 晓 角

旅 兴

吴头楚尾[①],一棹[②]人千里。休说旧愁新恨,长亭树,今如此[③]。　宦游吾倦矣。玉人[④]留我醉:明日落花寒食,得且住,为佳耳[⑤]。

注释

① 吴头楚尾:稼轩此时正奉诏自隆兴(今江西南昌)从水路往临安(今浙江杭州)东行,江西一带春秋时为吴楚二国接壤处,位于吴国上游、楚国下游,故有此称。

② 棹(zhào):长桨。此作动词,指划桨。

③ "长亭树"二句：用东晋桓温语感叹年华易逝。《世说新语·言语》载东晋
桓温北征途中见到自己往年种植的柳树都长得很粗大，"慨然曰：'木犹如
此，人何以堪！'攀枝执条，泫然流泪"。长亭，古时路上每十里设一长亭供
行人休憩。

④ 玉人：美人。

⑤ "明日"三句：化用颜真卿《寒食帖》中语："天气殊未佳，汝定成行否？寒食
近，且住为佳尔。"意谓明天是寒食节，落花飘零，能暂且住下为好。寒食，
节令名，在清明节前一天或两天。

评析

这首词与《念奴娇》(野棠花落)所言时、地相近，二词盖同作于淳熙五
年(1178)春。稼轩时年三十九，自江西安抚使奉诏入朝。

词题"旅兴"，即旅途感兴，乃自隆兴从水路往都城临安途中所作。起笔
二句点明行旅之地及别离情事，眼界阔远，离思茫茫。千里相别，旧愁新恨难
以尽言，或不忍诉说，故言"休说"。"长亭"二句，化用桓温"木犹如此，人何以
堪"语，感慨人世沧桑变幻，"旧愁新恨"亦在其中。"长亭"语则应合离别
之事。

下片言宦游倦怠，佳人劝留欢醉。此当为追述隆兴别宴情形。"吾倦"
"宦游"，见出稼轩南渡近二十年仕宦生涯的不如意，然而又深感无奈。其离
别隆兴次韵同僚之作《水调歌头》(我饮不须劝)有言："但觉平生湖海，除了醉
吟风月，此外百无功。"仕宦失意怨愤之情溢于言表。本词所述玉人留醉，亦
即"醉饮风月"之事，自是英雄失意情怀的一种遣赏和慰藉。然而玉人劝留之
语乃化用颜真卿《寒食帖》语，则笔调语气间别具雅趣。